T0109791

ALEGRÍAS y
DESVENTURAS
de Martha
Friel

MEG MASON

Editado por HarperCollins Ibérica, S.A.
Núñez de Balboa, 56
28001 Madrid

Alegrías y desventuras de Martha Friel
Título original: Sorrow and Bliss

Publicado en 2020 por HarperCollinsPublishers Australia Pty Limited, Australia, Level 13, 201 Elizabeth Street, Sydney NSW 2000, ABN 36 009 913 517, harpercollins.com.au

Diseño de cubierta: Lookatcia

ISBN: 978-84-9139-703-8
Depósito legal: M-21877-2021

A mis padres, y a mi marido

En el banquete de una boda celebrada poco después de la nuestra, seguí a Patrick entre la densa multitud de invitados hasta que llegamos junto a una mujer que estaba sola.

Patrick había dicho que en lugar de mirarla cada cinco minutos y compadecerme de ella, lo que tenía que hacer era acercarme y elogiar su sombrero.

—¿Aunque no me guste?

—Pues claro, Martha. Total, a ti nunca te gusta nada. Venga, vamos.

La mujer había aceptado un canapé de un camarero y se lo estaba metiendo en la boca cuando, en el mismo instante en que comprendía que era imposible dar cuenta de él de un solo bocado, se fijó en nosotros. Al ver que nos acercábamos, bajó la barbilla para disimular sus esfuerzos por engullirlo y, en vista del fracaso, por sacárselo de la boca sin soltar la copa vacía ni las servilletitas que tenía en la otra mano. Aunque Patrick se enrolló con las presentaciones para darle tiempo a componerse, la mujer respondió farfullando algo que no conseguimos entender. Como parecía muerta de vergüenza, me lancé a hablar como si se me hubiese concedido un minuto entero para explayarme sobre el tema de los sombreros femeninos.

La mujer asintió varias veces con la cabeza, y después, en cuanto fue capaz, nos preguntó dónde vivíamos y a qué nos dedicábamos y, si acertaba suponiendo que estábamos casados, cuánto tiempo llevábamos juntos y cómo nos habíamos conocido; con tantas y tan rápidas preguntas pretendía desviar la atención de la cosa a medio comer que reposaba ahora en la palma de su mano sobre una servilleta grasienta. Mientras yo respondía, buscó disimuladamente algún lugar donde depositarla; una vez que hube terminado de hablar, dijo que no acababa de entender a qué me refería con eso de que en realidad Patrick y yo no nos habíamos «conocido» sino que él «siempre había estado ahí».

Me giré para mirar a mi marido, que estaba intentando sacar un objeto invisible de su copa con un dedo, y, dirigiéndome de nuevo a la mujer, dije que Patrick era un poco como ese sofá de toda la vida que había en casa cuando eras pequeña.

—Su existencia se daba por hecho. Nunca te preguntabas de dónde había salido porque no recordabas la casa sin él. Incluso ahora, si es que sigue allí, nadie dedica ni medio segundo a pensar en él. Aunque supongo —continué, en vista de que la mujer no hacía ademán de decir nada— que, si te insistieran, podrías enumerar todas y cada una de sus imperfecciones. Y a qué se deben.

Patrick dijo que, por desgracia, era cierto.

—Sin lugar a dudas, Martha podría hacer un inventario de todos mis defectos.

La mujer se rio y a continuación echó un vistazo al bolso que llevaba colgado del antebrazo de una fina tira, como sopesando sus posibles virtudes como receptáculo.

—Bueno, ¿quién quiere otra copa? —Patrick me apuntó con los dos dedos índice y apretó unos gatillos invisibles con los pulgares—. Martha, sé que no vas a decir que no. —Señaló la copa de la mujer, que le permitió cogerla, y añadió tras una breve pausa—: ¿Me llevo eso también?

La mujer sonrió con cara de estar a punto de echarse a llorar mientras Patrick se hacía cargo del canapé.

Cuando se hubo marchado, la mujer dijo:

—Debes de sentirte muy afortunada, con un marido así.

Dije que sí y pensé en explicarle los inconvenientes de estar casada con alguien que cae bien a todo el mundo, pero al final le pregunté dónde había comprado aquel sombrero tan increíble y esperé a que volviese Patrick.

A partir de entonces, la historia del sofá fue nuestra respuesta habitual cada vez que alguien nos preguntaba cómo nos habíamos conocido. Estuvimos repitiéndola durante ocho años, con pocas variantes. La gente siempre se reía.

Hay un GIF llamado «El príncipe William le pregunta a Kate si quiere otro trago». Mi hermana me lo envió una vez, añadiendo: «¡¡Me partooooo!!». Están los dos en una especie de recepción. William lleva esmoquin. Saluda a Kate con la mano desde la otra punta de la sala, hace como si inclinase una copa y la señala con un dedo. «Mira cómo señala... ¡¡Es Patrick, literalmente!!», escribió mi hermana.

Respondí: «Es Patrick, pero figuradamente».

Me envió los emoticonos de los ojos en blanco, la copa de champán y el dedo que señala.

El día que volví a casa de mis padres, volví a encontrarlo. Lo he visto ya cinco mil veces.

Mi hermana se llama Ingrid. Es quince meses más joven que yo, y está casada con un hombre al que conoció cayéndose justo enfrente de su casa en el preciso instante en que él estaba sacando la basura. Está embarazada de su cuarto hijo; en el mensaje que me envió para anunciarme que era otro chico metió los emoticonos de la berenjena, las cerezas y las tijeras abiertas, y escribió: «Por si no queda claro, significa que Hamish se va a hacer la vasectomía».

Cuando éramos pequeñas, la gente se pensaba que éramos gemelas. Nos moríamos por vestirnos igual, pero nuestra madre no nos dejaba. Ingrid decía: «¿Por qué no?».

—Porque se pensarán que es idea mía, y… —echaba un vistazo a la habitación en la que estuviésemos en ese momento— nada de esto fue idea mía.

Más tarde, cuando estábamos las dos en las garras de la pubertad, mi madre dijo que puesto que era evidente que la del cuerpazo iba a ser Ingrid, al menos ojalá yo acabase siendo el cerebrito. Le preguntamos cuál de las dos cosas era mejor. Dijo que lo mejor era tener ambas cualidades o ninguna; la una sin la otra era mortífera.

Mi hermana y yo nos seguimos pareciendo. Las dos tenemos la mandíbula demasiado cuadrada, pero, según nuestra madre, por alguna razón no nos queda mal. Las dos tenemos tendencia a llevar el pelo desgreñado; casi siempre lo hemos llevado largo y antes lo teníamos del mismo tono rubio, hasta que la mañana de mi treinta y nueve cumpleaños comprendí que no podía hacer nada por evitar los cuarenta y, esa misma tarde, fui a que me lo cortaran a la altura de la mandíbula —de mi mandíbula cuadrada— y al volver a casa me di un tinte de supermercado. Ingrid vino mientras estaba en plena faena y aprovechó los restos. Mantenerlo bien era un esfuerzo horroroso; Ingrid decía que le habría costado menos tener otro hijo y ya está.

Sé desde pequeña que, aunque nos parecemos mucho, la gente piensa que Ingrid es más guapa que yo. Una vez se lo dije a mi padre.

—Puede que a ella la miren primero —dijo—. Pero querrán mirarte a ti durante más tiempo.

En el coche, volviendo de la última fiesta a la que fuimos Patrick y yo juntos, dije:

—Cuando haces eso de señalar con el dedo me entran ganas de pegarte un tiro con una pistola de verdad.

La voz me salió seca y antipática, me pareció odiosa…, tanto como me lo pareció Patrick cuando dijo: «Vale, gracias», sin una pizca de emoción.

—En la cara no. Más bien un tiro de aviso en la rodilla o en algún sitio que no te impidiera seguir yendo a trabajar.

Dijo que se alegraba de saberlo y metió nuestra dirección en Google Maps.

Le recordé que llevábamos viviendo siete años en la misma casa de Oxford. No dijo nada y le miré; sentado al volante, esperaba tranquilamente a que se abriera un hueco en el tráfico.

—Ahora estás haciendo eso de la mandíbula.

—Lo sé, Martha. ¿Qué tal si no hablamos hasta que lleguemos a casa?

Cogió su móvil del soporte y lo metió silenciosamente en la guantera.

Algo más dije, y después me incliné y puse la calefacción a tope. En cuanto empezó a hacer un calor sofocante, la apagué y bajé del todo la ventanilla. Tenía una capa de hielo y chirrió.

Solíamos bromear con que yo soy una mujer de extremos mientras que él ajusta su vida desde la posición intermedia. Antes de bajarme, dije: «La lucecita naranja sigue encendida». Patrick me dijo que pensaba echarle aceite al día siguiente, apagó el motor y se metió en casa sin esperarme.

Alquilamos la casa con un contrato de temporada, por si acaso la cosa no iba bien y quería volverme a Londres. Patrick había sugerido Oxford porque era allí donde iba a la universidad y porque pensaba que, en comparación con otras ciudades de los alrededores de Londres, allí podría resultarme más fácil hacer amigos. Prorrogamos el contrato de seis meses catorce veces, como si en el momento menos pensado se pudiese ir todo al traste.

El agente inmobiliario nos dijo que era un «hogar exclusivo» en una «urbanización exclusiva», perfecta para ejecutivos y por tanto para nosotros…, y eso que ninguno de los dos somos ejecutivos: el uno es especialista en cuidados intensivos, y la otra escribe una columna gastronómica de humor para la revista de la cadena de supermercados Waitrose y pasó una temporada haciendo búsquedas en Google con la frase «precio noche clínica salud mental» mientras su marido estaba en el trabajo.

En términos objetivos, la naturaleza exclusiva de la casa consistía en grandes extensiones de moqueta de color marrón topo y un montón de enchufes de tamaños y formas inusuales, y, en términos subjetivos, en una permanente sensación de inquietud cada vez que me quedaba sola. La única habitación en la que no me sentía como si hubiese alguien a mis espaldas era un trastero que había en el último piso, porque era pequeño y había un plátano de sombra enfrente de la ventana. En verano tapaba las vistas de las viviendas exclusivas e idénticas de la acera de enfrente. En otoño, las hojas secas entraban sopladas por el viento y aligeraban la moqueta. Mi cuarto de trabajo era el trastero, por mucho que, como tantas veces oía en boca de personas a las que acababa de conocer en fiestas y reuniones varias, escribir es algo que puedo hacer en cualquier lugar.

El editor de mi columna gastronómica de humor me enviaba notas del tipo «no pillo esta referencia» y «reescribir si es posible». Usaba el control de cambios y yo daba a aceptar, aceptar, aceptar. Una vez quitados todos los chistes, se quedaba en una simple columna gastronómica. Según LinkedIn, mi editor había nacido en 1995.

La fiesta a la que acabábamos de ir era por mi cuarenta cumpleaños. Patrick la había organizado porque le había dicho que no estaba en mi mejor momento para celebraciones.

—Tenemos que atacar el día —insistió.

—No me digas.

Una vez, habíamos escuchado un *podcast* en el tren, compartiendo los cascos. Patrick me había hecho una almohada con su jersey para que apoyase la cabeza en su hombro. Era un *podcast* del arzobispo de Canterbury emitido por el programa *Desert Island Discs* de la BBC. Contó que tiempo atrás había perdido a su primera hija en un accidente de coche.

Cuando la locutora le preguntó cómo lidiaba con aquello en la actualidad, respondió que en lo que se refería al aniversario del accidente, a la Navidad o al cumpleaños de su hija había aprendido que lo mejor era atacar el día «para que no te ataque a ti».

Patrick sacó partido a la máxima. La decía a la menor ocasión. La repitió mientras planchaba su camisa antes de la fiesta. Yo estaba tumbada en la cama viendo *Bake Off* en mi portátil, un episodio antiguo que ya había visto. Una concursante saca de la nevera la tarta Alaska de otro, y se derrite dentro del molde. Salió en portada de todos los periódicos: saboteadora en la carpa de *Bake Off*.

Ingrid me escribió cuando lo emitieron. Dijo que ponía la mano en el fuego por que el postre aquel había sido sacado a propósito. Yo le dije que no lo tenía claro. Me envió todos los emoticonos de tartas y el coche patrulla.

Cuando hubo terminado de planchar, Patrick se me acercó y, sentado a cierta distancia de mí en la cama, se quedó mirándome mientras yo seguía viendo el programa.

—Tenemos que…

Di a la barra espaciadora.

—Patrick, de veras, creo que en este caso no viene a cuento citar al arzobispo Menganito. Es mi cumpleaños, nada más. No se ha muerto nadie.

—Solo intentaba ser positivo.

—Vale.

Volví a dar a la barra.

Un instante después me dijo que eran casi menos cuarto.

—¿Qué tal si te vas preparando? Me gustaría que fuéramos los primeros en llegar. ¿Martha?

Cerré el ordenador.

—¿Te parece que vaya con lo que llevo puesto? —*Leggings*, un cárdigan con estampado Fair Isle y no recuerdo qué más debajo. Le miré y vi que le había hecho daño—. Lo siento, lo siento, lo siento. Voy a cambiarme.

Patrick había alquilado la parte de arriba de un bar que

solíamos frecuentar. Yo no quería que fuéramos los primeros; no sabía si debía esperar a la gente sentada o de pie, temía que lo mismo no se presentase nadie y me sentía incómoda pensando en la persona que tuviese la mala pata de llegar la primera. Sabía que mi madre no iba a venir porque le había pedido a Patrick que no la invitase.

Vinieron cuarenta y cuatro personas, todas ellas en pareja. A partir de los treinta años, siempre es un número par. Era noviembre y hacía un frío horrible. Los invitados tardaron un buen rato en desprenderse de sus abrigos. En su mayor parte eran amigos de Patrick. Yo había perdido el contacto con los míos, con los amigos del colegio, de la universidad y de todos los trabajos por los que he pasado desde entonces; a medida que iban teniendo hijos y yo no y se nos iban agotando los temas de conversación. De camino a la fiesta, Patrick dijo que si alguien me largaba un rollo sobre sus hijos, lo mismo podía esforzarme en fingir que me interesaba.

Formaron corrillos y bebieron negronis (2017 fue «el año del negroni»), riéndose a carcajadas e improvisando discursos; de cada grupo salía un orador, como si fuera el representante de un equipo. Me fui a los aseos a llorar.

Ingrid me dijo que el miedo a los cumpleaños se llama «gerascofobia». Era un «¿Sabías que...?» que había leído en la tirita de unas compresas, que a estas alturas, dice, son su principal estímulo intelectual, lo único que le da tiempo a leer. En su discurso, mi hermana dijo: «Todos sabemos que Martha sabe escuchar de maravilla, sobre todo si es ella la que está hablando». Patrick traía algo escrito en unas tarjetitas.

No hubo un momento concreto en el que me convertí en la esposa que soy, aunque, si tuviera que elegir uno, el instante en el que crucé la habitación y pedí a mi marido que no leyera en alto lo que fuera que decían las tarjetitas tendría muchas papeletas.

Un observador atento de mi matrimonio pensaría que no he hecho ningún esfuerzo por ser una buena, o una mejor, esposa. O, viéndome aquella noche, supondría que me había propuesto ser así y que lo había conseguido al cabo de muchos años de perseverancia. No podría saber que durante casi toda mi vida adulta y durante todo mi matrimonio he estado intentando convertirme en lo contrario de mí misma.

A la mañana siguiente le dije a Patrick que sentía mucho todo lo sucedido. Había hecho café y lo había llevado al salón, pero cuando entré aún no lo había tocado. Estaba sentado en un extremo del sofá. Me senté doblando las piernas por debajo, pero al mirarle me pareció una postura suplicante y volví a poner un pie en el suelo.

—No me porto así adrede. —Me obligué a poner la mano sobre la suya. Era la primera vez que le tocaba a propósito desde hacía cinco meses—. Patrick, en serio, no puedo evitarlo.

—Y sin embargo, no sé cómo, con tu hermana te las apañas para ser un encanto.

Me apartó la mano y dijo que se iba a comprar el periódico. Tardó cinco horas en volver.

Todavía tengo cuarenta años. Estamos a finales del invierno del 2018; ya no es el año del negroni. Patrick se marchó dos días después de la fiesta.

Mi padre es poeta. Se llama Fergus Russell. Su primer poema salió publicado en *The New Yorker* cuando tenía diecinueve años. Era sobre un pájaro, modalidad pájaro moribundo. Alguien dijo que era un Sylvia Plath masculino. Cobró un anticipo considerable para la publicación de su primera antología. Supuestamente, mi madre, que por aquel entonces era su novia, dijo: «¿Acaso necesitamos un Sylvia Plath masculino?». Ella lo niega, pero está en el guion de la familia y nadie puede cambiar ni una coma una vez que ha quedado escrito. Fue también el último poema que publicó mi padre. Dice que mi madre le echó mal de ojo. También eso lo niega ella. La antología sigue pendiente de publicación. No sé qué pasó con el dinero.

Mi madre es la escultora Celia Barry. Hace pájaros, pájaros descomunales y amenazantes, a partir de materiales reciclados: peines de rastrillo, motores de electrodomésticos, trastos de la casa. Una vez, en una de sus exposiciones, Patrick dijo:

—Sinceramente pienso que tu madre no se ha topado nunca con ningún resto de materia física que no pudiera reciclar.

No iba con segundas. En casa de mis padres hay muy pocas cosas que funcionen ajustándose a su cometido originario.

De pequeña, cada vez que mi hermana y yo oíamos a mi madre decirle a alguien «Soy escultora», Ingrid articulaba mudamente el verso de la canción de Elton John. Yo me echaba a reír y ella seguía y seguía, cerrando los ojos y apretándose los puños contra el pecho hasta que no tenía más remedio que irme de la habitación. Nunca ha dejado de hacernos gracia.

Según *The Times*, mi madre tiene una importancia secundaria. Patrick y yo estábamos ayudando a mi padre a recolocar su estudio el día que apareció la noticia. Mamá nos la leyó a los tres en voz alta, riéndose tristemente al llegar a lo de «secundaria». Más tarde, mi padre dijo que, a estas alturas, él se daría con un canto en los dientes si le consideraran importante, fuera en el grado que fuera.

—Y te han puesto un artículo determinado, «la» escultora Celia Barry. Acuérdate de nosotros, los indeterminados.

Después, recortó la noticia y pegó el trozo de papel en la puerta de la nevera. El rol que cumple mi padre en su matrimonio es de una implacable abnegación.

De vez en cuando, Ingrid le manda a alguno de sus hijos que me llame para charlar un rato porque, según dice, quiere que tengan una relación estrechísima conmigo, y así de paso se los quita de encima durante, literalmente, cinco segundos. Una vez, el mayor me llamó y me contó que había visto a una señora muy gorda en la oficina de correos y que su queso favorito es uno que viene en una bolsa y es medio blanco. Ingrid me escribió más tarde: «Se refiere al *cheddar*».

No sé cuándo dejará el crío de llamarme Marfa. Espero que nunca.

Nuestros padres siguen viviendo en Shepherd's Bush, en la misma casa de Goldhawk Road en la que nos criamos. La compraron el año que cumplí los diez, pagando la entrada con un préstamo que les hizo la hermana de mi madre, Winsome, que se casó con un hombre rico y no con un Sylvia Plath masculino. De niñas, según cuenta mi madre a quien quiera oírla, ella y mi tía vivían en un piso que estaba encima de una cerrajería, «en una ciudad costera deprimida con una madre costera deprimida». Winsome le saca siete años. Cuando su madre murió de repente de un tipo indeterminado de cáncer y su padre perdió el interés por todo, sobre todo por ellas, Winsome dejó el Royal College of Music para volver a casa a cuidar de mi madre, que por aquel entonces tenía trece años. Mi madre no ha ejercido nunca una profesión. Y tiene una importancia secundaria.

Fue Winsome quien encontró la casa de Goldhawk Road y consiguió que mis padres la compraran a un precio mucho más bajo de lo que valía, porque era patrimonio de una persona fallecida. Mi madre decía que, a juzgar por el tufillo, el cadáver debía de seguir por ahí, debajo de la moqueta.

El día que nos mudamos, Winsome vino a ayudar a limpiar la cocina. Entré a coger no sé qué y vi a mi madre sentada a la mesa delante de una copa de vino, y a mi tía, enfundada en una especie de chaquetón sin mangas y guantes de goma, subida a una escalera fregando los armarios.

Al verme se callaron, y nada más irme retomaron la conversación. Pegué la oreja al otro lado de la puerta y oí que Winsome le decía a mi madre que no estaría mal que intentase mostrar una pizca de agradecimiento, teniendo en cuenta que, en general, lo de ser propietarios de una casa no era algo que estuviese al alcance de una escultora y un poeta que no produce ni un verso. Mi madre estuvo ocho meses sin hablarle.

Detestaba la casa, y la sigue detestando, porque es estrecha y oscura; porque el único cuarto de baño se comunica con la cocina mediante una puerta de láminas, lo cual obliga a poner Radio Cuatro a todo volumen cada vez que entra alguien. La detesta porque hay una sola habitación por planta y la escalera es muy empinada. Dice que se pasa la vida en la escalera y que algún día se morirá en ella.

La detesta porque Winsome vive en un caserón del barrio de

Belgravia. Es enorme, está en una plaza de estilo georgiano y encima, como no se cansa de decir mi tía, en el mejor lado, porque conserva la luz hasta el atardecer y tiene mejores vistas sobre el jardín privado. La casa fue un regalo de bodas de los padres de mi tío Rowland; la rehabilitaron un año antes de mudarse, y desde entonces vienen haciéndolo a menudo, a un precio que mi madre sostiene que es inmoral.

Aunque Rowland es tremendamente frugal, su frugalidad se limita a sus *hobbies* —nunca ha tenido necesidad de trabajar— y a las menudencias. A la vez que pega el último cachito de jabón a la barra nueva, da el visto bueno a que Winsome se gaste un cuarto de millón de libras en mármol de Carrara para una reforma y a que compre muebles que, en los catálogos de subastas, aparecen descritos como «valiosos».

Al elegir una casa para nosotros exclusivamente en función de su «esqueleto» —el esqueleto de la casa, decía mi madre, no el que nos íbamos a encontrar si levantábamos la moqueta—, la expectativa de Winsome era que la fuésemos mejorando con el tiempo. Pero el interés de mi madre por los espacios interiores nunca se manifestó más que en forma de quejas por cómo eran. Veníamos de un piso alquilado en un barrio de las afueras, y solo teníamos muebles para la planta baja. No hizo ningún esfuerzo por conseguir más, y las habitaciones siguieron vacías hasta que mi padre pidió prestada una furgoneta y volvió con estanterías para montar, un pequeño sofá con funda de pana marrón y una mesa de madera de abedul, muebles todos ellos que sabía que a mi madre no le iban a gustar, pero que, nos explicó, no eran más que un parche hasta que publicase la antología y empezaran a entrar a espuertas los derechos de autor. La mayor parte sigue en la casa, incluida la mesa, que mi madre dice que es nuestra única antigüedad auténtica. Ha ido desplazándose de una habitación a otra, cumpliendo distintas funciones, y en la actualidad es el escritorio de mi padre.

—Pero seguro —dice mi madre— que cuando esté en mi lecho de muerte abriré los ojos por última vez y veré que mi lecho de muerte es, cómo no, la mesa.

Después, animado por Winsome, mi padre se propuso pintar la planta de abajo con un tono terracota llamado Amanecer en Umbría. Como no discriminaba con la brocha entre la pared, el rodapié, el marco de la ventana, el interruptor, el enchufe, la puerta, el gozne y el picaporte, al principio avanzaba a mil por hora. Pero mi madre había empezado a definirse a sí misma como una objetora de conciencia en lo tocante a las cuestiones domésticas. Con el tiempo, la limpieza general, la cocina y la colada pasaron a ser tareas exclusivas de mi padre, y nunca terminó de pintar. A día de hoy, el pasillo de Goldhawk Road es un túnel color terracota hasta la mitad. La cocina tiene tres paredes terracota. Hay partes del salón que son de este color hasta la altura de la cintura.

De pequeñas, a Ingrid le importaba más que a mí el estado de las cosas. Pero a ninguna nos quitaba el sueño que las cosas que se rompían no se reparasen nunca, que todas las noches mi padre hiciera chuletas al grill sobre una lámina de papel de aluminio colocada sobre la de la víspera, hasta el punto de que con el tiempo la base del horno se convirtió en un milhojas de grasa y aluminio. En las pocas ocasiones en que le daba por cocinar, mi madre preparaba platos exóticos sin receta, tajines y *ratatouilles* que solo se distinguían entre sí por la forma de los trozos de pimiento, que flotaban en un líquido de un sabor tan amargo a tomate que para tragarme un bocado tenía que cerrar los ojos y frotarme un pie con otro por debajo de la mesa.

Patrick formó parte de mi infancia y yo de la suya; cuando nos emparejamos, no hizo falta que compartiéramos los detalles de nuestras vidas anteriores. En vez de eso, se inició una competición permanente: ¿quién había tenido peor infancia?

Una vez le conté que en las fiestas de cumpleaños yo era siempre la última a la que recogían. «Qué tarde es ya —decía la madre—;

igual debería llamar a tus padres». Al cabo de unos minutos, la madre colgaba y decía que no me preocupase, que ya lo intentaríamos más tarde. Al final, siempre les ayudaba a recoger, y después cenaba con la familia, nos tomábamos los restos de la tarta...

—Era horroroso. Y en mis cumpleaños, mi madre bebía.

Patrick se estiró como si estuviese haciendo ejercicios de precalentamiento.

—Todas y cada una de mis fiestas de cumpleaños entre los siete y los dieciocho años fueron en el colegio. Las organizaba el tutor. La tarta venía del armario del atrezo del departamento de arte dramático. Era de escayola. De todos modos —concluyó—, tengo que reconocer que esta vez la cosa ha estado reñida.

Ingrid casi siempre me llama mientras va en el coche con los niños porque, dice, solo puede hablar bien cuando están todos bajo control y, en un mundo perfecto, dormidos; el coche es, fundamentalmente, una cuna gigante. Hace un rato me ha llamado para contarme que acababa de conocer en el parque a una mujer que le ha dicho que se ha separado de su marido y que comparten la custodia de los hijos. Se intercambian los niños los domingos por la mañana, y de esta manera los dos disponen de un día libre los fines de semana. Había empezado a ir sola al cine los sábados por la noche y recientemente se había enterado de que su exmarido hace lo propio los domingos por la noche. A menudo resulta que eligen la misma película; la última, dijo Ingrid, había sido *X-Men: primera generación.*

—En serio, Martha, ¿no te parece la cosa más deprimente del mundo? Joder, ¡id juntos! ¡Si de aquí a dos días vais a estar criando malvas!

Durante toda nuestra infancia, nuestros padres se separaban aproximadamente dos veces al año. La separación siempre venía precedida de un cambio de ambiente que solía darse de un día para otro, y, aunque Ingrid y yo nunca sabíamos cuál había sido el detonante, sabíamos instintivamente que no era buena idea hablar por encima del susurro, pedir nada ni pisar las láminas de tarima que crujían hasta que nuestro padre terminase de meter la ropa y la máquina de escribir en una cesta de la colada y se marchase al Olympia, un *bed and breakfast* que estaba al final de la calle.

Entonces mi madre empezaba a pasar todo el día y toda la noche en su cobertizo de reciclaje, al fondo del jardín, mientras Ingrid y yo nos quedábamos solas en la casa. La primera noche, Ingrid arrastraba su ropa de cama hasta mi cuarto y nos acostábamos pies con cabeza, desveladas por el ruido que hacían las herramientas de metal sobre el suelo de cemento y por la quejumbrosa y disonante música *folk* que ponía nuestra madre para trabajar y que se colaba por la ventana abierta.

Durante el día dormía en el sofá marrón que nos habían pedido a Ingrid y a mí que llevásemos al cobertizo. Y a pesar del cartelito que había en la puerta (*¡CHICAS! No llaméis sin preguntaros primero: ¿se está quemando algo?*), antes de irme al colegio entraba y recogía platos y tazas sucias y, para evitar que las viera Ingrid, cada vez más botellas vacías. Durante mucho tiempo, creí que si mi madre no se despertaba era gracias a que me las apañaba para no hacer ningún ruido.

No recuerdo si teníamos miedo, si pensábamos que esta vez la cosa iba en serio y nuestro padre no iba a volver y que acabaríamos diciendo, como si fuese lo más normal del mundo, cosas como «el novio de mi madre» o «me lo he dejado en casa de mi padre», pronunciándolas con la misma tranquilidad que los compañeros de clase que decían que les encantaba eso de celebrar dos Navidades. Ninguna confesaba que estaba preocupada. Simplemente, esperábamos. A medida que nos íbamos haciendo mayores, empezamos a hablar de «los abandonos».

Al final, nuestra madre mandaba a una de las dos a buscarle al hotel porque, decía, todo aquello era una maldita ridiculez, por mucho que, sin excepción, hubiera sido idea suya. Cuando mi padre volvía, le besaba apoyándose en la pila de la cocina, mientras mi hermana y yo, abochornadas, veíamos su mano subiendo por la espalda de papá, por debajo de la camisa. Y ya no se volvía a mencionar el tema más que en broma. Después, celebraban una fiesta.

Todos los jerséis de Patrick tienen agujeros en los codos, incluso los que no son demasiado viejos. Siempre lleva un lado del cuello de la camisa metido dentro del jersey y el otro fuera, y, a pesar de que se la remete constantemente, la camisa le acaba asomando siempre por detrás. A los tres días de haberse cortado el pelo, necesita volver a cortárselo. Tiene las manos más bonitas que he visto en mi vida.

Aparte de echar recurrentemente de casa a nuestro padre, la principal contribución de nuestra madre a la vida doméstica eran las fiestas. Era eso lo que nos predisponía tan favorablemente a perdonar todo aquello que, al compararla con otras madres, nos parecían insuficiencias. La casa se llenaba hasta los topes, se prolongaban desde el viernes por la noche hasta el domingo por la mañana y los invitados eran lo que nuestra madre llamaba la «élite artística de West London», aunque las únicas credenciales para asistir eran, por lo que se veía, una vaga relación con las artes, la tolerancia al humo de marihuana y/o ser dueño de un instrumento musical.

Incluso en invierno, con todas las ventanas abiertas, la casa estaba sofocante, palpitante, llena de un humo dulce. A Ingrid y a mí no nos excluían ni nos obligaban a acostarnos. Nos pasábamos la noche entera entrando y saliendo de las habitaciones, abriéndonos paso entre montones de personas: hombres con botas altas o con monos y joyas de mujer, y mujeres con enaguas a modo de vestidos y vaqueros sucios y botas Doc Marten. No buscábamos nada en especial, solo acercarnos a ellos todo lo posible.

Si nos pedían que fuésemos a hablar con ellos, intentábamos lucirnos en la conversación. Algunos nos trataban como adultas, otros se reían de nosotras cuando no pretendíamos ser graciosas. Cuando necesitaban un cenicero u otra copa, cuando querían saber dónde estaban las sartenes porque habían decidido hacer huevos fritos a las tres de la mañana, Ingrid y yo nos peleábamos por encargarnos.

Al final mi hermana y yo nos quedábamos dormidas, nunca en nuestras camas, pero siempre juntas, y amanecíamos en medio del desastre rodeadas de murales pintados espontáneamente en trozos de pared que no estaban tapados por el Amanecer en Umbría. El último que hicieron continúa allí, en una pared del cuarto de baño, desvaído, pero no tanto como para que puedas evitar fijarte desde la ducha en el brazo izquierdo escorzado del desnudo central. La primera vez que lo vimos, Ingrid y yo nos temimos que fuera nuestra madre, pintada del natural.

Nuestra madre, sí, que aquellas noches bebía vino directamente de la botella, cogía cigarrillos de bocas ajenas, soltaba el humo hacia el techo, se reía echando la cabeza hacia atrás y bailaba sola. Todavía tenía el pelo largo y de su color natural, y todavía no estaba gorda. Llevaba combinaciones, pieles de zorro rasposas, medias negras, los pies descalzos. También hubo, por poco tiempo, un turbante de seda.

Mi padre solía quedarse en un rincón hablando con una sola persona; otras veces, cogía una copa de lo que fuera y se ponía a recitar la *Balada del viejo marinero* con acentos regionales a un grupito reducido pero elogioso. En cualquiera de los dos casos, se interrumpía en el instante en que mi madre se arrancaba a bailar, porque no paraba de llamarle hasta que iba.

Intentaba seguirle el paso y agarrarla cuando, de tanto dar vueltas, era incapaz de sostenerse en pie. Y era mucho más alto que ella…, eso es lo que recuerdo, lo alto que parecía.

Me faltaban las palabras para describir el aspecto de mi madre en esos momentos, cómo la veía yo. Solo podía preguntarme si sería famosa. Todo el mundo se apartaba para verla bailar, a pesar de que lo único que hacía era dar vueltas, abrazarse a sí misma o subir las manos por encima de la cabeza como si quisiera imitar el movimiento de las algas.

Agotada, se desplomaba en los brazos de mi padre, pero al vernos al borde del círculo decía: «¡Chicas!, ¡Venid, chicas!», entusiasmándose de nuevo. Ingrid y yo nos negábamos, pero solo una vez, porque cuando bailábamos con ellos nos sentíamos adoradas por nuestro altísimo padre y nuestra divertida y tambaleante madre, y adorados, los cuatro en bloque, por las personas que nos miraban, aunque no las conociéramos.

Pensándolo ahora, también es poco probable que nuestra madre las conociera; era como si el objetivo de aquellas fiestas fuese llenar la casa de desconocidos insólitos y mostrarse ante ellos de una manera insólita, y no como una persona que había vivido encima de una cerrajería. Su insólita conducta con nosotros tres no era suficiente.

Cuando vivía en Oxford, mi madre estuvo un tiempo enviándome brevísimos correos en los que no especificaba el asunto. El último decía: *Los de la Tate me andan rondando*. Desde que me fui de casa, mi padre me ha enviado por correo fotocopias de cosas escritas por otras personas. Abiertas y apretadas contra el cristal de la fotocopiadora, las páginas del libro parecen grandes alas de mariposa, y la gran sombra oscura que hay en el centro, su cuerpo. Las he guardado todas.

La última frase que me envió, subrayada con un lápiz rojo, era de Ralph Ellison: *El final está al principio y está muy lejos*. Y, al margen y con su letra diminuta, había añadido: *Tal vez esto te diga algo, Martha*. Patrick acababa de marcharse. En la parte superior de la hoja, escribí: *El final es ahora y no puedo recordar el principio, esa es la cuestión*, y se la mandé por correo.

Me la reenvió unos días más tarde. Su única añadidura: *¿Qué tal si lo intentas?*

Tenía diecisiete años cuando conocí a Patrick. 1993. Era el día de Navidad. Patrick estaba en medio del vestíbulo de baldosas a cuadros blancos y negros de la casa de mis tíos con mi primo Oliver, el hijo mediano. Llevaba puesto el uniforme del colegio y en la mano tenía una bolsa de lona. Yo acababa de ducharme y estaba bajando para ayudar a poner la mesa antes de irnos a la iglesia.

Mi familia nunca pasaba las Navidades en ningún sitio que no fuera Belgravia. Winsome nos exigía que nos quedásemos a dormir en Nochebuena porque decía que así se creaba un ambiente más festivo. Y, aunque esto no lo mencionaba, de este modo se evitaban los problemas con la puntualidad al día siguiente..., como que apareciésemos los cuatro a las once y media al desayuno que estaba programado para lo que mi madre llamaba la «hora estándar de Belgravia», las ocho y media de la mañana.

Ingrid y yo dormíamos en el suelo del cuarto de mi prima Jessamine. Había sido el bebé tardío de Winsome, cinco años menor que Oliver, que la llamaba «el accidente» cuando no había adultos cerca y, cuando los había, «la MS», la maravillosa sorpresa, hasta que llegado a una edad ató cabos y comprendió que también él había sido una sorpresa..., al fin y al cabo, su hermano mayor, Nicholas, es adoptado. Nunca se hablaba de por qué tras cuatro años de matrimonio con Rowland mi tía no había concebido el bebé que anhelaba; seguramente no se sabía. Fuera cual fuera la causa, decía mi madre, después de tanto tiempo debió de parecerles que el follón legal del papeleo era preferible a seguir esforzándose en el dormitorio.

Nicholas, que tiene mis mismos años, tenía otro nombre cuando le adoptaron, y jamás se hablaba de sus orígenes más allá de referirse a ellos como «sus orígenes». Pero he oído decir a mi tío, al alcance del oído de su hijo, que en lo que se refiere a adoptar bebés en Gran Bretaña, te dan a elegir el color que quieras siempre que sea marrón. He oído a Nicholas decirle a su padre, a la cara: «Si mamá y tú os lo hubierais currado un poco, ahora tendríais dos blanquitos nada más». Para cuando Patrick pasó sus primeras Navidades con nosotros, Nicholas ya había empezado a descarrilarse, y desde entonces no se ha vuelto a encarrilar.

Oliver y Patrick tenían trece años y eran compañeros de internado en Escocia. Patrick llevaba allí desde los siete años. Oliver, que solo llevaba un cuatrimestre, tenía que haber llegado en Nochebuena, pero había perdido el vuelo y le habían metido en un tren nocturno. Rowland fue a Paddington a recogerle con el Daimler negro, que mi madre llamaba «el gilimóvil», y volvió a casa con los dos.

Mientras bajaba las escaleras, vi a mi tío, enfundado todavía en su abrigo, regañando a su hijo por traer a un amigo a pasar las malditas Navidades en casa sin pedir permiso. Me detuve a medio camino y me quedé mirando. Patrick se había agarrado el dobladillo del jersey y lo enrollaba y lo desenrollaba mientras Rowland seguía hablando.

Oliver dijo:

—Ya te lo he dicho. Su padre se olvidó de reservarle el billete de vuelta. ¿Qué querías que hiciera yo, dejarle en el colegio con el director?

Rowland farfulló un improperio y se volvió hacia Patrick.

—Lo que quisiera yo saber es a qué padre se le olvida reservar un vuelo para su hijo en Navidad. Un vuelo a Singapur, joder.

Oliver dijo que a Hong Kong.

Rowland le ignoró.

—Y tu madre, ¿qué?

—No tiene —dijo Oliver mirando a Patrick, que seguía dale que te pego con el jersey, incapaz de articular palabra.

Lentamente, Rowland se desanudó la bufanda y, una vez colgada, le dijo a Oliver que su madre estaba en la cocina.

—Te sugiero que vayas y hagas algo útil. Y... —volviéndose hacia Patrick— tú, ¿cómo decías que te llamabas?

—Patrick Friel, señor —respondió con un tono que sonó a pregunta.

—Bueno, «Patrick Friel señor», ya que estás aquí, te puedes ahorrar los lagrimones. Y suelta de una vez la maldita bolsa.

Añadió que a él y a la madre de Oliver podía llamarles señor y señora Gilhawley, y se alejó con paso airado.

Seguí bajando las escaleras. Oliver y Patrick me miraron a la vez; Oliver dijo: «Esa es mi prima Martha», le agarró de la manga y se lo llevó hacia la escalera que bajaba a la cocina.

Meses atrás, Margaret Thatcher se había mudado a una casa al otro lado de la plaza. Winsome lo soltaba, a veces con naturalidad y otras no tanto, en todas las conversaciones, y el día de Navidad lo mencionó dos veces durante el desayuno y, de nuevo, mientras nos preparábamos para ir a la iglesia que estaba en una esquina de la plaza, más cerca de mis tíos que de la casa de la primera ministra.

Nada más conocer a mi tía, a la gente le llama la atención —aunque con el tiempo se acostumbra— que siempre que habla de un tema importante levanta la barbilla y cierra los ojos. Cuando llega al meollo del asunto, los ojos se le abren de par en par como si se hubiera despertado bruscamente. Para terminar, coge aire abriendo mucho las fosas nasales y antes de expulsarlo lentamente lo contiene durante un rato que acaba siendo preocupante. En el caso de Margaret Thatcher, mi tía siempre abría los ojos en el momento de decir que la primera ministra había escogido «el lado menos bueno» de la plaza. Esto exasperaba a mi madre, que de camino a la iglesia se preguntaba en voz alta por qué, en vez de ir en línea recta, Winsome nos hacía dar un rodeo por los otros tres lados de la plaza.

Una vez, al volver de la iglesia, mi madre se fue a llevar unas tartaletas de frutas a los policías que estaban montando guardia enfrente de la casa de Margaret Thatcher y volvió con el plato vacío. Todos los años, en abril, Winsome hace sus propias tartaletas, y escuchó con una sonrisa imperturbable cuando mi madre le dijo que al parecer los policías tenían prohibido aceptar nada y que por eso, a la vuelta, las había tirado todas a un cubo de basura.

Antes de comer me puse una sudadera de Mickey Mouse y unos *shorts* negros de ciclista, y entré descalza en el comedor... Lo recuerdo porque mientras nos sentábamos Winsome me dijo que me daba tiempo a subir a cambiarme, que la ropa de licra no era de rigor para sentarse a la mesa de Navidad, y ya de paso que me calzara. Mi madre dijo:

—Eso, Martha. ¿Y si resulta que en este mismo instante la señora Thatcher está cruzando desde su lado menos bueno de la plaza? ¿Qué impresión vamos a causarle?

Cogió la copa de vino que le ofrecía Rowland, que, al ver que la vaciaba de un trago, dijo:

—Por Dios, Celia, que no es una maldita medicina. Al menos pon cara de que la estás disfrutando.

Pues claro que la estaba disfrutando. Ingrid y yo, no. En casa, en las fiestas, que nuestra madre bebiera siempre nos había hecho gracia. Ahora que éramos más mayores, y ella también, ya no tenía tanta gracia, y beber ya no dependía de que hubiera gente interesante en casa, ni siquiera de que hubiera gente. Y, en cualquier caso, nunca había tenido gracia en Belgravia, donde la manera de beber de mis tíos no alteraba el ambiente, y donde Ingrid y yo vimos que era posible volver a poner el corcho a una botella y guardarla, y también dejar las copas en la mesa sin terminar. Aquel día, que se cerró con Winsome arrodillada junto a la silla de nuestra madre dando toquecitos a la moqueta con un trapo húmedo para limpiar el vino, su manera de beber nos hizo sentir vergüenza. Sentimos vergüenza por nuestra madre.

Una vez sentados todos a la mesa y mientras Winsome pasaba las fuentes —siempre de izquierda a derecha—, Rowland, en el extremo de los adultos, le preguntó a Patrick, que estaba en la zona de los niños, si pertenecía a algún grupo étnico.

Oliver dijo:

—Papá, eso no se pregunta.

—Pues claro que se pregunta, ya ves que acabo de hacerlo —dijo Rowland, y miró fijamente a Patrick, que, obedientemente, respondió diciendo que su padre había nacido en Estados Unidos, pero que en realidad era escocés y que su madre era —y aquí le tembló la voz— británica de origen indio.

A mi tío le pareció curioso que el acento de Patrick fuera más elegante que el de sus hijos, teniendo en cuenta que ni su padre ni su madre eran ingleses. Nicholas murmuró «santo cielo» y le mandaron salir del comedor, pero no obedeció. En los años críticos de Nicholas, nos dijo una vez mi madre a Ingrid y a mí que Winsome y Rowland no habían sido perseverantes con su hijo mayor. Nos sorprendió su comentario, teniendo en cuenta que a nosotras no nos sometía a ningún tipo de disciplina.

Con forzada alegría, Winsome le preguntó a Patrick los nombres de sus padres. El de su padre, respondió, era Christopher Friel, y, casi de modo inaudible, dijo que el de su madre era Nina. Rowland empezó a quitar trocitos de piel de las lonchas de pavo que le había servido mi tía, y se los estaba dando uno a uno al lebrel sentado a sus pies. Lo había comprado unas semanas antes y le había llamado Wagner. Esa mañana, al bajar a desayunar, mi madre había dicho que prefería escuchar el ciclo entero de *El anillo del nibelungo* interpretado por un violinista aficionado antes que pasar otra noche entera oyendo los aullidos del perro.

A la siguiente pregunta de Rowland, esta vez por el empleo de su padre, Patrick dijo que trabajaba para un banco europeo, que, perdón, pero no recordaba cuál. Mi tío tomó un largo trago de lo que fuera que había en su vaso y a continuación dijo:

—Bueno, cuéntanos, ¿qué le sucedió a tu madre?

Las fuentes habían terminado de circular, pero nadie había empezado a comer debido a la conversación que estaba teniendo lugar de un extremo a otro de la mesa. Esforzándose por contener las lágrimas, Patrick explicó que se había ahogado en la piscina de un hotel cuando él tenía siete años. Rowland dijo que qué mala suerte y sacudió su servilleta, dando a entender que la entrevista había concluido. Inmediatamente, Oliver y Nicholas cogieron sus cubiertos y se pusieron a comer como si alguien hubiera dado el pistoletazo de salida, con las cabezas gachas y el brazo izquierdo rodeando el plato, como defendiéndolo de un posible robo, a la vez que engullían lo que iban amontonando en el tenedor con la mano derecha. Patrick comía igual que ellos.

Le habían enviado al internado una semana después del funeral de su madre. Ese es el tipo de padre que se olvida de reservar un vuelo a casa para su propio hijo.

Minutos después, durante una pausa en la conversación de los adultos, Patrick dejó de engullir, levantó la cabeza y dijo: «Mi madre era médico». Nadie se lo había preguntado, ni entonces ni antes. Lo dijo como si se le hubiese olvidado y acabase de recordarlo.

Mi padre, creo que para impedir que Rowland volviese sobre el tema o escogiese uno peor, empezó a explicar la paradoja de Teseo a toda la mesa. Era un acertijo filosófico del siglo I: si a un barco de madera le cambian toda la tablazón en plena travesía por el océano, ¿es, en sentido estricto, el mismo barco cuando llega a su destino? O, dicho de otro modo, continuó al ver que nadie entendía de qué estaba hablando:

—La pastilla de jabón de Rowland ¿es la misma que compró en 1980 o es una pastilla completamente distinta?

—He aquí la paradoja del jabón Imperial Leather —dijo mi

madre, pasando el brazo por encima de él para coger una botella abierta.

Al final de la comida, Winsome nos invitó a todos a pasar al salón formal para «estirarnos un poco». Fue allí donde Ingrid y yo descubrimos que el dinero que nos mantenía a los cuatro no venía de nuestros padres.

Las dos, por aquel entonces, íbamos a un selecto colegio privado solo para chicas. A mí me dieron una beca porque, según me dijo el primer día una niña mayor que yo, había quedado la segunda en el examen de acceso y la primera se había muerto durante las vacaciones.

La lista de prendas y accesorios del uniforme escolar ocupaba cinco páginas por las dos caras. Mi madre nos la leyó en la mesa, riéndose de un modo que me ponía nerviosa:

—Calcetines de invierno, con escudo. Calcetines de verano, con escudo. Calcetines de deporte, con escudo. Bañador, con escudo. Gorro de natación, con escudo. Compresas, con escudo. —La soltó sobre el aparador y dijo—: Martha, no pongas esa cara, era una broma. Seguro que te dejarán usar compresas no reglamentarias.

Como no le dieron beca, nuestros padres matricularon a Ingrid en el instituto del barrio, que era gratis y mixto y ofrecía a las chicas dos tipos de uniforme..., el normal y el de maternidad, decía Ingrid. Pero en el último segundo nuestros padres cambiaron de idea y la mandaron a mi colegio. Mi madre dijo que había vendido una escultura. Ingrid y yo hicimos una tarta para celebrarlo.

En el coche, de camino a Belgravia aquella Nochebuena, le habíamos preguntado a mamá por qué no le caía bien Winsome. Había estado negándose a arreglarse durante varias horas, amenazando, como todos los años, con no ir cada vez que mi padre le metía prisa, y accediendo tan solo cuando le pareció que ya se lo había suplicado suficientemente. Nos respondió que porque Winsome era controladora y estaba obsesionada con las apariencias, y que, por mucho que fuera su hermana, era incapaz de identificarse con alguien cuyas dos pasiones fundamentales eran la restauración y sentar a la mesa a grandes grupos de comensales.

Aun así, mi madre siempre hacía regalos carísimos... a todo el mundo, pero sobre todo a Winsome, que abría el suyo lo justito para ver qué era y después trataba de volver a pegar el papel celo mientras le decía que se había pasado. Siempre, mi madre se levantaba y salía de la habitación con aire ofendido, momento en el que Ingrid decía algo gracioso para crear buen ambiente. Pero aquel año, no. Aquel año, mamá ni se movió. Levantó los brazos y dijo:

—¿Por qué, Winsome? ¿Por qué nunca nunca agradeces las cosas que te compro?

Mi tía, profundamente incómoda, recorrió la habitación con la mirada en busca de algún lugar donde posarla. Rowland, que, siguiendo la tradición, acababa de regalarle un vale de veinte libras para Marks & Spencers, dijo:

—Porque se lo has comprado con nuestro maldito dinero, Celia.

Ingrid y yo estábamos sentadas en la misma butaca y nos buscamos las manos. Sentí el calor de la suya mientras mirábamos a mamá, que se levantó con esfuerzo diciendo:

—Bueno, Rowland, qué le vamos a hacer; ganas algo y pierdes algo, supongo*.

Salió de la habitación riéndose de su chiste.

A pesar de que ya éramos mayorcitas, nunca se nos había ocurrido pensar que un poeta bloqueado y una escultora que todavía no había logrado su estatus «de importancia menor» no tuvieran ingresos y que fueran nuestros tíos los que nos compraban los bañadores con escudo, como todo lo demás. Una vez que nuestra madre hubo salido de la habitación, Ingrid le dijo a Winsome:

---

* Juego de palabras con el nombre de Winsome: *win* ('ganar'), *some* ('algo'). (N. de la T.).

—¿Qué es? Me lo quedo yo, siempre y cuando no sea una escultura.

Y a partir de ahí hubo buen ambiente.

En Belgravia, por norma, los niños abrían los regalos en orden ascendente de edad. Jessamine primero, Nicholas y yo los últimos. Poco antes del turno de Oliver, Winsome desapareció por unos instantes y volvió con un regalo que dejó, sin que nadie salvo yo se diera cuenta, debajo del árbol. Segundos después, lo cogió y dijo, «Un regalo para ti, Patrick». El chico se quedó de piedra. Era una especie de almanaque de cómics. Ingrid susurró «Vaya chasco» cuando vio lo que era, pero yo pensé que jamás había visto a nadie sonreír tanto como Patrick cuando alzó la vista para dar las gracias a mi tía.

Cómo pudo haber un regalo para él, con su nombre, cuando nadie había previsto su presencia, siguió siendo un misterio para él durante muchos años. Estábamos embalándolo todo para mudarnos a Oxford cuando Patrick encontró el libro en una estantería y me preguntó si lo recordaba.

—Fue uno de los mejores regalos de mi infancia. No sé cómo se le pudo ocurrir a Winsome.

—Lo cogió de su armario de regalos de emergencia, Patrick.

Pareció ligeramente desanimado, pero dijo:

—Bueno, aun así.

Y se puso a leerlo hasta que se lo quité de las manos.

Aquel primer año solo hablé con Patrick una vez, mientras nos dirigíamos hacia Hyde Park y rodeábamos Kensington Gardens. El día de Navidad, por la tarde, siempre nos obligaban a salir a pasear a fin de que Rowland pudiera escuchar el discurso de la reina en relativa paz. Relativa, porque mi madre se ponía a despotricar contra la institución de la monarquía desde la primera toma aérea de Windsor Castle y continuaba durante todo el discurso de Su

Majestad, mientras mi padre leía en voz alta fragmentos del libro que se había regalado a sí mismo.

Ingrid y yo íbamos caminando justo detrás de Patrick cuando, casi al final del paseo central de Hyde Park, se detuvo de golpe y se abalanzó a coger una pelota de tenis que acababa de lanzarle Oliver. El brazo abierto de Patrick dio un buen golpe en el pecho a mi hermana, que no había tenido reflejos para parar y se puso a soltar tacos y a decirle que le había hecho mogollón de daño en la teta. Patrick, afligido, le pidió perdón. Le dije que no se preocupase, que era difícil no darle un golpe a Ingrid en la teta. También por eso pidió perdón, y luego salió corriendo.

Patrick volvió al año siguiente —esta vez después de pasar por el visto bueno de Winsome— porque su padre acababa de casarse con una abogada chinoamericana llamada Cynthia, y estaban de luna de miel. Yo tenía diecisiete años; Patrick, catorce. Le dije hola cuando apareció en la cocina con Oliver; se quedó en la puerta, de nuevo enrollando el dobladillo de su jersey, mientras mi primo buscaba lo que fuera que había ido a buscar.

En algún momento de aquel día, subimos todos al cuarto de Jessamine y nos sentamos en las camas deshechas, todos menos Nicholas, que se plantó delante de la ventana y se sacó un cigarrillo del bolsillo, uno de liar que estaba medio despegado y se estaba deshaciendo. Jessamine, que tenía nueve años, agitó las manos y se echó a llorar mientras él intentaba encenderlo.

—No nos pareces guay, Nicholas —dijo Ingrid, trayendo a Jessamine a sentarse entre las dos—. Parece una bolsita de té envuelta en papel higiénico.

Me ofrecí a ir a por un trozo de cinta adhesiva, y después le pregunté a Jessamine si quería ver un truco. Asintió con la cabeza y dejó que Ingrid le limpiase la cara con la manga del jersey. Por aquella época yo llevaba aparato en los dientes y, mientras todos me miraban, empecé a mover la lengua por dentro de la mejilla.

Un segundo después, puse la boca en forma de O y una de las gomitas salió disparada. Cayó en el dorso de la mano de Patrick. La miró un momento con aire vacilante, y a continuación la cogió delicadamente.

Más tarde, en casa, Ingrid vino a mi cuarto a que colocásemos todos los regalos en el suelo para ver quién tenía más y dividirlos en dos montones, el de los «me gusta» y el de los «no me gusta», aunque ya nos estábamos haciendo demasiado mayores para eso. Me dijo que había visto a Patrick meterse la gomita en el bolsillo cuando creía que nadie le estaba mirando.

—Porque está enamorado de ti.

Le dije que no fuera tan bruta.

—¡Si es un niño!

—La diferencia de edad ya no tendrá ninguna importancia para cuando os caséis.

Hice como que me ponía a vomitar.

Ingrid dijo:

—Patrick ama a Martha. —Y cogió el CD de Grandes Éxitos del 93 de mi montón de «no me gusta» y lo puso en el equipo de música.

Aquellas fueron las últimas Navidades antes de que una pequeña bomba estallase en mi cerebro. El final, oculto en el principio. Patrick volvía cada año.

La mañana de mi examen final de Francés me desperté sin sensibilidad en las manos ni en los brazos. Estaba tumbada boca arriba y las lágrimas se me saltaban por el rabillo de los ojos y me bajaban por las sienes hasta el pelo. Me levanté y fui al cuarto de baño, y en el espejo vi que alrededor de la boca tenía un círculo morado, como un moretón. No podía parar de temblar.

En el examen, no conseguía leer las preguntas y me quedé con la vista clavada en la primera hoja hasta que se acabó el tiempo sin que hubiera escrito nada. Nada más llegar a casa, subí a mi cuarto, me metí en el hueco de debajo de la mesa y me quedé allí quieta, como un animalillo que sabe por instinto que se está muriendo.

Allí seguí durante varios días, bajaba nada más que a comer y al cuarto de baño, y al final solo al cuarto de baño. De noche no podía dormir y de día no podía mantenerme espabilada. Sentía que me corrían por la piel cosas que no podía ver. Empecé a tener pavor al ruido. Ingrid no hacía más que entrar y suplicarme que dejase de hacer cosas raras. Yo le decía que por favor, por favor, se marchase. Después la oía gritar desde el pasillo: «¡Mamá, Martha está otra vez debajo de la mesa!».

Al principio, mi madre se mostró comprensiva. Me subía vasos de agua y trataba de engatusarme por distintos medios para que bajase. Después empezó a irritarse, y cuando Ingrid la llamaba decía: «Ya saldrá ella cuando quiera». Ya no entraba en mi cuarto, salvo una vez con la aspiradora; mientras hacía como que no reparaba en mí, puso todo su empeño en aspirar alrededor de mis pies. Ese es el único recuerdo que tengo de mi madre en relación con la limpieza en cualquiera de sus facetas.

Las fiestas de Goldhawk Road se suspendieron a petición de mi padre, que le dijo a mi madre que solo hasta que empezase a encontrarme mejor. Mi madre dijo: «Bueno, tampoco es que divertirse sea una necesidad», y se cortó el pelo muy corto y empezó a teñírselo de tonos que no existen en la naturaleza.

Supuestamente, fue el estrés de mi enfermedad lo que la hizo engordar. Ingrid dice que, si eso es cierto, también es culpa mía que empezase a llevar vestidos tipo saco: sin cintura, de muselina o de lino, siempre morados y superpuestos, de tal manera que los dobladillos le caían desiguales sobre los tobillos, como las esquinas de un mantel. No se ha desviado de este estilo desde entonces; lo único que ha hecho ha sido añadir capas a medida que ha ido añadiéndose kilos. Ahora que es prácticamente esférica, la impresión que da es la de un montón de mantas tiradas a voleo sobre una jaula.

Antes de que me pusiera enferma, mi madre me llamaba Tararí porque de pequeña, nada más despertarme, me ponía a canturrear cancioncillas sin ton ni son, inventadas, y así seguía hasta que alguien me pedía que me callara. Los recuerdos que tengo de esto son gracias a otras personas: que una vez me pasé las seis horas de viaje en coche a Cornualles cantando sobre mi pasión por los melocotones en almíbar, que podía quedarme tan afectada por una canción sobre un cachorrito sin madre o un rotulador que se me había perdido que terminaba provocándome a mí misma el llanto, hasta el punto de que en una ocasión vomité en la bañera…

En el único recuerdo que es mío, estoy en el jardín, sentada sobre el césped sin cortar de enfrente del cobertizo de mi madre cantando acerca de una astilla que se me ha metido en el pie, y su voz me responde desde dentro, también cantando: «Ven aquí, Tararí, que yo te la saco». Dejó de llamarme Tararí cuando enfermé, y lo cambió por Nuestra Criticona Doméstica.

Ingrid dice que siempre tuvo tendencias un poco cabronas, pero que fui yo la que en realidad se las sacó a la luz.

El año pasado, compré unas gafas que no me hacen falta porque el oculista se cayó de su taburete giratorio mientras me examinaba la vista. Parecía tan abochornado que me puse a leer mal las letras a propósito. Las gafas están en la guantera, todavía en su bolsita.

Desde el principio, mi padre se quedaba conmigo de noche, sentado en el suelo, apoyado contra mi cama. Se ofrecía a leerme poesía y, si le decía que no, hablaba de todo un poco con voz muy tranquila, sin exigir ningún tipo de reacción por mi parte. Nunca llevaba puesto el pijama, creo que porque si no se cambiaba de ropa podíamos fingir que seguía siendo por la tarde y todo era normal.

Pero yo sabía que estaba preocupado y, como me sentía tan avergonzada por mi conducta y al cabo de un mes no sabía cómo cambiarla, le dejé que me llevase a un médico. Durante el trayecto, me tumbé en el asiento trasero del coche.

El médico le hizo unas preguntas mientras yo, sentada en la silla de al lado de mi padre, miraba al suelo. Al cabo de un rato, dijo que, basándose en la fatiga, la palidez y el ánimo decaído, había tantas probabilidades de que fuera mononucleosis que ni siquiera hacía falta hacer un análisis de sangre. Asimismo, no había nada que pudiera recetarme porque la mononucleosis tenía que seguir su curso, pero, añadió, si yo era de esas chicas que preferían que les recetasen algo, me recomendaba comprimidos de hierro. Se dio una palmadita en los muslos y se levantó. En la puerta, me miró con la cabeza ladeada y le dijo a mi padre:

—Está claro que cierta personita ha besado a un chico…

De camino a casa, mi padre hizo una parada para comprarme un helado que en vano intenté comerme, de manera que durante el resto del trayecto tuvo que conducir sosteniendo el cono semiderretido por fuera de la ventanilla. Antes de abrir la puerta de casa, hizo una pausa y me preguntó que qué tal si, en vez de volver directamente a mi cuarto, me iba un ratito a su estudio a descansar. Su estudio es la primera habitación que hay al entrar. Dijo que para cambiar de aires; aunque eso no lo dijo, los aires eran el hueco de debajo de mi escritorio. Tenía cosas que hacer, añadió, así que nada de hablar. Respondí que sí porque sabía que era lo que él quería y porque acababa de subir los seis peldaños de la entrada y necesitaba sentarme antes de continuar escaleras arriba hasta mi dormitorio.

Esperé en la entrada mientras mi padre recogía los libros y los montones de papel del sofá marrón que había vuelto a la casa y que estaba pegado a la pared, debajo de las ventanas que daban a la fachada. Se le iban cayendo cosas de los brazos por culpa de las prisas, como si temiera que fuese a cambiar de opinión y marcharme si tardaba demasiado. Hasta entonces, siempre me había parecido que tenía prohibido el acceso a su estudio, pero mientras esperaba vi que no, que solo era porque mi madre decía que a santo de qué iba a querer entrar nadie sin necesidad de hacerlo. De todas las habitaciones de la casa, era la que ella más detestaba porque, según decía, tenía un aura de improductividad.

Una vez que hubo terminado, pasé y me tumbé de costado en el sofá, con la cabeza en el reposabrazos y de cara al escritorio. Mi padre fue a sentarse en su silla y ajustó un folio que ya estaba en la máquina de escribir, y después se frotó las manos. Antes, siempre que le oía teclear desde cualquier rincón de la casa o que pasaba por delante de la puerta cerrada de camino a la calle, me lo imaginaba atormentado, porque cuando salía a asar las chuletas siempre parecía exhausto. Pero en el mismo instante en que mi padre empezó a dar picotazos en las teclas con los dedos índice, su rostro adquirió una expresión de íntimo arrobo. Al cabo de un minuto, parecía haberse olvidado de mi presencia. Me quedé mirándole..., observé cómo se detenía al final de cada renglón para releer lo que fuera que acabara de escribir, moviendo mudamente los labios, casi siempre con una sonrisa. Después, dando un golpetazo a la palanca con la mano izquierda para que el carro volviese instantáneamente al margen, más frotamiento de manos y otro renglón. El ruido de las teclas de su máquina no era tanto un chasquido como un golpe seco. Lejos de alterarme, la repetición del proceso me calmó hasta el punto de amodorrarme, y la presencia de mi padre..., su presencia me hizo sentir que estaba en el mismo cuarto que una persona que sí quería estar viva.

Empecé a pasar allí todos los días. Al cabo de un tiempo, dejé de tumbarme en el sofá y me sentaba a mirar la calle. Un día encontré un boli entre los cojines del sofá y, al ver que me estaba garabateando desganadamente en el brazo, mi padre se levantó y me trajo papel y un diccionario Oxford abreviado. Se encorvó sobre mí unos segundos, escribió el alfabeto en el margen izquierdo y me dijo que escribiera un cuento de una sola frase, utilizando las letras en su orden. Dijo que el diccionario solo era para que me apoyase en él y volvió a su mesa.

Escribí cientos de cuentos. Siguen por ahí guardados en una caja, pero solo recuerdo uno porque cuando lo terminé mi padre dijo que algún día sería reconocido como la cumbre de toda mi obra.

Al final del
Brutal y
Conflictivo
Divorcio,
Esmeralda y su
Familia,
Genuinamente

Heridas e
Impactadas por un
Juicio
Kafkiano,
Lamentaron
Melancólicamente la
Noticia
Objetable y
Puñetera:
Que los
Rumores
Sugerían
También,
Unívocamente,
Varias
Windsurfistas
Yanquis y
eXuberantes
Zagalas.

Todavía hoy, cuando no consigo conciliar el sueño, sigo inventándome cuentos. La más difícil es la K.

Una amiga de Ingrid, que se pasó una vez por su casa mientras estaba yo allí, me dijo que la aplicación de meditación *Headspace* le había cambiado la vida. Ganas me entraron de preguntarle cómo había sido su vida y cómo era ahora.

En septiembre me encontraba bien. Mi padre y yo decidimos que lo mejor era que fuese a la universidad. Pero solo me sentía bien cuando estaba en aquella habitación, con él. Desde el primer momento, fui incapaz de quedarme a una clase completa. Faltaba días enteros y después semanas enteras. Empecé a quedarme otra vez debajo de mi mesa cuando estaba en casa. A finales del cuatrimestre el decano me obligó a cogerme una baja académica temporal. Me dio un folleto sobre el manejo del estrés y me dijo que tendría que hacer muy buen papel en los exámenes si decidía volver en enero. Que utilizara las vacaciones para reflexionar seriamente. Mientras me acompañaba a la salida de su despacho, dijo: «En cada hornada hay alguien como tú», y me deseó una feliz Navidad.

En el cuarto y último piso de la casa de Goldhawk Road hay un balcón de hierro al que no salíamos porque estaba oxidado y se estaba soltando de la pared. Una noche, durante las vacaciones, salí y me quedé descalza sobre el suelo de rejilla, apoyada en la barandilla y contemplando el largo rectángulo negro del jardín.

Todo me dolía. Las plantas de los pies, el pecho, el corazón, los pulmones, el cuero cabelludo, los nudillos, los pómulos. Me dolía hablar, respirar, llorar, comer, leer, escuchar música, estar con más gente en la misma habitación, estar sola. Me quedé allí mucho tiempo, notando de vez en cuando el balanceo del balcón con el viento.

La gente normal dice que no se imagina que pueda encontrarse tan mal que sinceramente quiera morirse. No intento explicarles que no es que quieras morirte, sino que sabes que no tienes que estar viva. El cansancio es tal que te machaca los huesos, es un cansancio teñido de miedo. El hecho antinatural de vivir es algo que en algún momento tendrás que resolver.

Esto es lo peor que me ha dicho nunca Patrick: «A veces me pregunto si no será que te gusta estar así».

Estas son las razones por las que volví a meterme en casa: no quería que la gente pensara que mi padre no era buen padre, no quería que Ingrid suspendiera los exámenes, no quería que mi madre aprovechase algún día mi decisión con fines artísticos.

Pero Patrick es la única persona que conoce la razón fundamental de que no llevase a cabo la peor idea que he tenido en mi vida. Volví a meterme porque, incluso en el estado en el que me hallaba, pensaba que era demasiado lista y especial, mejor que cualquiera que pudiese hacer aquello que me había propuesto hacer al salir al balcón. Yo no era ese alguien que hay en cada hornada. Volví a entrar porque era demasiado orgullosa.

Una vez, en mi columna gastronómica de humor, dije que el jamón de Parma había pasado a ser una ordinariez. Cuando salió la revista, una lectora me mandó un correo diciéndome que daba una desagradable imagen de superioridad y que ella, al menos, pensaba seguir disfrutando del jamón de Parma. Lo imprimí y se lo enseñé a Patrick. Lo leyó con un brazo alrededor de mi hombro, y al terminar me estrechó contra su cuerpo y dijo, apoyando la cara en mi cabeza:

—Me alegro.

—¿Te alegras de que la señora no vaya a renunciar al jamón?

—De que seas desagradablemente superior.

Queriendo decir: ya que gracias a eso sigues viva.

Seguramente no sea la peor idea que he tenido en mi vida. Pero figura entre las cien primeras.

Esto es lo peor que me ha dicho nunca Ingrid: «En el fondo, te has convertido en mamá».

Hace unos meses, Ingrid llamó y me habló de una especie de crema antimanchas que había empezado a utilizar para librarse de una mancha marrón que le había salido en la cara. En la parte de atrás del tubo decía que estaba indicada para la mayoría de las zonas problemáticas.

Le pregunté si pensaba que tendría efecto en mi personalidad.

Dijo que tal vez.

—Aunque lo que no va a conseguir es que desaparezca del todo.

Después de aquella noche del balcón, le pregunté a mi padre si podía ir a otro médico distinto. Le conté lo que había pasado. Mi padre estaba en la cocina comiéndose un huevo duro y se levantó tan deprisa que volcó la silla. Le dejé abrazarme durante un buen rato. Después me dijo que esperase mientras encontraba la lista de los otros médicos que había anotado en un cuaderno que estaba por ahí en su estudio.

La médico que elegimos por ser la única mujer sacó un cuestionario plastificado de un archivador y se puso a leerlo en voz alta con un rotulador rojo para pizarra en la mano. El cuestionario tenía una ligera capa rosa de tanto escribir y borrar las respuestas de otras personas.

—¿Te sientes triste sin motivo, Martha? ¿Siempre, a veces, muy pocas veces, nunca? Vale, siempre... —Y luego, a medida que iba respondiendo al resto de las preguntas—: Vale, otra vez siempre; esta, siempre también; a ver que adivine..., ¿siempre?

Al final, dijo:

—Bueno, no hace falta sumar los puntos, así que creo que podemos suponer sin riesgo a equivocarnos que...

Y rellenó una receta para un antidepresivo que estaba, siguió diciendo, «especialmente formulado para adolescentes», como si fuera una crema antiacné.

Mi padre le pidió que detallase en qué exactamente se diferenciaba de la formulada para adultos. La doctora se acercó haciendo rodar la silla, sin levantarse, y bajó la voz.

—No tiene tanto efecto sobre la libido.

Mi padre, con aire incómodo, dijo «Ah».

Y la doctora, de nuevo dirigiéndose a él, añadió:

—Porque supongo que será sexualmente activa, ¿no?

Quise salir corriendo de la sala cuando se puso a explicar, todavía en voz baja, que, si bien la libido no se vería afectada, tenía que tomar más precauciones que las habituales para evitar embarazos no deseados porque la medicación no era segura para los fetos. Quería dejarlo todo bien claro a este respecto.

Mi padre asintió con la cabeza y la doctora dijo que estupendo y, acercándose a mí con la silla, empezó a hablar más alto de lo normal, como queriendo reforzar la ficción de que yo no había podido oír lo que acababa de decir. Me dijo que tendría jaquecas durante quince días, y quizá la boca seca, pero que al cabo de unas semanas volvería a sentirme como la Martha de siempre.

Le dio la receta a mi padre y mientras nos levantábamos me preguntó si habíamos terminado ya las compras navideñas. Ella ni siquiera había empezado las suyas, ¡cada año tardaban menos en llegar las Navidades!

En el coche, mi padre me preguntó si estaba llorando como otras veces o si era por una razón concreta.

—Esa palabra, «feto»...

—¿Debería preguntarte —agarró el volante tan fuerte que los nudillos se le pusieron blancos— si tenía razón la doctora...? ¿No estarás...?

—No lo estoy.

Mientras aparcaba enfrente de la farmacia, me dijo que no hacía falta que me bajase porque no iba a tardar nada.

Las cápsulas eran de color marrón claro y marrón oscuro y, al ser una dosis pequeña, tenía que acabar tomándome seis al día, pero era fundamental que llegase a esta cantidad muy lentamente a lo largo de dos semanas; la doctora había querido ser absolutamente clara también a este respecto. Sin embargo, decidí empezar de golpe y me metí en el cuarto de baño nada más llegar a casa. Ingrid ya estaba allí, intentando hacerse un flequillo, y se quedó mirándome mientras me metía seis pastillas a la vez en la boca. Al ver que se me salían todas, dijo: «Eh, soy tu viejo amigo, el Monstruo de las Galletas», e hizo como que las metía todas de nuevo mientras repetía sin parar: «Yo galleta, yo galleta».

Era como comer plástico y dejaban sabor a champú. Escupí en la pila y me dispuse a marcharme, pero Ingrid me pidió que me quedase un rato. Nos metimos en la bañera vacía, cada una en un extremo, apretando las piernas contra la otra. Habló de cosas normales e imitó a nuestra madre. Pensé que ojalá pudiera reírme, en vista de lo triste que se ponía si no lo hacía. Al final salió porque quería comprobar en el espejo cómo le había quedado el flequillo, y dijo: «Dios mío, más vale que me crezca pronto».

Todavía hoy, cada vez que tengo que tragarme una pastilla, pienso: «Yo galleta, yo galleta».

De los hijos de Ingrid, el de en medio es mi favorito porque es tímido y nervioso. A partir del momento en que arrancó a andar, siempre tenía que estar agarrando algo..., la falda de su madre, la pierna de su hermano mayor, los bordes de las mesas. Le he visto estirar los brazos y enganchar las puntas de los dedos en el bolsillo de Hamish mientras caminaban el uno al lado del otro, dando dos pasos por cada uno de su padre.

Una vez, mientras le acostaba, le pregunté por qué le gustaba tanto tener algo en la mano. Estaba agarrando el retal de franela con el que dormía.

—No me gusta.

Le pregunté por qué lo hacía entonces.

—Para no hundirme. —Me miró con cara de agobio, como temiendo que fuese a reírme de él—. Mi mamá no sabría cómo encontrarme.

Le dije que sabía cómo era eso de no querer hundirse. Me tendió el trozo de franela y me preguntó si la necesitaba; si la quería, me la daba.

—Lo sé, pero no hace falta. Gracias. Es tu tela maravillosa.

Sin soltar la franela, alargó con cuidado el brazo, me dio unos tironcitos en el pelo hasta que pegué la cara a la suya y susurró: «En realidad, tengo dos iguales, por si cambias de idea». Se dio media vuelta y se quedó dormido con los dedos de la otra mano cerrados en torno a mi pulgar.

Tuve jaqueca durante dos semanas, y creo que también sequedad de boca. El día de Nochebuena me seguía doliendo la cabeza y le dije a mi madre que no estaba como para pasar la noche en Belgravia, y que tampoco quería ir al día siguiente.

Estábamos los cuatro en la cocina. Como, total, ya era más que evidente quc íbamos a llegar tarde, mi padre se había puesto a desplegar el suplemento literario del *Times* sobre el suelo para sacar brillo a sus zapatos, no solo a los que se iba a poner sino a todos, y mi madre acababa de decidir que se iba a meter en la bañera, que se estaba llenando ruidosamente en la habitación contigua. Llevaba un kimono de seda gastado que se le abría continuamente; cada vez, Ingrid, que estaba de pie frente a la mesa envolviendo regalos a toda mecha y mal, se paraba y se tapaba los ojos, chillando calladamente, como si le hubiese cegado la explosión de una fábrica. Yo, sentada en uno de los peldaños de una escalera de mano, no hacía nada aparte de mirarlos a todos.

Mi madre entró en el cuarto de baño y salió con la cesta de la colada. La vi meter los regalos y oí vagamente que decía que si solo íbamos a Belgravia cuando nos apetecía, ella habría ido un total de una vez. Me distrajo la cesta de la colada, porque era la que usaba mi padre cada vez que se mudaba al hotel Olympia.

Le miré. Estaba quitando betún marrón de un zapato negro con papel de cocina. Últimamente se ausentaba tan poco de casa que era raro verle hacer preparativos para salir. Incluso cuando mi madre le decía que saliera, o cuando Ingrid le suplicaba que la llevase en coche a algún sitio, se negaba. Según mi madre, sus razones para negarse —que si estaba esperando la llamada de un editor, que si no recordaba dónde había dejado el permiso de conducir, que si estaba esperando una carta certificada...— eran tan retorcidas que saltaba a la vista que intentaba escaquearse de ayudarla a cuidar de nosotras.

Dijo: «Martha», y la miré parpadeando.

—¿Has oído lo que te he dicho?

—Puedo quedarme sola en casa.

—Ya, claro, a todos nos encantaría quedarnos solos en casa.

Dijo, mirando de reojo a mi padre, que hacía meses que no tenía el placer, y de repente me pregunté cómo no se me habría ocurrido hasta entonces que desde la noche del balcón mi padre se había asegurado de que nunca nunca me quedase a solas.

Parecía extremadamente cansado. Mi madre descorchó una botella de vino y se la llevó al cuarto de baño, encendiendo de paso la radio.

Horas más tarde, nos metimos en el coche y nos fuimos a Belgravia, con el cesto de la colada lleno de regalos sobre el regazo de Ingrid y mi cabeza apoyada en su hombro. Winsome era la única que se había quedado despierta a esperarnos. Tan furiosa estaba que a mi madre ni la saludó, y a mi padre se limitó a hacerle un gesto seco con la cabeza. A Ingrid y a mí nos besó, y después me dijo que me había preparado una cama en el sofá del saloncito, que era como mis primos tenían que llamar al cuarto de la tele que había en la planta del sótano, cerca de la cocina.

—Vuestro padre llamó esta mañana y dijo que te encontrabas mal y que no querrías amontonarte con todos los demás.

Y añadió que, ahora que me veía, era cierto que tenía muy mala cara.

Por la mañana, no salí del cuarto. Nadie me insistió. Ingrid me trajo el desayuno, aunque sabía que no iba a probar bocado. Dijo que al menos tenía que beberme el té.

Llevaba muchas horas despierta, sin la sensación de pavor que solía preceder a la consciencia ni la avasalladora tristeza que llevaba acompañándome desde hacía tantos meses. En la oscuridad, quieta en la cama, mientras esperaba sentirla, me había preguntado si sería porque me había despertado en una habitación distinta.

Después de que Ingrid saliera me incorporé y me puse a escuchar las voces procedentes de la cocina, los villancicos que sonaban por la radio, el estruendo de mis primos subiendo y bajando por las escaleras y el silbido vibrato de Rowland al pasar por delante de la puerta, y el ruido, en vez de aterrorizarme, me consoló..., incluso los portazos bruscos y aislados del piso de arriba y los ladridos histéricos de Wagner. ¿Sería que estaba mejor? Me bebí el té.

A eso de las nueve, el ruido se concentró en el vestíbulo, los gritos alcanzaron su nivel máximo y a continuación la casa se sumió en un silencio casi perfecto. La única otra persona que no había ido a la iglesia, como pude comprobar cuando la radio pasó de los villancicos a una voz masculina que leía algo con tono teatral, era mi padre.

Jessamine llamó a la puerta poco después de que los oyese volver. Tenía diez años y se había vestido como una de las nietas de la reina. Le habían mandado que viniese a decirme que la comida estaba lista y también que no estaba obligada a comer.

—Y —se rascó por encima de los leotardos— si quieres comer aquí, tienes permiso, y te la puede traer alguien.

Dije que no quería nada. Se puso bizca para indicar que estaba chiflada por no querer comer y salió, dejando la puerta abierta.

Me levanté a cerrarla. Patrick estaba al otro lado, titubeante. Había crecido casi medio metro desde el año anterior y dijo hola con una voz tan distinta de la que me esperaba que me eché a reír.

Avergonzado, bajó los ojos. Yo llevaba el pantalón de chándal y la sudadera con los que había venido, pero me había quitado el sujetador y de repente fui consciente de ello. Me crucé los brazos sobre el pecho y le pregunté qué estaba haciendo. Toqueteándose un puño de la camisa y después el otro, dijo que tenía que llamar a su padre y que Rowland le había dicho que usara el teléfono del saloncito, pero que Jessamine acababa de decirle que estaba yo.

—Puedo irme.

Patrick dijo que tranquila, que ya buscaría otro, y acto seguido echó un rápido vistazo a ambos lados como si temiese que fuese a aparecer mi tío en cualquier momento. Di medio paso a un lado y entró corriendo.

Estuvo un par de minutos hablando con su padre, en monosílabos. Esperé al otro lado de la puerta hasta que le oí decir adiós. Estaba de pie al lado de la mesita del teléfono, con la mirada perdida en un cuadro de un león atacando a un caballo que había encima. Pasaron unos instantes antes de que se fijase en mí, y se disculpó por haber tardado tanto. Pensé que se marcharía, pero se quedó allí plantado mientras yo volvía al sofá y me sentaba sobre la colcha, con las piernas cruzadas, abrazándome a un cojín y deseando para mis adentros que se fuera para volver a tumbarme. Patrick se quedó donde estaba. Como no se me ocurría nada que decirle, le pregunté:

—¿Qué tal el colegio?

—Bien. —Se dio la vuelta, hizo una pausa y dijo—: Siento que estés enferma.

Me encogí de hombros y saqué un hilo de la cremallera del cojín. Aunque era el tercer año que pasaba las Navidades con nosotros, no recordaba haber hablado a solas con Patrick de nada aparte de la hora o de dónde tenía que dejar los platos que había bajado a la cocina. Pero al cabo de unos instantes, en vista de que no se iba, dije:

—Me imagino que echarás de menos a tu padre.

Sonrió y asintió con la cabeza de una manera que dejaba bien claro que no.

—¿Echas de menos a tu madre?

Le cambió la cara. No es que asomase ninguna emoción concreta; más bien, había una total ausencia de emoción. Se acercó a la ventana y, de espaldas y con los brazos caídos, se quedó quieto y callado durante tanto tiempo que cuando por fin dijo «sí» no pareció que hiciera referencia a nada. Soltó aire a la vez que subía y bajaba los hombros y me sentí culpable por no haber pensado nunca en lo solo que debía de sentirse al ser la única persona de la casa que no era de la familia. Seguro que celebrar cada año las Navidades con una familia ajena era más un motivo de vergüenza que un plato de gusto.

Cambié ligeramente de postura y pregunté:

—¿Cómo era?

—Muy muy maja.

—¿Recuerdas cosas concretas de ella? Como tenías ya siete años…

—La verdad es que no.

Saqué otro hilo del cojín.

—Qué pena.

Patrick por fin se dio la vuelta y murmuró que el único recuerdo que tenía al margen de las fotos era que una vez, en la cocina de la casa en la que vivían antes de que muriera, le había pedido una manzana y mientras se la daba le había preguntado si necesitaba que le diese el primer mordisco.

—No sé por qué diría eso.

—¿Cuántos años tenías?

—Cinco o así.

Dije:

—Pues entonces, no tendrías las paletas.

No hay una palabra que describa la emoción que asomó a su cara en aquel momento. Era un compendio de todas las emociones. Después, se marchó.

Había una cafetería, a un par de minutos del hogar exclusivo, a la que iba todas las mañanas. El camarero era muy joven y tenía aspecto de famoso, así en general, sin concretar. Un día bromeé al respecto mientras le ponía la tapa al café. Para mi decepción, respondió con tono de flirteo, y a los pocos días ya estaba metida en una relación forzosamente guasona con él. No tardó en pesarme, y empecé a ir a otra cafetería más alejada en la que servían peor café, pero no me veía obligada a hablar.

De nuevo a solas, me levanté del sofá y busqué algo que leer. Solo había un *Radio Times* y una edición revisada y actualizada de la *Guía del lebrel* sobre la mesa de centro, y unas partituras en el escritorio de mi tía.

Yo ya sabía que mi tía se había matriculado en el Royal College of Music «a la tierna edad de dieciséis años»; según mi madre, ya se habría encargado ella de susurrármelo sobre la cuna. Nunca me había parecido nada del otro mundo. Nunca me había parado a pensar cómo se las habría apañado sin dinero y con aquella madre deprimida y costera y aquel inútil que tenían por padre. Y al coger las partituras y hojearlas, asombrada por el apiñamiento de notas, caí en la cuenta de que no tenía recuerdo de haberla oído tocar nunca. Para mí, el piano de cola del salón formal solo era algo en lo que no se podían dejar vasos ni nada que estuviera mojado.

En esas estaba cuando la puerta se entreabrió y Winsome entró despacito con una bandeja. Llevaba puesto un delantal, y se veía que estaba mojado de agua de fregar. Dejé las partituras y me disculpé, pero en cuanto reconoció lo que había estado hojeando se le iluminó la cara. Le dije que nunca había visto unas partituras tan complicadas. Dijo que no era nada, solo una cosita del amigo Bach, pero parecía reacia a encarrilar la conversación hacia la bandeja y sus contenidos, y solo lo hizo cuando quedó claro que yo ya no tenía nada más que decir.

Volví al sofá y me senté. Solo me traía, dijo, unas pocas sobras, pero cuando me puso la bandeja sobre el regazo vi que era un almuerzo navideño en miniatura, pulcramente dispuesto en un plato llano; a su lado había una servilleta de lino en un servilletero de plata y un vaso de cristal con refresco de uva. Se me llenaron los ojos de lágrimas. Winsome se apresuró a decirme que no estaba obligada a comérmelo si no me apetecía. Desde el verano, la sola idea de comer me había resultado insoportable, pero no era por eso por lo que solo me sentía capaz de quedarme contemplando la bandeja. Era por el cariño con el que lo había colocado todo mi tía, por la belleza como de naturaleza muerta y, pensándolo ahora, la sensación de seguridad que mi cerebro elaboró a partir de aquellas raciones como para niños.

Mi tía dijo que bueno, que ya se pasaría otra vez más tarde, y se dispuso a salir. Cuando llegó a la puerta, me oí a mí misma decirle:

—Quédate.

Winsome no era mi madre, pero era maternal —vamos, que claramente no era mi madre—, y no quería que se marchase. Me preguntó si necesitaba algo más.

Dije que no, despacito, mientras intentaba inventarme una razón para que no se fuera.

—Estaba pensando…, antes de que entrases, me estaba preguntando cómo llegaste a ir a la universidad, quién te ayudó.

Dijo: «¡No me ayudó nadie!», y volvió lentamente sobre sus pasos después de que pinchase una patatita con el minúsculo tenedor y le preguntase que cómo lo había conseguido entonces. Alisé un hueco a mi lado para que se sentase y, acomodándose, Winsome empezó a contar su historia, sin reparar en el hecho de que me estaba comiendo la patata exactamente como se lo tenía prohibido a sus hijos, hincada en el tenedor como si fuera un helado.

Dijo que había aprendido sola a tocar en un piano que había en su colegio. Alguien había escrito los nombres de las notas a lápiz sobre las teclas, y a los doce años ya se había terminado todos los libros de música escolares de la biblioteca y había empezado a encargar partituras. El Royal College of Music y la dirección —Prince Consort Road, Londres SW— siempre venían impresos en la contraportada, y al cabo de un tiempo se moría por conocer el lugar del que procedían las partituras que interpretaba. A los quince años se marchó sola a Londres con la única intención de plantarse delante del edificio hasta que llegase la hora de coger el tren de vuelta. Pero al ver aquel ajetreo de estudiantes vestidos de negro y cargados de estuches con instrumentos, se puso tan celosa que hasta tuvo náuseas y, haciendo acopio de valor, entró y preguntó a la persona que estaba en el mostrador de la entrada si cualquiera podía solicitar el acceso. Le dieron un formulario que rellenó esa misma noche en casa, primero a lápiz y luego con bolígrafo, y, dos semanas más tarde, recibió una invitación para una audición.

La interrumpí y pregunté cómo pudo demostrar en qué nivel estaba si no había hecho ningún examen.

Mi tía cerró los ojos, alzó la barbilla, cogió aire y, abriendo los ojos de golpe, dijo:

—Mentí.

El soplo que salió de su boca fue glorioso.

El día señalado tocó a la perfección. Pero después los examinadores le pidieron que enseñase sus diplomas y tuvo que confesar.

—Ya daba por hecho que me iban a arrestar, pero nada más descubrir que no había recibido ni una sola clase, me dieron plaza en el acto.

Juntó las manos y las dejó descansando sobre el regazo, una encima de otra.

Solté el tenedor.

—Si salgo de este cuarto, ¿tocarías algo?

Dijo que estaba demasiado oxidada, pero se puso de pie de golpe y me cogió la bandeja.

Me levanté y le pregunté si necesitaba las partituras que había sobre el escritorio.

Mi tía se rio y me acompañó a la puerta.

Después de sentarme donde me indicó, la vi abrir la tapa del piano, ajustar la banqueta, levantar las manos —primero las suaves muñecas y después los dedos— y suspenderlas en el aire unos segundos antes de dejarlas caer sobre las teclas. A partir del sobrecogedor primer acorde de lo que fuera que estuviese tocando, los demás empezaron a pasar uno a uno a la habitación, incluso los chicos, incluso mi madre.

Nadie dijo nada. La música era increíble. Transmitía una sensación física, como agua templada vertiéndose sobre una herida, atormentada, purificadora, curativa. Ingrid vino y se hizo un hueco en mi silla mientras Winsome iniciaba una sección que fue cogiendo cada vez más velocidad, hasta que pareció que no era ella la que producía la música. Mi hermana dijo, «¡Hostias!». Una serie de encendidos acordes seguidos de una repentina disminución de la velocidad pareció anunciar el final, pero, en lugar de detenerse, mi tía fundió los acordes finales con el principio de *Noche de Paz*.

Mi percepción de Winsome era heredada de mi madre... La veía como una mujer vieja, quisquillosa, una persona sin vida interior ni pasiones que merecieran la pena. Aquella fue la primera vez que la vi con mis propios ojos. Winsome era una mujer adulta que cuidaba de los demás, que amaba el orden y la belleza y se afanaba por crearla para regalársela a otras personas. Alzó la mirada al techo y sonrió. Todavía llevaba puesto el delantal mojado.

La primera persona en decir algo en voz alta fue Rowland, que había llegado el último y estaba de pie enfrente de la chimenea con el codo apoyado sobre la repisa como si posara para un retrato al óleo de cuerpo entero. Pidió que tocase una puñetera canción alegre y Winsome hizo un brioso viraje hacia *Joy to the World.*

Mi madre la interrumpió cantando... una canción distinta que mi tía no podía acompañar porque se la iba inventando. Su voz fue subiendo de tono hasta que Winsome improvisó un final y retiró las manos del piano, diciendo que debía de ser la hora de ir a ver a la reina. Pero, según mi madre, nos estábamos divirtiendo.

—Y —añadió— escuchadme todos un momento, por favor, que quiero contaros que, de adolescente, mi hermana aquí presente estaba tan convencida de que iba a ser famosa que ensayaba con la cabeza ladeada, ¿a que sí, Winnie?, en preparación para cuando tuviera que tocar con la mirada perdida entre el gran público.

Winsome intentó reírse antes de que Rowland dijera «bueno» y ordenase a todos los nacidos después de la coronación que se largasen; innecesariamente, ya que Ingrid, mis primos y Patrick habían empezado a evacuar durante el discurso de mi madre. Me levanté y me acerqué a la puerta. Quería disculparme con Winsome, pero, al pasar por delante de ella, agaché la cabeza y volví a la habitación de abajo. No volví a salir hasta que llegó la hora de irse. En el asiento trasero del coche, Ingrid me dijo que había abierto mis regalos por mí. Dijo:

—No veas cuántos trastos hay para el montón de los «no me gusta».

No me encontraba mejor. Simplemente, me había tomado parte del día de Navidad de descanso. La siguiente vez que fui a Belgravia, el piano estaba cerrado y cubierto.

Volví a la universidad en enero y me examiné. El examen de Fundamentos de Filosofía I era para hacer en casa. Lo hice en el suelo del estudio de mi padre, apoyándome en el diccionario Oxford abreviado.

El trabajo me fue devuelto con un comentario al final. *Escribe usted exquisitamente y dice muy poca cosa.* Mi padre lo leyó y dijo: «Sí, creo que has abarcado más de lo que has apretado».

Aquí yace Martha Juliet Russell
25 de noviembre de 1977-Ya se verá
Abarcó más de lo que apretó

Las pastillas me hicieron efecto al mes de empezar a tomarlas, pero no me sentía como la Martha de antes. Ya no estaba deprimida. Estaba eufórica a todas horas. Nada me asustaba. Todo me hacía gracia. Empecé el segundo cuatrimestre y me hice amiga, a la fuerza, de todos mis compañeros. Una chica me dijo: «Qué raro, eres divertidísima. ¡Si creíamos que eras una bruja!». Y el chico que estaba con ella dijo: «Eso lo pensarían ellas..., nosotros solo pensábamos que eras fría». «El caso —dijo la chica— es que no hablaste con nadie durante, no sé, todo el comienzo del curso».

Ingrid dijo que era menos rarita cuando estaba debajo de mi mesa.

Perdí la virginidad con un estudiante de doctorado. Al final de mi periodo de prueba, el decano le encargó «que buscase qué huecos tenía y los rellenase». En cuanto terminamos, me marché de su piso. Era por la tarde, pero todavía era invierno y ya había anochecido. En la calle solo se veían madres con cochecitos. Era como un desfile, todas convergiendo desde múltiples direcciones. Bajo las farolas, las caras de los bebés parecían lunas pálidas, teñidas de naranja. Lloraban y se retorcían en vano contra las correas que los sujetaban. Me metí en una farmacia y el farmacéutico me miró mal y me dijo que necesitaba receta para la píldora del día después, que no me la podía vender como si fuera una pastilla para el dolor de cabeza. En esa misma calle, continuó, había una clínica que no exigía cita previa; si estuviera en mi lugar, iría directamente allí.

Estuve horas esperando a que me atendiese una médica que no parecía mucho mayor que yo y que me tranquilizó asegurándome que todavía era buen momento... «Bueno, quizá no sea la mejor manera de decirlo», añadió con una risita.

Aquella noche, no me tomé la medicación. Tampoco al día siguiente, ni al otro, hasta que dejé de tomármela por completo. La doctora que me la había recetado no había concretado el daño que podía hacerme, no había sabido decirme cuánto tiempo «permanecía en el sistema». Pero lo que no se me iba de la cabeza era su manera de pronunciar la palabra «feto».

Y por eso me hice el test de embarazo todos los días hasta que me llegó la regla, convencida, a pesar de las precauciones que había tomado durante y después, y a pesar de que todos los tests iban saliendo negativos, de que había un bebé con cara de luna retorciéndose en mi interior. La mañana que me llegó la regla, me senté en el borde de la bañera y el alivio fue tan grande que me entraron ganas de vomitar.

Sin la medicación, ya no estaba eufórica. Tampoco deprimida; no era ni mi yo de antes ni un nuevo yo. Simplemente, era.

Le conté a Ingrid que me había acostado con el estudiante, pero nada de lo que me había pasado después, por si se reía y me llamaba paranoica. Dijo: «¡Guau! Considera tus huecos encontrados y rellenados». Cuando me preguntó qué se sentía la primera vez, lo adorné para que sonase genial, porque también ella, me dijo, estaba buscando activamente que le rellenasen los huecos.

Después de licenciarme (tarde) conseguí un empleo en *Vogue*, porque estaban empezando una página web y yo había dicho en mi solicitud que, además de ser una filósofa cualificada, tenía conocimientos de Internet. Ingrid dijo que conseguí el puesto porque soy alta.

El día antes de empezar, fui a la librería Waterstones de Kensington High Street y encontré un libro sobre HTML, que estuve leyendo en el pasillo de la tienda porque la portada tenía un tono de amarillo tan agresivo que no soportaba la idea de quedármelo. Me pareció todo tan lioso que me enfadé y me fui.

La otra chica que estaba haciendo la página web de la revista y yo estábamos metidas en un cubículo hecho de módulos de estanterías, muy lejos del personal de redacción, pero demasiado pegadas la una a la otra. Como enseguida quedó claro que por nada del mundo queríamos incordiarnos la una a la otra, encontré el modo de comerme una manzana en silencio total (cortándola en dieciséis cachitos y metiéndomelos uno a uno en la boca hasta que se disolvían como las hostias), y ella, cada vez que sonaba su teléfono, se abalanzaba sobre el auricular, lo levantaba un par de centímetros por encima de la horquilla y volvía a colgarlo para acallarlo. Era imposible que las llamadas fueran para nosotras, porque nadie sabía que estábamos ahí metidas. Empezamos a llamarlo «la jaula de las terneras».

Durante los dos primeros meses adelgacé diez kilos. Ingrid decía que estaba despampanante de una manera vulgar y que por favor intentase que la contratasen también a ella. No había sido adrede…, al parecer le pasaba a todo el mundo, como si de manera inconsciente nos estuviésemos preparando para el día en que al llegar nos encontrásemos con que habían modificado las puertas para que solo pudieran pasar las chicas con las dimensiones autorizadas. Como los medidores de equipaje de los aeropuertos; el equipaje de mano tenía que caber.

Me encantaba estar allí. Y allí seguí hasta que descubrieron que no tenía conocimientos de Internet y decidieron bajarme a la planta de Mundo de Interiores, donde me dedicaba a escribir exquisitamente sobre sillas sin apenas decir nada. Ingrid dice que, desde entonces, me las he apañado para ir descendiendo a paso seguro la escalera profesional gracias al trabajo duro y a mi tenacidad.

Después de aprobar los exámenes de acceso, Ingrid hizo el primer año de un grado de *Marketing* en una universidad regional, de la que dijo que salió más tonta de lo que había entrado. Volvió a Londres y se convirtió en agente de modelos. Dimitió nada más quedarse embarazada, y no volvió porque, dice, pasa de pagar a una niñera para estar nueve horas al día mirando a chicas de dieciséis años de Europa del Este con índices negativos de masa corporal.

Una vez, durante unas vacaciones, leí treinta páginas de la novela *Dinero*, hasta que me acordé de que no entiendo a Martin Amis. El protagonista es un fumador recalcitrante. Dice: «Empecé a fumarme otro cigarrillo. A no ser que te diga lo contrario, siempre me estoy fumando otro cigarrillo».

A no ser que te diga lo contrario, entre los veinte y los treinta y muchos años, a intervalos, estuve deprimida: ligeramente, moderadamente, severamente, durante una semana, dos semanas, medio año, un año entero.

Empecé a escribir un diario el día que cumplí los veintiuno. Pensaba que estaba escribiendo, en general, sobre mi vida. Todavía lo conservo; está escrito como uno de esos diarios que te dice el psiquiatra que escribas para registrar cuándo estás deprimida o saliendo de una depresión o sospechando que se avecina una. O sea, siempre. No escribía de otra cosa. Pero el tiempo transcurrido entre un episodio y otro siempre era lo suficientemente largo como para que cada episodio me pareciera independiente de los demás, con su causa concreta, circunstancial, aun cuando la mayoría de las veces me costase mucho identificarla.

Después, nunca pensaba que volvería a ocurrir. Y cuando se repetía, iba a otro médico distinto e iba acumulando diagnósticos, como si quisiera cubrir todo el espectro. Las pastillas individuales pasaron a ser combinaciones de pastillas, elaboradas por especialistas. Hablaban de retocar y ajustar diales; la frase «prueba y error» estaba muy de moda. En cierta ocasión, al verme echar una cantidad enorme de pastillas y cápsulas en un cuenco, Ingrid, que estaba conmigo en la cocina preparando el desayuno, dijo: «Eso tiene que llenar mucho», y me preguntó si quería que les echase leche.

Los preparados me asustaban. Detestaba las cajitas que había en el armario del cuarto de baño, los blísteres doblados y a medio gastar y los cachitos de papel de aluminio que se quedaban en el fregadero, la sensación de insolubilidad de las cápsulas en mi garganta. Pero me tomaba todo lo que me daban. Lo dejaba si me sentía peor o si me habían hecho sentirme mejor, aunque en general me seguía sintiendo igual que antes.

Por eso con el tiempo dejé de tomar nada y por eso dejé de ver a tantísimos médicos, hasta que dejé de verlos del todo durante una temporada muy larga; y por eso todo el mundo —mis padres, Ingrid y luego Patrick— acabó dándome la razón respecto a mi autodiagnóstico: que era una persona difícil y demasiado sensible. Por eso a nadie se le ocurrió preguntarse si aquellos episodios no serían cuentas separadas de una misma y larga sarta.

Mi primer matrimonio fue con un hombre llamado Jonathan Strong. Era marchante de arte, centrado en arte bucólico; se dedicaba a conseguir piezas para oligarcas. Yo tenía veinticinco años y seguía con mi peso estilo *Vogue* el verano que le conocí en una fiesta que daba el editor de Mundo de Interiores, un hombre de sesenta y tantos años, canoso y, en lo que al guardarropa se refiere, con una clara debilidad por el terciopelo. Su nombre de pila era Peregrine y, según decían en la oficina, su apellido salía tan a menudo en los ecos de sociedad de los periódicos que todos los teclados de los ordenadores de la revista *Tatler* lo tenían incorporado como acceso directo. En cuanto se enteró de que mi madre era la escultora Celia Barry, me invitó a comer, porque, aunque decía que su obra le dejaba indiferente salvo en las ocasiones en que le repugnaba, le importaban los artistas y el arte y la belleza y la locura, y suponía que yo sería una persona interesante en los cuatro apartados.

Agoté todos mis recursos antes de que Peregrine se acabase las ostras, pero a la semana siguiente me volvió a invitar a comer y, a partir de entonces, todas las semanas, porque decía que estaba fascinado por mi infancia, por las historias que le contaba: las fiestas, los esfuerzos artísticos y domésticos de mi padre, la obra inacabada, el Amanecer en Umbría y los milhojas de papel de aluminio. Sobre todo, le entusiasmaban mis roces con la locura. Decía que no confiaba en nadie que no hubiese sufrido al menos una crisis nerviosa, y lamentaba que la suya hubiese tenido lugar hacía ya treinta años y —el colmo de la falta de imaginación— justo después de un divorcio.

Le hablé del juego del abecedario de mi padre. Peregrine quiso probar suerte inmediatamente. A partir de entonces, adoptamos la costumbre de escribir las historias después de que pidiera para los dos, en tarjetas que se sacaba del bolsillo de la camisa.

El día que escribí una historia —no la recuerdo en su totalidad— que empezaba: *A Braque, el Cubismo le Debe Estructuras Fértiles...*, Peregrine me dijo que había terminado siendo para él como la hija que nunca había tenido. Y eso que tenía dos, pero —me explicó— en vez de ser artistas, como habría deseado él, las dos le habían salido contables tras su paso por la universidad. Y añadió: «Para desconsuelo de su padre». Incluso ahora, al cabo de tantos años, le costaba aceptar los estilos de vida que habían elegido, centrados en aspirar sus casitas adosadas situadas en zonas poco atractivas de Surrey, ir al supermercado, tener maridos etcétera, etcétera. El estilo de vida de Peregrine consistía en compartir una casita en Chelsea con un caballero mayor que él llamado Jeremy que hacía toda la compra en Fortnum and Mason.

Cuando terminó de hablar, le pedí que me leyera lo que había escrito. Dijo: «No es de lo mejor que hecho, pero como quieras. Ayer Bernardo Comió y Digirió Exquisitas Finezas Gastronómicas. Hoy, Indigesto, Jadea...», y en ese momento fue interrumpido por la llegada de nuestras ostras.

Al hijo mayor de Ingrid le dio durante una época por escribir menús de mentirijillas. Ingrid sacaba fotos y me las enviaba. En uno de los menús había escrito:

Bino tinto, 20
Binos blancos, 20
Mezcla de los dos binos, 10

En su mensaje, Ingrid decía que le había pedido un número tres tamaño grande, por pura economía doméstica.

Fue Peregrine el que me hizo fijarme en Jonathan en la fiesta y, como dijo un año después mientras me pedía perdón por ello: «Sin querer hice la coreografía de vuestro devastador *pas de deux*».

Jonathan estaba en medio de la habitación hablando con tres mujeres rubias vestidas con tres variantes del mismo modelito. Peregrine dijo que corrían el riesgo de ser seducidas o de que les vendiese un paisaje horroroso, y se disculpó porque tenía que dejarme sola para ir a saludar a un pelmazo.

De camino a la terraza, pasé por delante de Jonathan y noté que se daba la vuelta y me seguía con la mirada. Cuando volví a entrar y me dirigí al lugar en el que había estado con Peregrine, Jonathan se apartó de su grupo. Mientras se acercaba a mí con aire chulesco le juré odio eterno para mis adentros, porque daba la falsa impresión de que tenía el pelo mojado y porque, al pasar por delante de un camarero, cogió dos copas de champán de la bandeja sin molestarse siquiera en mirarle. Al plantarme una en la mano, se le subió un poco la manga del esmoquin y vi un reloj de pulsera del tamaño de un reloj de pared.

Como se había arrimado tanto que solo había unos centímetros entre los dos, le bastó con inclinar un pelín su copa para entrechocarla con la mía, diciendo:

—Soy Jonathan Strong, pero me interesa mucho más saber quién eres tú.

Un minuto después, me había rendido a él. Le animaba una energía extravagante que anestesiaba a cualquier posible interlocutor que además se dejase llevar por lo guapo que era. Cuando le dije que sus ojos brillaban como los de un niño de la época victoriana que iba a morirse esa misma noche de escarlatina, soltó una risotada excesiva.

Me correspondió con un comentario tan banal —que con

aquel vestido parecía una estrella de cine de los años treinta— que supuse que estaría bromeando. Jonathan nunca bromeaba, pero tardé mucho tiempo en darme cuenta.

Por aquel entonces estaba medicada con algo que al reaccionar al alcohol hacía que saliera bien barata en lo que a consumiciones se refiere: aún no había terminado de beberme el champán que me había dado Jonathan y ya estaba borracha. La distancia entre ambos había ido menguando durante la conversación, y cuando se borró del todo y empezó a susurrarme al oído, dejarme besar fue como una prolongación del progresivo acercamiento del uno al otro. Como también lo fue, más tarde, dejarle que apuntase mi teléfono, y, al día siguiente, dejarle que me invitase a cenar.

Me llevó a un restaurante de *sushi* de Chelsea que por aquel entonces le volvía loco, hasta que poco después decidió que eso de que la comida diera vueltas y más vueltas en un trenecito era de lo más infantil. Volví a jurarle odio eterno en cuanto nos sentamos, y esa misma noche me acosté con él.

Esta fue la raíz del inmenso malentendido que fue casarnos: que él pensara que yo era tan desinhibida, tan divertida, una mujer flaca interesada por la moda, una habitual de fiestas organizadas por revistas, y que yo pensara que no se metía cocaína a espuertas.

En medio de la cena, hizo una disquisición sobre las enfermedades mentales y la gente que decide tenerlas que no guardaba ninguna relación con nada de lo que que habíamos estado hablando antes.

Las personas que se lanzaban a decirte que tenían algún tipo de trastorno psicológico eran, por lo que había podido comprobar, o bien personas aburridísimas que estaban desesperadas por parecer interesantes, o bien personas incapaces de aceptar que estaban jodidas como cualquier hijo de vecino, seguramente porque ellas mismas se lo habían buscado y no por culpa de una infancia que también estaban impacientes por contarte.

No dije nada, distraída por el hecho de que, mientras hablaba, Jonathan cogió un platito de *sashimi* de la cinta transportadora, quitó la tapa, se llevó media porción a la boca con los palillos y, haciendo una mueca, volvió a dejar el resto en el plato antes de poner otra vez la tapa y dejar que siguiera su camino. Después, retomando el hilo, dijo que hoy en día todo el mundo estaba medicado con esto o con lo otro, pero que no servía de nada: la gran masa de la población era tan desgraciada como siempre.

Incapaz de apartar los ojos del plato que seguía dando vueltas por el circuito y pasando por delante de otros comensales, me llegó el eco de su voz:

—En vez de atiborrarse a productos farmacéuticos como si fueran cacahuetes de los que te sacan en los bares con la vaga esperanza de sentirse mejor, quizá lo que deberían intentar es endurecerse de una puta vez.

Mientras daba un sorbo al sake que me había servido a pesar de que le había dicho que no quería, vi, por encima de su hombro, que un hombre cogía de la cinta el plato con las sobras de Jonathan y se lo daba a su mujer, que a su vez cogió los palillos para enganchar la media porción. Me ahorré el horror de ver cómo se la comía gracias a que Jonathan dijo mi nombre y, acto seguido: «Tengo razón, ¿no?».

Me reí y dije:

—Eres descacharrante, Jonathan.

Sonrió y me sirvió más sake. Para cuando repitió su tratado sobre la salud mental varias semanas después, yo ya me había enamorado de él y seguía pensando que estaba de broma.

Cuando le dije a Peregrine que estaba saliendo con Jonathan, me dijo que casi prefería que me hubiese dejado engatusar para comprar el cuadro espantoso en lugar de para acostarme con él.

Ingrid conoció a Hamish ese mismo verano, de camino a una fiesta de cumpleaños que había organizado Winsome para ella en Belgravia. Al salir de casa tropezó, y Hamish, al verla, soltó las bolsas de basura en la verja de fuera y salió disparado a ver si estaba bien. La ayudó a levantarse y, como resultó que mi hermana estaba sangrando por un montón de sitios, se ofreció a acercarla en coche adonde tuviera pensado ir. Y, según Ingrid, dijo: «Tranquila, no soy un malvado asesino». Ella le dijo que, si se refería a que era un asesino bondadoso, le agradecería que la llevase.

Al llegar a la casa de Belgravia, Hamish accedió a pasar a tomar un trago porque había disfrutado mucho con la cháchara incesante de mi hermana durante el trayecto. Yo ya estaba allí y, después de que Ingrid nos presentase, Hamish me preguntó a qué me dedicaba. Dijo que debía de ser muy emocionante eso de trabajar en una revista, y luego me contó que trabajaba para la Administración pero que me ahorraba los detalles porque era demasiado aburrido. Ingrid, a la que ya se lo había contado antes, dijo que no iba a ser ella quien le llevase la contraria a este respecto. Antes de que se acabase la fiesta yo ya sabía que se iba a casar con él, porque, a pesar de que no la dejó ni a sol ni a sombra, Hamish no le cuestionó ni una sola palabra de todas las anécdotas que contó, y eso que las anécdotas de mi hermana son siempre una amalgama tripartita de hipérboles, mentiras e imprecisiones fácticas.

Llevaban juntos tres años cuando Hamish le propuso matrimonio, en una playa de Dorset que estaba desierta porque, como explicó más tarde mi hermana, era enero y había un viento de mil demonios. La arena les azotaba y Hamish llevó a cabo su cometido con los ojos cerrados.

Jonathan me propuso matrimonio cuando apenas llevábamos juntos unas semanas, durante una cena que organizó con ese propósito. A excepción de una hermanastra, estaba distanciado de su familia, pero invitó a la mía: a mis padres y a Ingrid —que trajo a Hamish—, a Rowland, a Winsome, a Oliver, a Jessamine y, en lugar de Nicholas, que estaba, me dijeron, en una «granja especial» en Estados Unidos, a Patrick.

No los conocía de antes, ni tampoco me conocía a mí lo suficiente como para saber que hacer en público algo tan íntimo me iba a hacer sentir igual que a los catorce años cuando me llegó por primera vez el periodo en una pista de patinaje sobre hielo. Quería que sucediera, pero no en esas circunstancias. Más tarde, comprendí que era porque Jonathan necesitaba un público.

Su apartamento estaba en el municipio de Southwark, en el último piso de una torre de cristal agresivamente conceptual que había sido objeto de una enconada oposición vecinal durante las etapas de planificación. No había nada en el interior que no estuviese disimulado, oculto o astutamente camuflado con el objetivo de desviar la atención hacia otra cosa. Hasta que acabé enterándome de dónde estaba todo, tuve que deslizar un montón de paneles y toparme con cosas que no iba buscando, cosas que no debía ver o nada en absoluto.

Cuando conocí a Jonathan vivía en casa de mis padres, ya que el sueldo de una especialista en describir sillas no daba para muchas alegrías. Y allí seguía en la época en que organizó la cena, porque, aunque me había pedido que me fuese a vivir con él casi inmediatamente, entre lo alto que estaba el apartamento y los inmensos ventanales herméticos me sentía como si me faltase el aire. A las pocas horas de estar allí, necesitaba coger el silencioso ascensor que bajaba como en picado y salir a la acera a inspirar y exhalar a una velocidad que contravenía todas las técnicas de la atención plena. Así pues, aquella noche llegué con mis padres y les presenté a Jonathan a la tenue luz del vestíbulo. Llevaba un traje azul marino con la camisa abierta y parecía un agente inmobiliario de categoría, en comparación con mi padre que llevaba un pantalón marrón y un jersey marrón y parecía el conductor de un bibliobús.

Los dos repararon en el contraste, pero Jonathan dio un paso al frente, agarró la mano de mi padre y exclamó «¡El poeta!» de una manera que los salvó a los dos y a mí me enamoró locamente. Después se volvió hacia mi madre, la miró de arriba abajo y dijo: «Y tú, preciosa, ¿de qué has venido vestida?». Había venido vestida de escultora. Jonathan dijo que necesitaba unos instantes para deconstruir su atuendo, y aunque se estaba burlando de ella, mi madre se dejó dar unas vueltas.

Los otros llegaron mientras seguíamos allí, y cada vez que le presentaba a alguien Jonathan repetía su nombre como si estuviera memorizando las palabras clave de un idioma extranjero, a la vez que le daba un apretón de manos un poco más largo de lo normal.

Presenté a Patrick el último y Jonathan dijo: «Ah, sí, claro, el amigo del colegio», y después se llevó a los demás a la inmensa zona para invitados y nos quedamos Patrick y yo a solas.

Él tenía buen aspecto, yo tenía buen aspecto. No habíamos pasado de este tema de conversación cuando Jonathan volvió al trote y dijo:

—Vosotros dos, eh, Martha, Patrick, venga, venid.

Aunque mi hermana no había hecho ningún comentario al respecto, Jonathan le explicó durante la única conversación que mantuvieron aquella noche que la gente suponía que tenía una memoria increíble para los nombres, pero que la realidad era que siempre que conocía a alguien se inventaba una ingeniosa frase mnemotécnica que vinculaba algún aspecto de su físico con su nombre antes de soltarle la mano. Por eso, durante mucho tiempo, mi hermana le llamó Jonathan Cara de Pelmazo.

Ingrid no soportaba a Jonathan; antes de conocerle, teóricamente, y después visceralmente. Mi hermana era la única persona con la que no le funcionaban sus poderes, y más adelante Ingrid me diría que ver cómo nos enamorábamos había sido como ver dos vehículos que se deslizan hacia la mediana sin poder hacer otra cosa que esperar el momento del impacto. Esa misma noche se puso a escribir una lista en la parte de atrás de un recibo titulada «Razones por las que Jonathan es un zoquete total».

No sabía que Jonathan me iba a pedir que me casara con él durante la cena ni que la pedida fuese a ser el colofón de un pase de diapositivas que mostraba nuestra relación hasta la fecha. En general, eran fotos individuales, las que había sacado yo de él y las que me había sacado él a mí con su magnífica cámara. Las proyectó sobre una pantalla que descendía desde un hueco invisible del techo y, al acabar, mientras volvía a subir silenciosamente, Jonathan me hizo señas para que me acercase a su lado.

Mientras me levantaba como a cámara lenta, miré a mi padre, que sonreía débilmente y cuyo deseo de ayudarme siempre había superado su capacidad, y a Ingrid, que aún estaba en la fase de sentarse en el regazo de Hamish, en estos momentos con los brazos rodeándole el cuello. Miré a mi tío, a mi tía y a mis primos, que mantenían una conversación íntima en la otra punta de la mesa; a Patrick, que aunque estaba a su lado parecía estar solo, y por último a mi madre, que no dejaba de verter champán a chorros dentro y no tan dentro de su copa, clavando los ojos con demasiada adoración en Jonathan, que, para entonces, ya estaba de pie con los brazos abiertos como si estuviese a punto de tomar posesión de un objeto muy grande. Quería convertirme en otra persona. Quería pertenecer a cualquier otra persona. Quería que todo fuera distinto. Antes de que llegase a pedírmelo letra por letra y para evitar que se arrodillase delante de toda mi familia, dije que sí.

Por unos instantes se hizo un silencio sepulcral, y después mi madre se arrancó a aplaudir como los flamantes conversos a la música clásica que no tienen claro si hay que hacerlo entre un movimiento y otro. Los demás habían empezado a sumarse a sus aplausos, salvo Ingrid, que se limitaba a lanzarnos miradas furibundas a Jonathan y a mí, hasta que mi madre, que estaba a su lado, gritó: «¡Alegría, alegría, Martha está embarazada!» entre los crecientes aplausos. Ingrid se volvió bruscamente hacia ella y dijo: «¿Cómo? Claro que no», y luego, dirigiéndose a mí, «No lo estás, ¿no?».

Dije que no, y entonces Ingrid alargó el brazo para coger la botella que estaba intentando abrir mi madre y, forcejeando, se la quitó. Después se la encasquetó a Hamish a la vez que se levantaba de su regazo, y se acercó a mí obligando a Jonathan a apartarse para poder abrazarme sin tener que abrazarle también a él.

Al vernos así, todos los presentes habrían dado por supuesto que era un abrazo de felicitación entre dos hermanas. No el esfuerzo de la una por consolar a la otra, susurrándole al oído: «No te agobies, está borracha, es una imbécil», ni el esfuerzo de la otra por no salir corriendo, tan profunda era su humillación. Pero mi madre no tenía la culpa. En ese preciso instante no había modo de decirle a Ingrid que me sentía humillada por Jonathan, que había reaccionado con fingido espanto a las palabras de mi madre y después se había vuelto hacia mi padre para decirle, con los dientes apretados, «¡Más vale que no lo esté!». En vista de que mi padre no se reía, Jonathan se lo repitió a Rowland, que sí lo hizo, y a partir de ahí las risas se extendieron por toda la mesa.

Solo fueron unos segundos, pero como no sabía adónde mirar mientras las risas iban en aumento, clavé los ojos en Jonathan, que también se estaba riendo aunque vi que se le había formado sudor en la frente.

No quería tener hijos. Me lo dijo en el restaurante de *sushi*. Le dije que yo tampoco y cogió su vaso y dijo: «¡Guau! ¡La mujer perfecta!». Era como si el tema hubiese quedado zanjado desde el principio, no había habido ninguna necesidad de volver sobre él. Y yo me alegraba, pero no estaba contenta. La idea de que estuviera embarazada no era graciosa, y sin embargo se estaban riendo. Yo no quería ser madre, pero, por lo visto, la idea de que pudiera serlo, o la imagen de mí siéndolo en breve, les parecía desternillante.

Menos a Patrick, que permanecía callado con aire solemne. Mientras seguían las risas, habíamos cruzado una mirada y me había dedicado una sonrisa compasiva; no entendí qué era, de todo lo sucedido, lo que merecía su compasión, pero fue la gota que colmó el vaso de mi vergüenza. El amigo del colegio sentía lástima por mí.

Antes de que nos despegásemos del abrazo, di las gracias a Ingrid. «Te quiero», añadí alzando la cara, en la que ya había dibujado una radiante sonrisa para cualquiera que pudiera estar mirándome.

Ya se habían levantado todos de la mesa. Jonathan y yo volvimos a juntarnos mientras nos daban la enhorabuena. Dijo: «Gracias, gente. Atención, atención, voy a confesar algo: creo que no he sido más feliz en toda mi vida. Madre mía, ¡miradla!». Me cogió la mano y me la besó.

En cuanto pude, me fui al cuarto de baño. Me espantó la versión desconocida de mí misma que vi en el espejo. Ojos inmensos, una sonrisa que parecía como si hubiese estado ahí nada más morirme y el rigor mortis la hubiese endurecido. Me llevé las manos a las mejillas y abrí y cerré la boca hasta que se me fue. Para cuando volví a salir, Ingrid ya se había marchado.

Entrada la noche, cogí un taxi de vuelta a Goldhawk Road. Jonathan se disculpó por no ayudarme a recoger; tenía que irse a la cama. No se había esperado que un gesto romántico tan grandilocuente pudiera ser tan agotador.

Cuando iba por el puente de Vauxhall, Ingrid me llamó y me

dijo que por favor escuchase las razones por las que pensaba que no debía casarme con él.

—Ni siquiera están todas, pero ahí van. Nunca dice «sí», sino «cien por cien». Entre sus gustos principales, el café y la música. Siempre dice «atención, atención» antes de revelar algo sobre sí mismo... que suele ser información de lo más aburrida, tipo «me encanta el café». La mayoría de las diapositivas del pase eran solo de él. Y te ha pedido..., ¡a ti, ni más ni menos!..., que te cases con él... ¡en público!

Dije que ya era suficiente.

—No te conoce.

Le pedí que parase.

—No le quieres... en el fondo, no. Estás un poco perdida, nada más.

—Ingrid, cállate. Sé lo que estoy haciendo, y, además, Oliver ya se te ha adelantado. No necesito conocer tus razones también.

—Pero esa reacción como de bebé, eso de «ja, ja, ja, más vale que no lo esté»...

Le dije que lo había dicho para hacer la gracia.

—Es que él es así. Pero en el fondo es cariñosísimo. ¿No oíste lo que dijo inmediatamente después, «madre mía, miradla»?

Que me bastase para perdonar a Jonathan con que tuviese un detalle bonito de palabra u obra, dijo Ingrid, era increíble.

—Pues sí —dije, y colgué. Quise creer que había dicho «increíble» como sinónimo de «maravilloso».

Que cada vez que tuve que perdonarle durante las siguientes semanas le quisiera más y no menos también le pareció increíble, y con el tiempo también me lo acabó pareciendo a mí.

«Si mi hija cree que da la talla, entonces yo también», se limitó a responder mi padre cuando le pregunté si le caía bien Jonathan la mañana siguiente a la cena. Mi madre dijo que no era ni de lejos el tipo de hombre que se había imaginado que elegiría, y que por tanto le adoraba. Le dije que vaya, que no me había dado cuenta, sobre todo en vista de cómo le había echado los brazos al cuello y había intentado iniciar una especie de bailecito en el vestíbulo mientras nos despedíamos, o en vista de la risotada histérica que había soltado cuando Jonathan se había agachado a darle un beso en la mejilla y sin querer habían terminado rozándose las comisuras de los labios.

El fin de semana siguiente me fui a vivir con él.

Como los hijos de Ingrid se parecen a ella, se parecen a mí. Por la calle, la gente —mujeres mayores que me paran y me dicen: «Aburrirte seguro que no te aburres, ¿eh?», o, si no, «Es demasiado mayor para ir en cochecito»— no me cree cuando digo que no soy su madre, así que sigo andando sin sacar a nadie de su error.

El dormitorio de Jonathan tenía dos cuartos de baño anexos, y el domingo por la mañana pasó al mío en el mismo instante en que estaba sacando una pastilla del blíster. Dijo que estaba aburrido y que había empezado a echarme de menos nada más levantarme.

Nos habíamos quedado en la cama: Jonathan, bebiendo un minúsculo café expreso salido de la carísima cafetera que se había comprado la víspera como autorregalo de compromiso, y yo estudiando el anillo de pedida que me había comprado después de camino a casa. Acababa de dármelo, poniéndomelo en el dedo con facilidad porque me estaba grande.

Ahora, en el cuarto de baño, recogió algo mío que me había dejado en el lavabo, y luego, al ver la pastilla en mi mano, me preguntó qué era. Le dije que una píldora anticonceptiva y le pedí que saliera. Puso cara de dolido, pero se marchó. Me tragué la pastilla y volví a meter la cajita en la bolsa del maquillaje, dentro de un bolsillo secreto.

Salí y vi que estaba de nuevo en la cama, recostado en sus

almohadones europeos y con aspecto de haber tenido una revelación. Dio unas palmaditas a su lado. Antes de que llegase del todo, me agarró de la mano y tiró de mí.

—¿Sabes qué, Martha? Al carajo la píldora. Tengamos un hijo.

Dije:

—No quiero un hijo.

—Un hijo, no..., nuestro hijo. ¿Te lo imaginas? Mi físico, tu inteligencia. ¿A qué esperas?

—No espero. No quiero hijos. Y tú tampoco.

—Pero si acabo de proponértelo...

—Jonathan —dije su nombre porque no me estaba escuchando—. Me lo dijiste. La segunda vez que nos vimos me dijiste que no querías tener hijos.

Se rio.

—Estaba poniendo la venda antes de la herida, no fuera que resultases ser una de esas mujeres que están desesperadas por... —Jonathan dejó la frase inacabada—. Imagínate que tenemos una niña. ¡Yo con una hija..., bueno, con una tribu de hijas! Sería alucinante.

A partir de ese momento, Jonathan no pensaba en otra cosa, con la misma ilusión que si alguno de sus amigos de la universidad le hubiera llamado para proponerle que se fueran a esquiar ya mismo a Japón o que comprasen un barco en régimen de copropiedad. Apartó las sábanas de una patada y saltó de la cama, diciendo que total, como tenía tan claro que iba a convencerme, lo mejor era que me metiese un niño dentro antes de irse al gimnasio y así ya estaría la cosa en marcha para cuando cambiase de opinión.

Me reí. Me dijo que hablaba completamente en serio, y se acercó a la fila de armarios que parecía un largo espejo.

Mis maletas le estorbaban; estaban abiertas y vacías pero rodeadas de la ropa que había sacado el día que llegué y que aún no había terminado de guardar. Me pidió que me ocupase de arreglarlo mientras él estaba fuera porque el cuarto empezaba a parecerse a la zona de los percheros de rebajas de un TK Maxx.

—¿Alguna vez has ido a comprar a un TK Maxx, Jonathan?

—Me lo han contado.

Abrió las puertas del armario y, mientras se vestía, dijo:

—Aparte del riesgo de que mi hija pueda ser una dejada como tú, la verdad es que serías una madre divina, lo que se dice divina. —Volvió corriendo a la cama, me besó y añadió—: La hostia de divina.

Una vez que se hubo marchado, volví al cuarto de baño y puse a correr el agua en la bañera.

La noche que Jonathan y yo nos prometimos fue también la noche en que descubrí, al lado de una fila de contenedores de basura, que Patrick llevaba enamorado de mí desde 1994.

Había salido con la esperanza de que Ingrid siguiera en la calle. No había nadie, y crucé y me quedé debajo de una marquesina, sin ganas de volver arriba. Estaba lloviendo, y el agua caía a mares por los lados y chocaba estrepitosamente contra la acera. Llevaba allí unos minutos cuando Oliver y Patrick salieron del portal. Al verme, cruzaron a la carrera y se apretujaron a mi lado. Oliver se metió la mano en el bolsillo de la chaqueta, sacó un cigarrillo, hizo pantalla con la mano para encenderlo y me preguntó qué estaba haciendo.

Le dije que respirando con desatención plena. Dijo: «Pues entonces...» y me plantó el cigarrillo en la boca. Di una calada y retuve el humo cuanto pude. Alzando la voz sobre el ruido de la lluvia, Patrick me dio la enhorabuena.

Oliver me miró de reojo.

—Joder, sí, anda que no te has dado prisa ni nada...

Solté el humo y dije: «Sí, bueno...». Un taxi dobló la esquina y se dirigió hacia nosotros, salpicando agua de los charcos. Patrick dijo que en realidad había bajado a la calle con intención de irse y que casi mejor que aprovechase. Se subió el cuello de la chaqueta y salió pitando.

Oliver me quitó el cigarrillo y apoyé la cabeza en su hombro, agotada por la perspectiva de tener que volver a entrar y hablar con la gente.

Me dejó quedarme así un rato, y luego dijo:

—Entonces, estás segura de todo esto de casarte con Jonathan, ¿no? No parece precisamente...

Levanté la cabeza y fruncí el ceño.

—Precisamente ¿qué?

—Precisamente tu tipo.

Le dije que teniendo en cuenta que solo había tratado con Jonathan dos horas y media, no estaba especialmente interesada en su opinión. Me ofreció de nuevo el cigarrillo y lo acepté, irritada por sus palabras y más aún por lo huraña que había sonado yo al responderle.

Patrick no había parado el taxi y estaba plantado bajo la lluvia en la acera de enfrente, esperando a que pasara otro. Me puse a fumar con la mirada clavada en el suelo, consciente de que Oliver me estaba observando. Al cabo de unos instantes, dijo:

—Así que es evidente que embarazada no estás. En cuyo caso, ¿qué prisa hay?

Quise decirle que me casaba porque no tenía mejores planes, pero me callé porque empezó a subirme la acidez por la garganta, y acto seguido me puse a toser.

Después de tragar varias veces con dolor, dije:

—Me quiere.

Oliver cogió el cachito que quedaba de cigarrillo y, con él en la comisura de los labios, dijo:

—Tampoco es que sea una primicia mundial, ¿no? ¿Cuánto hace que os conocéis, diez años?

Le pregunté a qué se refería.

—Yo estaba hablando de Jonathan —aclaré.

—Mierda. Lo siento. Pensaba que te referías a Patrick. Daba por hecho que lo sabías. Pero me da que no.

Me volví para mirarle bien.

—Patrick no está enamorado de mí, Oliver, qué cosa más absurda.

Respondió con el tono lento y enfático de alguien que intenta explicar una obviedad a una criatura:

—Ay, Martha. Pues claro que lo está.

—¿Y tú cómo lo sabes?

—¿Y cómo es que tú no? Lo sabe todo el mundo.

Le pregunté quién era «todo el mundo».

—Todos nosotros. Tu familia. Mi familia. Es del acervo popular de los Russell-Gilhawley.

—Pero ¿cuándo te lo ha dicho?

—No ha hecho falta.

—Ah, genial. De manera que nunca lo ha dicho. Simplemente, lo estás suponiendo.

—No. Pero es…

—Oliver, es como si fuera mi primo. Y tengo veinticinco años. Patrick tiene…, yo qué sé, diecinueve.

—Veintidós. Y no es, lo mires como lo mires, tu primo.

Giré la cabeza. Patrick se había rendido y estaba alejándose de nosotros con la cabeza inclinada para protegerse de la lluvia.

Nunca me había parado a pensar conscientemente en ningún gesto ni en ningún rasgo físico de Patrick, pero todo él —el ancho de sus hombros, la forma de su espalda, su manera de andar hundiendo tanto las manos en los bolsillos que siempre llevaba los brazos rectos y el hueco del codo hacia fuera— me era tan familiar en aquel momento como todas las cosas y las personas que daba por hecho en mi vida.

Al final de la calle, Patrick se volvió y saludó brevemente con la mano. Ya había oscurecido demasiado como para que se le viera bien la cara, pero por un instante, antes de que siguiera su camino, doblase la esquina y desapareciera, me dio la impresión de que solo me miraba a mí. Y entonces comprendí que era cierto, Patrick me quería, y, acto seguido, que lo sabía desde hacía mucho tiempo. No era compasión lo que había visto antes en su rostro, durante la cena, y por eso resultaba insoportable: era una persona transmitiéndome amor mientras todos los demás se reían de mí.

Oliver no dijo nada, se limitó a subir una ceja cuando le dije que en cualquier caso daba igual porque estaba enamorada de Jonathan. Y después eché a correr bajo la lluvia y volví a subir.

Mi boda con Jonathan costó setenta mil libras esterlinas. Lo pagó todo él. Dejé que la organizase su hermanastra, que decía que se dedicaba a los eventos y compartía el talento de Jonathan para sacar adelante las cosas con un dinamismo imparable. En correos que no contenían ni una sola mayúscula, me dijo que disponía de millones de contactos «en el soho house o en cualquier hotel del oeste de londres» a los que podía recurrir; vamos, que podía conseguir fecha para dentro de un mes. Dijo que conocía «al portero de mcqueen» y que había ido a la escuela con la mayoría de las chicas «de chloé», que eligiera yo; además, a ella no le exigían pedir hora para ninguna de las floristerías de la lista adjunta como si fuera una plebeya, cien por cien que podía pasarse cuando quisiera y organizar lo de las flores en media hora, incluso si me daba por elegir flores de fuera de temporada.

Le dije que podía decidir ella. En Soho House, vestida de Chloé y con un ramo de lirios del valle traídos en avión a saber de dónde, le dije a Jonathan que era tan feliz que me sentía como drogada. Él me dijo que estaba en éxtasis, y para ser exactos estaba drogado.

Patrick aceptó la invitación a mi boda. Peregrine, que estaba recorriendo el Camino de Santiago con Jeremy, me hizo llegar su pésame más sentido y un antiguo cuchillo de abrir ostras.

* * *

Nos fuimos de luna de miel a Ibiza. Fue breve, pero, contando en años perrunos, proporcional a nuestro matrimonio. Jonathan dijo que era un crimen que aún no me hubiese llevado a su lugar favorito del mundo, que no tenía nada que ver, me prometió, con la reputación que tenía. Le dije que iría siempre y cuando nos alojásemos en algún sitio que estuviera lejos de todo.

En la sala vip del aeropuerto, mientras esperábamos a embarcar, le dije a Jonathan que había cambiado de idea. Estaba sentado en una mullida butaca leyendo el suplemento dominical del *Financial Times* con los pies apoyados en una mesita baja.

—Me da que ya es un pelín tarde, tesoro. Embarcamos dentro de veinte minutos.

Dije que no me refería a eso.

—Te hablo de lo del bebé.

Durante las seis semanas transcurridas desde la primera vez que lo sugirió, había hecho una campaña implacable, y no pareció que se sorprendiera de haberme domado tan deprisa; dijo que, en ese caso, podía dar por hecho que para cuando volviéramos a Londres estaría preñadísima, sin adivinar que sus esfuerzos por hacerme cambiar de idea habían sido inútiles. Mientras él iba de camino al gimnasio, había tirado por el váter las píldoras que le había dicho que eran anticonceptivas, y también las que lo eran de verdad.

No había sido mi intención, pero mientras se estaba llenando la bañera me había mirado al espejo y había recordado la imagen que me había devuelto la noche de la cena de Jonathan, el rictus de mi rostro. Recordé los minutos siguientes a la pedida, cuando la sola idea de que pudiera convertirme en madre provocó la risa incontenible de toda mi familia. A Jonathan ya no le parecía gracioso. Pensaba que yo sería una madre la hostia de divina. De pie junto al inodoro, apreté el papel de aluminio del blíster y saqué una a una las pastillas, que empezaron a disolverse en el agua antes de que pulsara el botón de descarga camuflado.

Cuando Jonathan hubo vuelto a enfrascarse en su periódico, recorrí la sala con la mirada y me levanté a por una bebida. En el grupo de sillas contiguo había una mujer tan tremendamente embarazada que había apoyado un platito de sándwiches sobre su tripa. Al pasar por delante de ella, me remetí el pelo por detrás de las orejas para agachar la cabeza y ocultar la cara, porque cualquiera que me hubiera visto sonreír habría pensado que estaba loca.

Jonathan y yo volamos en clase *business*. Bebimos champán en vasitos minúsculos. Descubrí que mi flamante esposo tenía en su poder un antifaz, y no porque lo conservara de algún vuelo anterior sino porque se lo había comprado para esta ocasión. Durante todo el trayecto, pensé en mi bebé.

Llegamos a la villa a primera hora de la tarde. Mientras yo deshacía las maletas, Jonathan sugirió que nos diéramos un chapuzón y después, a modo de aperitivo, fornicásemos un rato. Le dije que estaba cansada, que prefería dormir mientras él nadaba, pero que a lo del sexo sí que me apuntaba después. Ya se había puesto su bañador de flores y, de camino a la puerta, hizo su famosa imitación de un chiquillo enfurruñado: el labio inferior sacado, los brazos cruzados, el pataleo. Me di una ducha y me fui a la cama.

Me despertó la camarera, y me explicó entre disculpas que tenía que cerrar las persianas para evitar que entrasen los mosquitos ahora que empezaba a caer la tarde. Dijo que el marido se iba a poner muy triste al volver si veía que había dejado que se comieran viva a su preciosa esposa en plena luna de miel. Le pregunté si sabía dónde estaba el marido. Había cogido un taxi para irse a la ciudad, dijo, y aunque había dicho que estaría de vuelta a las ocho, ya eran casi las nueve y no sabía qué hacer con la cena que había preparado hacía ya un buen rato.

Cené en la terraza, en una mesa cuidadosamente puesta para dos que fue apresuradamente recolocada para uno mientras esperaba. El exceso de sonrisas cariacontecidas, el trajín de servilletas y vasos, el constante entrar y salir para comprobar si a la señora le gusta lo que está comiendo y si quiere más velas antimosquitos y los elogios a su juventud son los signos internacionales de que algo va mal en tu matrimonio.

Después me eché en una tumbona al lado de la piscina con una toalla sobre los hombros y me puse a mirar el mar, que, negro y jaspeado por la dorada luz de la luna, subía y bajaba al otro lado del murete de piedra. Allí me quedé hasta medianoche. Jonathan volvió a la mañana siguiente temprano, con el tabique de la nariz recubierto de una costra de algo que bien podría haber sido la fina arena blanca por la que son famosas las playas de Ibiza.

Si bien Jonathan había cedido a que nos alojásemos en algún lugar retirado, no soportaba pasar día tras día solamente en compañía el uno del otro. Yo no soportaba pasar noche tras noche solamente en compañía de quinientas personas en discotecas a las que me decía que había ido como mucho un par de veces, y en las que, sin excepción, le conocía todo quisque. Me aseguró que me divertiría si me soltaba y trataba de quedarme todo lo posible, pero cuando me entraba el pánico con aquella música que parecía la banda sonora de una terapia de electrochoque, llegábamos a la conclusión de que no merecía la pena el esfuerzo. Cogía un taxi, hacía a solas el largo viaje de vuelta a la villa y me iba a la cama.

La cantidad de sexo que me dijo que íbamos a practicar —una cantidad médicamente desaconsejable— no fue tal. Jonathan estaba demasiado atontado cuando regresaba por la mañana, demasiado pasado por las tardes y demasiado inquieto a medida que se acercaba su hora oficial de salir. La única vez que lo intentó, al volver a la villa después de una ausencia de veintiséis horas y encontrarme todavía despierta, le aparté de un empujón y le dije que me acababa de llegar la regla. Se levantó y, enfundándose de nuevo los vaqueros con esfuerzo, dijo en tono demasiado alto que, si a las chicas les llegaba el período a los trece años o cuando fuera, a mis veinticinco años ya debería haber aprendido a burlar el sistema. Le dije: «No es el puñetero mercado de valores, Jonathan». Su única reacción fue decirse a sí mismo, mientras recogía su camisa del suelo de una patada, que con un poco de suerte el taxi que acababa de traerle todavía estaría fuera.

Instantes después oí ruedas sobre la grava, y volví a quedarme sola.

Aunque había aceptado la invitación, Patrick no vino a mi boda. Llamó a mi madre por la mañana y dijo que se había caído de la bici.

En el poco tiempo que hacía que nos conocíamos, Jonathan nunca se había visto expuesto a la Martha que es capaz de tirarse días y días llorando, incapaz de decir por qué ni cuándo va a parar. La cosa empezó durante el vuelo de vuelta a Londres, que habíamos adelantado. Me pedí el asiento de la ventana, y, después de ver cómo se alejaba la isla y el panorama pasaba a ser exclusivamente marítimo, pegué una almohada contra la pared y apoyé la cabeza. Nada más cerrar los ojos, las lágrimas empezaron a caer. Jonathan estaba eligiendo una película y no se fijó.

Me fui a la cama nada más llegar al apartamento. Jonathan dijo que se iba a dormir a otro cuarto, dado que saltaba a la vista que estaba incubando una gripe horrible o algo por el estilo —¿a qué se debían si no los temblores y esa pinta de cadáver ambulante y esa respiración tan rara?— y no tenía ningún interés en pillársela.

Volvió al trabajo por la mañana. Yo no me levanté, ni tampoco al día siguiente. Dejé de salir del apartamento. De día, no conseguía oscurecer lo suficiente las habitaciones. La luz se colaba por las cortinas, encontraba resquicios entre las almohadas y las camisetas con las que me tapaba la cabeza y me hacía daño en los ojos incluso cuando, intentando dormir, me los cubría con las manos.

Al volver a casa por las tardes y ver que seguía igual, Jonathan, en orden de intensidad creciente, me decía:

¿Estás enferma?

¿Llamo a alguien?

En serio, Martha, me empiezas a dar yuyu.

Venga ya, no me jodas.

Parece que tu día ha vuelto a ser de lo más productivo, cariño.

¿Crees que podrías hacer un poder y devolverle las llamadas a tu hermana para que no bombardee a tu marido a mensajes mientras está trabajando?

Pues nada, casi mejor que me vaya. No, en serio, no te levantes.

Dios, eres como una especie de agujero negro que me está chupando toda la energía..., un campo magnético de sufrimiento que me deja agotado.

La señora tiene a su disposición otro dormitorio si piensa seguir así a perpetuidad.

Y así iban pasando las semanas. Me llegaban cartas del trabajo y no las abría. Luego, Jonathan dijo que se iba de viaje de negocios diez días para hacer unas compras; durante ese tiempo, dijo, y con todo su amor y su respeto, debería ir pensando en largarme. Pero —añadió, la mano en el marco de la puerta— había hecho una búsqueda en Google y seguro que me alegraba saber que mi castidad nos había ahorrado el jaleo de un divorcio. Un PDF descargable, quinientas libras esterlinas y entre seis y ocho meses esperando de brazos cruzados y sería, al menos a los ojos de la ley, como si todo aquello no hubiera sucedido nunca.

En cuanto Jonathan se fue del apartamento, encendí mi móvil y le envié un mensaje a Ingrid. Media hora más tarde se presentó con Hamish y me ayudó a levantarme. Mientras ella me embutía los brazos en las mangas del abrigo, Hamish llenó mis maletas con todo lo que le parecía que podía ser mío.

El ascensor nos depositó en la planta baja y, al abrirse las puertas de la entrada, el aire me golpeó en la cara, caliente y frío y con olor a humanos, a gases de tubo de escape y a asfalto. Lo inhalé para que me llenase los pulmones, como si hubiera pasado demasiado tiempo bajo el agua, y por vez primera desde hacía muchas semanas no me sentí como si estuviese a punto de morirme.

Mi padre había aparcado en doble fila en la acera de enfrente. Detrás del coche estaba la fila de contenedores, al lado de la marquesina. Estaba demasiado agotada por el dolor como para seguir pensando en lo que habría pasado si en vez de volver corriendo a casa hubiera salido disparada en dirección contraria, como había hecho Patrick.

Entrelazando su brazo con el mío, Ingrid me llevó al coche y me ayudó a subir al asiento del copiloto. Mi padre se inclinó para ponerme el cinturón de seguridad, y en cada semáforo que nos obligaba a detenernos durante el trayecto alargaba el brazo y me estrujaba la mano diciendo «mi niña, mi tesoro», hasta que las luces cambiaban y tenía que seguir conduciendo.

Mientras aparcaba enfrente de casa, vi a mi madre de pie detrás de la ventana de la fachada. Sabía todo lo que me iba a decir, aunque no en qué orden iba a decirlo en esta ocasión: que no estaba enferma, solo muy excitable. Que no sabía controlarme. Y que si tenía una tendencia depresiva, también tenía una habilidad increíble para elegir el momento de mis fases oscuras y hacerlas coincidir, por ejemplo, con exposiciones decisivas para la trayectoria profesional de otra persona. Me crecía llamando la atención negativamente, y si tenía que romper algo o chillar o, como diría en este caso, romper un matrimonio para conseguirlo, no dudaría. Pero, como a una niña enrabietada que se tira al suelo en medio de una tienda, lo mejor era no hacerme caso. Y una vez que me hubiera calmado, se me podría invitar a reflexionar sobre cómo afectaba mi conducta a otras personas, obstaculizando sus carreras profesionales, robándoles un yerno que habían llegado a adorar más profundamente todavía al descubrir que era un colega del mundo del arte, un tipo que flirteaba de maravilla y que jamás hacía ascos a apurar una botella y abrir otra.

No quería bajarme del coche.

Hamish y mi padre metieron las maletas en casa. Ingrid esperó hasta que le dije que ya, y entonces entró conmigo. Mi madre ya no estaba detrás de la ventana. Ingrid me acompañó a mi dormitorio. La cama estaba hecha, y al lado, sobre una silla que siempre me había servido de mesilla de noche, había un jarro de cerámica lleno de hojas de yedra, cortadas de una enredadera que crecía por un lado del cobertizo de mi madre. Le di las gracias a Ingrid por haberlo puesto. Dijo: «No he sido yo. Ven, échate», y tiró de las sábanas.

Estuvo un rato tumbada a mi lado acariciándome la parte interior del brazo, hablándome de la pesada de la hermana de Hamish y de los fundamentos de la dieta South Beach, y después dijo que iba a marcharse para dejarme dormir. Bajó los pies al suelo, pero se quedó sentada al borde de la cama.

—Martha, todo va a ir bien. Lo superarás mucho antes de lo que crees, ya lo verás.

Me incorporé y me apoyé contra la pared, abrazándome las piernas.

—Íbamos a tener un hijo.

Puso cara larga. Alargó el brazo, me cogió el pie.

—Martha… —dijo en voz muy baja—. Pero si decías que…

—Fue idea de Jonathan.

—Así que tú en realidad no querías. Te convenció.

—Me dejé convencer.

Frunció el ceño. Al principio pensé que era por mí, pero era desdén por Jonathan.

—Maldito charlatán de feria. —Me dio un apretoncito en el pie y dijo que lo sentía, pero añadió—: Gracias a Dios que no pasó nada. ¿Te imaginas tener de padre a Jonathan Cara de Pelmazo?

Me soltó el pie y dijo que volvería más tarde; repitió que todo iba a salir bien.

Mi madre se cruzó con Ingrid, se detuvo nada más entrar y echó un vistazo a la yedra.

—No sé si la he regado o no. —Volvió sobre sus pasos, pero

antes de salir hizo una pausa en la puerta y dijo—: Martha, Jonathan es un cabrón.

Por la mañana, empecé a guardar la ropa que había cogido Hamish y de repente me detuve: me di cuenta de que en realidad no quería nada. Cosas que había comprado cuando Jonathan y yo estábamos juntos, cosas que habían sido mías antes y que ahora estaban contaminadas porque las relacionaba de alguna manera con él. El cajón que había abierto no se cerraba, y vi que por detrás había una cajita de pastillas a medio usar de una era previa, una marca que no reconocí y que me había recetado un médico cuyo nombre no me decía nada para la patología, fuera cual fuera, que pensaba que tenía. Me tomé varias con la esperanza de que me ayudarían a estar mejor, a pesar de que la fecha de caducidad había vencido hacía mucho.

Cuando empezó a sonar el teléfono, fue una especie de memoria muscular la que me forzó a salir de mi cuarto y bajar las escaleras hasta la cocina. Cogerlo era, desde hacía muchísimo tiempo, una más de las tareas a las que mi madre hacía objeción de conciencia, una interrupción de su actividad recicladora, al igual que limpiar, cocinar y criar a dos hijas. A menudo, sus gritos de «que alguien coja el maldito teléfono» nos reunían a mi padre, a Ingrid y a mí en el mismo cuarto unos segundos después, como si oyéramos una alarma de incendios. Lo había olvidado y, aunque en su momento me había parecido insoportable, la familiar sensación de pisar con los calcetines el borde de cada peldaño enmoquetado me hizo sentir nostalgia por la época en la que vivíamos los cuatro en casa. Pero solo en el sentido de la definición de nostalgia que habría de enseñarme Peregrine más adelante..., «En su acepción griega originaria, Martha».

Era Winsome, que llamaba para hablar con mi madre de los

planes para la Navidad, que estaba al caer; de repente se nos había echado septiembre encima. Y sí, estuvo unos minutos hablando de la Navidad (conmigo, porque mi madre no vino cuando la llamé), atropelladamente y con un leve deje de histeria en la voz, después de que le respondiera a la pregunta de qué hacía yo en casa de mis padres.

Estaba acariciando la idea de organizar un bufé, Jessamine iba a traer un novio a la celebración, estaban pintando no sé qué en la casa y quizá no les diera tiempo a terminar no sé qué otra cosa…, y yo, mientras, estaba mirando por la ventana a un mirlo que hincaba una y otra vez el pico en un cachito de hierba.

—Y esta vez Patrick no va a estar con nosotros.

Estaba en el extranjero…, a Winsome le costaba imaginarse unas Navidades sin él, pero en compensación, dijo, después íbamos a verle mucho más a menudo, ahora que estaba a punto de terminar en Oxford y que iba y venía porque tenía entre manos un trabajo y se quedaba en casa de Oliver, que acababa de comprar un piso en Bethnal Green…, por cierto, ¿por qué le habría dado por comprarlo allí?

Después se puso a enumerar los defectos del piso, pero a mí no se me iba de la cabeza la imagen de Patrick en la calle delante del apartamento de Jonathan, la sensación de que me miraba solo a mí antes de doblar la esquina. En aquel momento me había creído lo que había dicho Oliver. Ya no. Durante mi brevísimo matrimonio, la idea me había llegado a parecer absurda. Winsome remató su lista diciendo:

—Al menos el piso no está en una de esas horrorosas torres de cristal que son todo superficies lisas y esquinas puntiagudas.

Su primera y última palabra sobre Jonathan.

La mujer del mostrador de la tienda solidaria se negó a aceptar mi traje de novia mientras sacaba una a una las prendas que le había llevado en bolsas de basura. Me había puesto las dos únicas cosas con las que me había quedado después de marcharme: unos vaqueros y una de las dos sudaderas de Primark que había comprado Ingrid porque costaban nueve libras y tenían impresa en la pechera la palabra «Universidad», lo cual, dijo, daba a entender que habíamos hecho estudios superiores pero que no estábamos tan necesitadas de la aprobación de la gente como para tener que decir dónde.

Mi vestido de novia estaba debajo de otras cosas, y cuando lo sacó por la manga y le dije qué era, la señora soltó un gritito de asombro. Aparte de que una prenda tan bonita debería estar envuelta en papel de seda y metida en una caja como Dios manda, seguro que me arrepentiría de desprenderme de él. Me lanzó una mirada a la mano izquierda. Le tranquilizó comprobar que, en vista de que todavía llevaba el anillo de pedida y la alianza, no había dicho nada inoportuno y, sonriendo, dijo: «A lo mejor algún día tienes una hija a la que se lo puedas dar». Dijo que iba un momentito a buscar en la trastienda a ver si encontraba algo mejor donde meterlo para que me lo llevase a casa.

En cuanto pasó al otro lado de la cortina, me marché sin el vestido y me encaminé hacia mi casa. Había empezado a llover y el agua caía a raudales por la acera y se filtraba por las alcantarillas. Al llegar a la primera esquina, me detuve y me saqué los anillos, preguntándome si estaría mal visto que una mujer en mis circunstancias los tirase por el desagüe y siguiese caminando, emancipada. Era el tipo de gesto que habría hecho que Jonathan se riese a carcajadas y dijera «¡genial!», así que opté por guardármelos en el monedero y seguí mi camino.

Hamish los puso a la venta en eBay. Con el dinero que saqué, le compré un ordenador a mi padre y di el resto a una organización vecinal que está en contra de la edificación de bloques de apartamentos como el de Jonathan.

Al volver de la luna de miel, no me reincorporé a mi trabajo en Mundo de Interiores. Me llegó una última carta a Goldhawk Road, reenviada por Jonathan. Debido a la dejación de mis obligaciones, se me había dispensado formalmente de mi empleo.

Sentada en mi cama, escribí a Peregrine. Quería disculparme por haber desaparecido por las buenas en vez de dimitir como es debido, y por no haber tenido la valentía de contarle por qué me era imposible volver. Lo intenté, pero después de redactar un montón de borradores no conseguí darle un tono jocoso al verdadero motivo. En la carta que por fin envié, le dije que me había quedado sin adjetivos calificativos para las sillas. Dije que solo me quedaban «bonita» y «marrón», y que le estaba muy agradecida y que lo sentía mucho y que esperaba que pudiéramos seguir en contacto.

Su respuesta me llegó esa misma semana en una tarjeta con monograma. Decía: *Es mejor para un escritor salir corriendo que sucumbir al canto de sirena de thesaurus.com. Quedamos a comer pronto/siempre que quieras.*

Según mi padre, necesitaba recuperarme emocionalmente antes de pensar siquiera en buscar otro trabajo. Me había metido en su estudio a echar una ojeada a una página web de ofertas de empleo y había seleccionado la zona del Gran Londres, pero de repente me sentí perdida.

Como en mi dormitorio era imposible recuperarme emocionalmente porque la banda sonora del reciclaje escultórico de mi madre se colaba todo el rato por la ventana, mi padre me invitó a que fuera a su estudio como cuando tenía diecisiete años... Esto último no lo dijo, pero los dos lo pensamos. Eso hice durante varios días, pero era evidente que escribir poesía ya no le resultaba tan agradable como entonces. Ahora no paraba de levantarse de la mesa y de arrastrar la silla, de pasearse por la habitación, suspirar y leer en voz alta los poemas de otros para, según decía, ponerse en canción, aunque saltaba a la vista que no era suficiente.

Me bajé a la cocina y empecé a escribir una novela, pero el sonido de su esfuerzo me llegaba desde arriba. Empecé a ir a la biblioteca. Me gustaba estar allí, pero la novela se me desviaba todo el rato hacia la autobiografía y no conseguía encauzarla. Me veía hablando en un festival literario y teniendo que responder a alguien del público que me preguntaba hasta qué punto se basaba el libro en mi propia experiencia. ¡Tendría que decir que todo! ¡No hay ni una pizca de invención en sus cuatrocientas páginas! Menos la parte en la que el marido —que en la vida real es rubio y no ha sido asesinado— decide trasladar la lujosa máquina de café a otro sitio de la cocina y, al cogerla, el agua marrón de la cubeta le cae en cascada sobre los vaqueros blancos.

Aquella escena y todas las demás me parecían un dechado de genialidad y humor mientras las escribía, pero al día siguiente sonaban como escritas por una quinceañera con padres alentadores. En general, veía que mi estilo viraba siempre hacia lo que estuviera leyendo en ese momento. Una mezcla desconcertante de Joan Didion, ficción distópica y columnista del *Independent* que escribe sobre su divorcio por entregas.

Renuncié a seguir escribiendo y empecé a leer novela rosa en ediciones de letra grande, hasta que me di cuenta de que había hecho amigos entre el contingente de ancianos que también pasaban sus días en la sección silenciosa de la biblioteca porque, cuando me invitaron a ir a comer con ellos en una crepería, me pareció lo más normal del mundo aceptar.

Nicholas se mudó a Goldhawk Road un mes después que yo, contribuyendo a que la casa pareciera, según mi madre, un templo del desempleo. Vino sin avisar de una clínica de rehabilitación y nos dijo que si volvía a Belgravia acabaría automedicándose de nuevo en menos de un día.

Nicholas siempre había tenido conductas impredecibles que me recordaban a mi madre y depresiones periódicas que me recordaban a mí, y por eso era el que peor me había caído de todos mis primos. Pero su presencia se tradujo en que Oliver empezó a venir por las noches a ver la tele con él, o a hacerle compañía mientras daba esquinazo por teléfono a sus amigos de antes.

Oliver traía su colada, y cuando Patrick estaba en Londres también la traía porque, aunque el piso de Bethnal Green estaba muy bien situado entre un restaurante de comida para llevar especializado en todas las cocinas del mundo y Yesmina Fancy USA, proveedor de extensiones de pelo humano y artificial, no había lavadora ni agua caliente después de las cinco de la tarde, ni tampoco nada que el agente inmobiliario tuviese permiso legal para publicitar como cuarto de baño.

Patrick y yo nos encontramos en la cocina la primera vez que vino a casa. Yo estaba vaciando el lavavajillas, y al entrar él se me resbaló un cuenco mojado.

Tenía el mismo aspecto de siempre. Yo me había mudado de casa, había vuelto, me había casado, había hecho un viaje al extranjero, había caído enferma y me habían despedido, y en cambio Patrick llevaba puesta la misma camisa que le había visto la última vez, en la cena de Jonathan. Me desconcertaba que yo hubiera cambiado de arriba abajo mientras que él no había cambiado ni pizca. Me agaché y me puse a recogerlo todo, recordando que solo habían sido tres meses.

Se acercó a ayudarme, y allí, con Patrick arrodillado frente a mí sin abrir la boca más que para decirme que algunos de los trocitos más pequeños eran muy cortantes, fue como si su mismidad anulara el tiempo, como si no hubiera sucedido nada y no hubiera nada más que un aquí y ahora en el que solo estábamos nosotros dos, recogiendo los añicos de un cuenco.

No esperaba que me dijese, de buenas a primeras:

—Siento lo de Jonathan.

Dije que ya, que gracias, y me levanté rápidamente para ir a por una escoba porque no quería echarme a llorar delante de él. Cuando volví ya no estaba, y no quedaba ni un cachito en el suelo por barrer.

Oliver y yo no habíamos retomado el tema de la conversación que habíamos mantenido debajo de la marquesina ni habíamos hecho la más mínima referencia a ella. No sabía si se lo habría contado a Patrick, cuyo nivel de turbación en la cocina no había superado visiblemente el que solía tener cuando estaba cerca de mí. Tampoco sabía si habría detectado él la mía. Por eso, ni aquella noche ni ninguna de las siguientes me sumé a ellos en el salón. Aun así, mientras estaban allí y oía la tele, sus voces, el traqueteo de la secadora en el armario del hueco de la escalera o al repartidor de comida a domicilio, me sentía menos sola.

Cada mañana temprano, Nicholas salía a pasear, y el resto del día lo ocupaba en ir a reuniones, escribir un diario y hablar por teléfono con su terapeuta. Habiendo deducido, en muy poco tiempo, que yo tenía todavía menos cosas que hacer que él, me preguntó si quería acompañarle.

Aquel día fuimos desde Shepherd's Bush hasta el río, y luego bordeamos la orilla hasta llegar a Battersea; al día siguiente, nos hicimos el recorrido entero hasta Westminster. A partir de entonces, nos dio por ir al centro por rutas enrevesadas: seguíamos el curso de los canales, subíamos hasta Clerkenwell e Islington, inventábamos modos de volver a casa pasando por Regent's Park, y con el tiempo caminábamos tantas horas al día que empezamos a comprar barritas energéticas y Lucozade. Para cuando ya habíamos agotado todas las variedades de sabores, había tomado mucho cariño a Nicholas. Era como un hermano, y jamás me preguntó qué hacía sin trabajo y viviendo en casa de mis padres a mis veintiséis años, ni por qué siempre iba vestida igual. Cuando, sin que me lo preguntase, le conté todo, dijo:

—Ya quisiera yo que casarme con un descerebrado hubiera sido la peor decisión de mi vida. Pero todo es redimible, Martha. Incluso las decisiones que te hacen aparecer inconsciente y sangrando en un paso de peatones subterráneo, como a mí. Aunque lo ideal sería averiguar por qué uno no para de tropezar con la misma piedra.

Estábamos por la zona de Bloomsbury, sentados al borde de una fuente en un jardín vallado. Le pregunté por qué seguía él tropezando con la misma piedra, y añadí que no hacía falta que hablara de ello si no quería.

Pero sí quería. Respondió que precisamente porque nadie hablaba de nada cuando era pequeño.

Le dije que Ingrid y yo siempre nos habíamos muerto de ganas de preguntarle por sus orígenes.

—Dios mío, mis orígenes...

Aunque se lo había dicho imitando el tono de Rowland, pensando que le haría gracia, era evidente que no.

Me disculpé.

—Me imagino que sería horrible que hubiese algo de ti de lo que no se podía hablar.

Nicholas sorbió por la nariz.

—Querrás decir ser aquello de lo que no se podía hablar. Si tantas ganas teníais de preguntar, ¿por qué no lo hicisteis? ¿Os dijeron vuestros padres que os cortarais o algo por el estilo?

Dije que no.

—Simplemente dimos por hecho que no teníamos permiso. No sé por qué. Quizá porque nunca se lo oímos mencionar a nadie de tu familia, y creo que, en mi caso —pensé bien lo que quería decir—, era como que no quería ser yo la que te comunicase la mala noticia.

—Pero no es que yo no supiera que era adoptado.

—Ya. Me refiero a la mala noticia de que no eras blanco...

Dijo «¿Qué?» tan alto que hubo gente que se volvió a mirarnos, y después me agarró por los hombros.

—¿Cómo es que nadie me ha dicho nada hasta ahora, Martha?

—Lo siento en el alma, Nicholas, de veras. Pensaba que lo sabías.

Me soltó con un empujoncito y dijo que necesitaba seguir caminando para procesar la noticia. Que quizá, en cierto modo, ya lo había sospechado, pero que aun así es un impacto tremendo que alguien te diga que no eres blanco... Le dije que entendía que debía de ser un mazazo tremendo...

Al salir del jardincito, Nicholas me pasó el brazo por los hombros y dijo, «Martha, mira que eres guasona». Caminamos así durante un rato, volviendo por Fitzrovia. Después, subimos hacia Notting Hill. Le pregunté si pensaba que deberíamos comer más carbohidratos. Dijo: «Martha, lo que deberíamos hacer es encontrar trabajo».

Al pasar por delante de un pequeño supermercado de productos orgánicos de Westbourne Grove vimos un letrero en el escaparate que anunciaba vacantes en todos los departamentos. Aunque carecíamos de experiencia básica en el sector del pequeño comercio, sospecho que nos contrataron a los dos porque un toxicómano en proceso de recuperación y una esposa desdeñada que caminaban kilómetros y kilómetros cada día tenían la palidez y los cuerpos consumidos que se les exigen a los empleados de las tiendas naturistas.

A Nicholas le asignaron el turno de noche. El gerente me preguntó si prefería caja registradora o cafetería. Le dije que, como buena insomne, yo también estaba interesada en trabajar por la noche. Me echó un vistazo a los bíceps, dijo «registradora» y me mandó a casa con una muestra de un tónico de hierbas para dormir que sabía a hojas de lechuga de supermercado que se habían podrido en la bolsa.

Dejamos los paseos. Durante los descansos, comía sándwiches de jamón de Pret a Manger y bebía Lucozade de ese-nuevo-sabor-que-te-encantará, escondida en el almacén porque comer carne es asesinar y, como oí que le decía el gerente a un cliente, el azúcar es, lisa y llanamente, un genocidio microbiano. Aunque Nicholas seguía viviendo en Goldhawk Road, le echaba de menos.

La última vez que vi a Jonathan fue en su oficina. Fui a firmar los papeles de la anulación. Para entonces ya habían transcurrido seis meses desde que me había largado. Me quedé esperando delante de su mesa mientras Jonathan comprobaba cada página con una diligencia poco habitual en él. Después me las acercó con un empujoncito y, sonriendo con aire de superioridad, dijo:

—Lo único que puedo decir es que menos mal que no conseguiste quedarte embarazada. Con esas tendencias que tienes...

Agarré los papeles, le recordé que había sido idea suya y concluí diciendo:

—Pero sí, menos mal que no conseguiste dejarme embarazada, Jonathan. Imagínate, un niño que, para empezar, yo no quería tener, y que habría tenido una predilección genética por la cocaína y los pantalones vaqueros blancos.

Me fui sin darle tiempo a responder.

De camino al autobús pasé por delante de un cubo de basura y, sin detenerme, tiré los papeles, incapaz de imaginarme una situación en la que me pudiese ver obligada a presentar una copia en papel de mi malogrado matrimonio, ni un lugar de mi dormitorio de Goldhawk Road donde guardarla, a no ser que subiera uno de los archivadores de mi padre y clasificase los papeles en la letra C, con la etiqueta de Cagadas Atroces 2003-2004.

Aprovechando que el autobús hacía un alto en un semáforo, me bajé y recorrí el kilómetro que me separaba del cubo de basura. Los papeles seguían allí, debajo de un vaso de McDonald's medio lleno y con la tapa rota. Sin ellos no tenía ninguna prueba de que no seguía casada con un hombre que, como me dijo Ingrid mientras me evacuaba del apartamento de Jonathan, había sacado un nueve sobre diez en el cuestionario *online* titulado «¿Eres un sociópata?» que mi hermana había rellenado pensando en él. Rescaté los papeles, que ahora formaban un mazacote, y, cogiéndolos por una esquina mientras la Fanta me caía por la pierna, me fui a buscar otro autobús.

Durante media hora, el autobús avanzó a paso de tortuga por Shepherd's Bush Road. Los semáforos cambiaban y volvían a cambiar sin permitir el paso a los vehículos en los cruces atascados. No había nadie más en el piso de arriba y me senté con la frente pegada a la ventana, clavando la mirada en la acera y, después, en el ancho ventanal de una cafetería en la que había una mujer amamantando a un bebé mientras leía. Para pasar la página tenía que dejar el libro sobre la mesa y mantenerlo abierto con la muñeca a la vez que movía los dedos de derecha a izquierda. Antes de continuar con la lectura, bajaba la cara lo suficiente para besar la manita del bebé, que le agarraba suavemente el borde de la camisa. Al cabo de un rato, vi que una embarazada se levantaba de otra mesa y se acercaba. Empezaron a hablar, la una tocándose la tripa y riéndose, la otra dando palmaditas al bebé en la espalda. No supe distinguir si eran dos amigas o dos desconocidas que se sentían obligadas a reconocer su fecundidad compartida. Yo no quería ser ninguna de las dos.

Le había dicho a Ingrid que me había dejado convencer por Jonathan, y ella lo había interpretado como una revocación pasajera de mi opción de vida. Nunca me había sentido capaz de hablarle a mi hermana de mi pavor al embarazo, ni cuando empecé a sentirlo ni tampoco cuando, a medida que iba cumpliendo años, mi temor adolescente no solo no disminuía sino que se intensificaba.

Acabé convirtiéndome en una mujer que, además del miedo a quedarse embarazada y a tener un feto o un bebé con lesiones, tenía miedo a los bebés en general, a las madres y al propio concepto de maternidad..., a la idea de que una persona tuviese la responsabilidad de crear y mantener a salvo a todo un ser humano. Ingrid habría dicho que mi temor era irracional, una base ilegítima para tomar una decisión adulta. Y ahora, no quería que mi hermana supiera que, a pesar de mi miedo, me había dejado arrollar por el aplomo de Jonathan, por su energía propulsora, hasta el punto de pensar que no tenía ni pizca de miedo. En un pispás, había dejado que me convenciera de que yo era otra persona distinta o de que podría serlo simplemente si así lo decidía, y de que quería tener un hijo.

Pero no podía obligarme a mí misma a convertirme en una persona sin «alteraciones». Las circunstancias no me influían, el tiempo no me estaba impulsando a cambiar de forma de ser. Estaba ya en el punto en el que iba a estar el resto de mi vida. No tenía hijos. No quería tener hijos. Dije en voz alta y a nadie en especial: «De manera que bien». Las mujeres de la cafetería seguían hablando cuando de repente el tráfico se dispersó y el autobús siguió circulando.

Cuando llegué a casa, Oliver y Patrick estaban en el salón con Nicholas, viendo la tele. Aunque llevaban meses haciéndolo y yo había tenido las suficientes conversaciones fortuitas con Patrick como para dejar de sentirme incómoda, aún no me sumaba a ellos. Tampoco en este momento había sido mi intención, pero de camino a la escalera, al pasar por delante de la puerta abierta y verlos apretujados en aquel sofá que se les quedaba pequeño, la soledad se me vino encima con tanta fuerza que tuve la sensación de que me ahogaba. Me quedé clavada en el sitio con el bolso al hombro y los papeles todavía en la mano, el pecho agitado, la caja torácica expandiéndose y contrayéndose, hasta que Oliver reparó en mí y dijo que estaban viendo una competición de dardos y que, como era la penúltima ronda, o entraba y me sentaba a verla como Dios manda o mejor que siguiera mi camino.

Me vino a la cabeza la imagen de mí misma sentada en la cama, mirando listas de casas compartidas en barrios de las afueras de Londres que solo me sonaban por ser los destinos finales de distintas líneas de metro, fingiendo que seguía con la idea de mudarme.

Dejé resbalar el bolso y entré. Patrick me saludó silenciosamente con la mano, y Nicholas con el comentario de que tenía muy mal aspecto. Me preguntó dónde había estado.

—Por ahí.

—¿Haciendo qué?

—Divorciándome.

Dijo: «Qué lástima», y se volvió para ver cómo un hombre con una barriga que se le desbordaba por encima del pantalón apuntaba a un círculo rojo y daba un puñetazo al aire al ver que se clavaba en el centro. Después, Nicholas se levantó, se estiró y me dijo que me cedía el asiento porque acababa de acordarse de una chica con la que tenía que disculparse; lo último que había hecho antes de empezar la rehabilitación fue destrozarle el parabrisas con un palo de golf después de haberse metido una cantidad de metanfetamina superior a su dosis diaria recomendada.

—Dosis que, por cierto, es de cero. Ahora vuelvo.

Patrick intentó hacerme un hueco más grande en el sofá, pero no se podía. Sentada entre Patrick y Oliver, con mis brazos apretados contra los suyos, lo único que quería era quedarme allí viendo las partidas de dardos mientras mi cuerpo frío y vacío absorbía el calor de ambos. Lo único que dijo Patrick, volviendo la cabeza, pero rehuyendo mi mirada, fue: «Espero que estés bien».

Abrumada por su bondad, hice como que no le oía, y en vez de responder le pregunté a Oliver por qué los jugadores llevaban polos transpirables y pantalones de aspecto deportivo cuando el juego de los dardos era cosa de hombres gordos en *pubs*. Dijo: «Es un deporte, no un juego», y nos quedamos los tres callados hasta que por fin terminó y entregaron un trofeo que era tan modesto que tuve que apartar la mirada, avergonzada, cuando el ganador, cogiéndolo con ambas manos como si el peso lo exigiera, lo elevó por encima de su cabeza.

Oliver dijo: «Bueno, veamos qué más nos ofrecen los canales digitales de tus padres, Martha». Sabía que no se marcharía hasta que volviese Nicholas, y crucé los dedos para que tardase un buen rato. No quería estar sola. Cuando llevábamos un rato viendo la película que había elegido Oliver porque prometía tener lenguaje soez y alusiones sexuales, empecé a amodorrarme y, justo antes de dormirme, noté que alguien se movía un poco para que apoyara la cabeza en su hombro.

La televisión estaba apagada y las ventanas negras cuando me desperté. El único que seguía en el cuarto era Patrick, y yo estaba echada de lado, acurrucada con un cojín. Mi cabeza estaba en su regazo. En cuanto me moví, se levantó de golpe y se fue a las estanterías de la otra punta, como si llevase mucho tiempo esperando la oportunidad de coger la enciclopedia de la Edad Media de los estantes de mi padre, cosa que hizo, y a continuación la abrió al azar y se puso a leer. Le pregunté qué hora era y dónde estaban mis primos. Era medianoche, Nicholas se había ido a la cama y Oliver hacía ya un rato que se había marchado.

—¿Y por qué no te has ido con él?

Patrick titubeó.

—No quería despertarte.

—No me habría molestado.

—Claro. Pero es que pensé que…, bah, nada. —Se puso el libro bajo el brazo y se dio unas palmaditas en los bolsillos—. Perdona, debería haber…

—Ya ha pasado el último metro. ¿Cómo vas a volver a casa?

—Andando.

—¿Desde Shepherd's Bush hasta Bethnal Green?

Dijo que tampoco era para tanto y que le apetecía mucho..., que lo tenía planeado. Eché un vistazo a sus pies; iba sin calcetines, y llevaba puestas unas deportivas de lona a las que por algún motivo les faltaban los cordones.

—¿Es la primera vez en tu vida que mientes, Patrick? No se te da muy bien. En serio, ¿por qué no te has ido con Oliver?

Carraspeó.

—Es que pensé que probablemente no habías pasado muy buen día y que lo mismo preferías estar acompañada cuando te despertaras. Pero estás estupendamente, así que genial. Me voy ya.

Le pregunté si pensaba tomar prestado el libro que seguía bajo su brazo.

Soltó una risita forzada y, sacándolo y fingiendo por unos instantes que leía la contraportada, dijo que se le había olvidado que seguía ahí.

—Casi mejor lo dejo donde estaba.

Le dije que le iba a abrir la puerta porque solo los residentes a perpetuidad de Goldhawk Road conocían la secuencia exacta de los cerrojos, y le dejé reponiendo el libro.

La bombilla de la lámpara del vestíbulo llevaba tiempo fundida. Al intentar sortear la bicicleta de mi padre, que estaba apoyada contra la pared, la cadera se me enganchó en el manillar y la desequilibré. Di un paso atrás para dejarla caer, pero no vi que Patrick ya estaba detrás de mí y tropecé contra él. Me puso las manos en la cintura, y, como no las quitó, ni siquiera cuando ya me había enderezado, dije:

—¿Tú me quieres, Patrick?

Me soltó inmediatamente y retrocedió. En la oscuridad, no le veía la cara.

Dijo que no.

—¿O quieres decir como amigo?

Me aparté y encendí la luz de fuera. Brillaba tenuemente a través del cristal de encima de la puerta. Aclaré que no quería decir como amigo.

—Entonces, no.

Dijo que de esa manera, no, y pasó por mi lado lentamente; después rodeó con cuidado la bici y empezó a toquetear al azar los cerrojos de la puerta.

—Oliver me dijo que llevas enamorado de mí desde que éramos adolescentes.

De espaldas a mí, dijo:

—¿Ah, sí?

—La noche que Jonathan me pidió matrimonio.

—Ya, bueno, pues no tengo ni idea de por qué te diría eso.

Me eché hacia delante para abrir un cerrojo alto que se le había pasado y le rocé el brazo. Patrick se pegó contra la pared y salió en cuanto abrí la puerta lo suficiente para que pudiera pasar.

—Patrick.

Estaba bajando los escalones de dos en dos y no se volvió hasta que pisó la acera. Le seguí, pero a mitad de camino me detuve.

—¿Es verdad?

Dijo que no, que para nada.

—De veras no sé en qué estaría pensando Oliver. —Y, alejándose, añadió—: Perdona, me tengo que ir ya.

El timbre sonó mientras seguía en el vestíbulo, levantando la bicicleta de mi padre.

—Hola.

—Hola.

—Perdona por…

—¿Por qué?

Patrick, plantado en el escalón superior con las manos en los bolsillos, dijo:

—Me ha parecido que tenía que decirte que…, bueno, que no he sido completamente sincero contigo ahora mismo.

Dije que vale.

Hizo una pausa, claramente sin saber si se suponía que tenía que explicarse más o si, habiendo confesado, estaba en su derecho de marcharse. Un instante después, hundiendo más las manos en los bolsillos, dijo:

—Es solo que durante una época...

Me rasqué el brazo, esperando. Antes me había parecido que quería saberlo, que necesitaba saber si Patrick me quería. Ya no. Me sentía incómoda y quería que se marchase, porque estaba convencida —irracionalmente, pero aun así convencida— de que le parecía obvio que el par de segundos que sus manos se habían posado en mi cintura habían bastado para hacerme creer que, en efecto, me quería de la manera que decía Oliver. Y que yo había querido que me lo dijera porque —seguro que era eso lo que pensaba— estaba enamorada de él.

—Durante un tiempo... —volcó el peso sobre la otra pierna— sí que creía que estaba..., ya sabes...

—¿Cuándo?

—Unas Navidades, después de verte en casa de tus tíos. —Añadió que seguramente yo no me acordaría—. Éramos adolescentes. Estabas enferma y tuve que entrar a...

—Me hablaste de tu madre.

Patrick pareció sorprendidísimo, como si pensara que ninguna conversación de las que habíamos tenido pudiera ser memorable para mí.

—¿Y por qué te hizo pensar eso que estabas enamorado de mí?

—Solo por el hecho de que me preguntaras por ella, creo. Nadie más lo había hecho; en realidad, nadie me ha preguntado nunca..., salvo Rowland, claro, cuando quiso enterarse de cómo había muerto la primera vez que cené allí.

Me estremecí y crucé los brazos, aunque el aire que entraba de la calle no era frío.

—Somos una familia horrorosa, Patrick.

Dijo:

—No. No lo sois. Bueno, el caso es que, en efecto, pensaba que estaba enamorado de ti y al parecer se lo dije a Oliver, por desgracia. —Se rascó la nuca enérgicamente—. Pero es evidente que no lo estaba y con el paso del tiempo lo comprendí. Así que por favor, no te preocupes, nunca te he querido. —Oyó sus palabras y dijo—: Perdona, suena un poco...

—No pasa nada. —Le dije que, para empezar, no debería habérselo preguntado—. Venga, vete ya.

—Pero ¿estás bien?

Respondí que sí con tono seco.

—Estoy bien, Patrick. Es que hoy todo va de hombres que me quisieron y dejaron de quererme o que pensaron que estaban enamorados de mí y después comprendieron que en realidad solo tenían hambre o qué se yo.

Le dije que ya nos veríamos y me metí en casa.

No dormí. Me quedé despierta hasta la mañana siguiente, asaltada a ratos por imágenes de Jonathan sentado a su escritorio diciéndome con una mueca arrogante que mejor que nunca fuera madre, y a ratos por imágenes de Patrick en la acera, volviendo sobre sus pasos. Jonathan era despiadado, pero al menos no se había andado con rodeos para romperme el corazón. En cambio Patrick, al explicar que nunca me había querido —no en sentido pleno, y solo en un momento de juvenil confusión—, se había esforzado tanto por no hacerme daño que era como cuando te quitan la venda de una herida te tiran demasiado despacio de una punta, con una cautela tan excesiva que antes de que la carne húmeda esté medio expuesta te la quieres arrancar de golpe tú sola.

Fue durante aquellas horas, después de pensar en ambos, cuando Jonathan y Patrick quedaron conectados en mi cabeza. Y que los dos me hubieran rechazado, y el mismo día, fue el motivo de que a partir de entonces, cada vez que pensaba en Jonathan y en mi matrimonio fracasado, pensase también en Patrick. Esa fue la conclusión a la que llegué en los días siguientes y eso fue lo que creí durante mucho tiempo.

A la mañana siguiente, Nicholas entró en la cocina mientras mi padre y yo leíamos el periódico en la mesa. Quería saber si había cajas de sobra por casa porque había decidido irse a vivir con Oliver. Quería estar más cerca del centro. Quería buscar un trabajo serio. Dijo que su hermano se pasaría a recogerle esa misma tarde.

Mi padre se levantó y dijo que iba a ver qué encontraba. Nicholas hizo tostadas, las trajo a la mesa y se sentó delante de mí. Se puso a contarme sus planes. Apoyé el codo en la mesa y seguí leyendo con la mano en la frente, sosteniéndome la cabeza y escudándome la cara al mismo tiempo.

No respondí a nada de lo que me dijo. Me sentía como una colegiala tratando de disimular que está llorando en su pupitre porque los ejercicios que tiene delante son muy difíciles. Intentaba no llorar porque el panorama que se me presentaba era demasiado duro: Nicholas se marchaba y de buenas a primeras solo íbamos a estar en casa mis padres y yo. Mientras seguía hablándome, intenté concentrarme exclusivamente en el hecho de que al irse él, Patrick dejaría de venir.

Al cabo de unos instantes, renunció y agarró el periódico de mi padre, pasando las hojas sin pararse a leer nada. Yo seguía sentada delante del mío sin mover ni una ceja, leyendo de arriba abajo la doble plana hasta que no quedó nada por leer más que el noticiario de la corte. La víspera, la princesa Ana había inaugurado un centro de atención al cliente en el Concejo Municipal de Swelby y después había asistido a una recepción. Sentí lástima por ella y más aún por mí, sobre todo después de que Nicholas se levantase, dejase su plato en la pila y dijera que casi mejor que se pusiera manos a la obra.

Al cabo de un rato salí a dar un paseo. Mientras buscaba el modo de salir de Holland Park, me sonó el móvil. Era Peregrine. Mi carta de disculpa y su respuesta habían sido nuestro único contacto hasta la fecha. No era lo bastante valiente como para ser yo quien sugiriese quedar a comer, a pesar de que le echaba de menos más de lo razonable.

En estos momentos, dijo, se dirigía en coche hacia el oeste de la ciudad y quería saber dónde estaba yo exactamente. Acababa de enterarse —no iba a decirme a través de quién— de que mi matrimonio se había ido a pique, y, aunque no le hacía falta preguntar quién había sido el culpable, estaba desolado porque no le hubiese llamado cuando sucedió todo.

Le dije que estaba en Holland Park, y contestó que le pillaba muy a mano y que le diría al chófer que se desviase.

—Si te das prisa, nos vemos en el Orangery dentro de un cuarto de hora.

Le dije que llevaba puestos unos vaqueros. Peregrine veía con malos ojos la tela vaquera en cualquiera de sus modalidades y en cualquier ocasión, y pensé que quizá de esta manera podría librarme de ir. Quería verle, pero no en el estado en el que me hallaba.

Le oí dar instrucciones al chófer, y después retomó la conversación para decirme que por una vez haría la vista gorda, teniendo en cuenta que la elegancia en el vestir era lo primero que desaparecía después de un desengaño amoroso.

En lugar de un simple hola, Peregrine dijo:

—No acabo de entender por qué se considera que el champán es para celebrar, cuando en realidad es una bebida medicinal.

Lo estaba sirviendo una camarera; era evidente que a juicio de Peregrine lo estaba haciendo mal y, cuando se dispuso a llenar la segunda copa, le dio las gracias y le dijo que ya nos encargábamos nosotros. Me senté y me puso una copa en la mano.

—Vamos, que si en algún momento se necesitan burbujas en las venas es cuando la vida se queda sin ellas.

Bebí unos sorbitos mientras me miraba, y después añadió que, aunque le dolía tener que decírmelo, parecía una enferma terminal.

—En fin —se reclinó en la silla y juntó las yemas de los dedos de las dos manos—, ¿qué vas a hacer ahora? ¿Tienes algún plan?

Empecé a contarle que estaba viviendo con mis padres y trabajando en un supermercado orgánico, pero negó con la cabeza.

—Eso solo es lo que estás haciendo ahora, nada más. No es un plan, y me atrevería a decir que así, languideciendo en un oscuro barrio londinense, es muy poco probable que se te ocurra uno.

Toqué mi copa y una cenefa de vaho se expandió por el cristal. No sabía qué decir.

Peregrine puso las palmas de las manos sobre la mesa. Dijo:

—París, Martha. Por favor, vete a París.

—¿Por qué?

—Porque cuando el sufrimiento es inevitable, lo único que nos es dado elegir es el telón de fondo. Llorar a moco tendido a la orilla del Sena no tiene nada que ver con llorar a moco tendido mientras te paseas como un alma en pena por Hammersmith.

Me eché a reír, pero Peregrine parecía entristecido.

—No hablo por hablar, Martha. A falta de otras razones para vivir, siempre estará la belleza.

Le dije que me parecía una idea preciosa, pero que no tenía ni la energía ni el dinero suficientes para irme al extranjero.

Dijo que, en primer lugar, París casi no era el extranjero.

—Y, en segundo lugar, tengo allí un apartamentito que compré hace muchos años para las niñas. Me las había imaginado en

Montparnasse, a lo Zelda Fitzgerald, o como mínimo matando las horas a lo Jean Rhys en un cuartucho penumbroso, pero la Bella y la Maldita prefirieron la periferia de Woking. De manera que allí sigue, amueblado y vacío.

Me dijo que, aunque el piso no estaba en mal estado, lo mejor que cabía decir de la decoración era que contribuía a fortalecer el carácter.

—Aun así, está a tu disposición, Martha. Un hogar, y para todo el tiempo que lo necesites.

Le dije que era un cielo y que por supuestísimo que me lo pensaría.

—Eso es precisamente lo que no debes hacer. —Miró la hora—. Tengo que volver a la fábrica, pero te haré llegar la llave por mensajero esta misma tarde.

Estaba todo decidido, dijo. Al separarnos en la esquina del parque, Peregrine me besó en ambas mejillas.

—Los alemanes tienen una palabra para referirse al desengaño amoroso, Martha. *Liebeskummer*. Mira que es fea, ¿eh?

Una vez en casa, me metí en la banca electrónica, y después de pasar por todo el proceso de «¿Olvidaste tu contraseña?» llegué hasta mi saldo. Nada más prometernos, Jonathan había empezado a hacerme transferencias semanales, y yo las había ido ahorrando solo porque eran unas sumas tan desorbitadas que no me daba tiempo a gastar una antes de que me ingresase la siguiente. No sé cómo, durante su viaje de trabajo lo había vuelto a sacar todo como por arte de magia, de modo que cuando volví a Goldhawk Road mis haberes se reducían a los anillos de boda y compromiso y un guardarropa que doné a la tienda benéfica de artículos de segunda mano. En el supermercado orgánico ganaba a la hora lo equivalente a un *smoothie* de trigo germinado, pequeño y sin extras. Pero no había comprado nada durante meses, tan solo sándwiches de jamón y bebidas energéticas para mis paseos con Nicholas.

La llave llegó a media tarde. La dirección venía grabada en una tarjeta con monograma, y encima había escrito: *Amiga Brava, Cruelmente Divorciada, Experimenta Felicidad y Ganas de Humorizar…, etcétera, etcétera, y llámame en cuanto llegues.* Tenía dinero suficiente, así que me fui.

Estuve viviendo en París cuatro años, y trabajé desde el principio en una librería especializada en literatura anglosajona cercana a Notre Dame, vendiendo guías de Lonely Planet y Hemingways de bolsillo a turistas que en realidad solo querían sacarse una foto dentro de la tienda.

Mi jefe era un estadounidense que vivía en el ático reformado de la librería. Estaba intentando convertirse en autor teatral. El primer día me enseñó dónde estaba todo, y culminó la gira en las estanterías más próximas a la puerta. Dijo: «Y todos los autores de prestigio están aquí». Le pregunté dónde estaban los del desprestigio y, chasqueando la lengua y dirigiéndose a una chica francesa de aire triste que estaba cumpliendo su último día de condena, dijo: «Vaya, mírala qué ingeniosa». Estuve acostándome con él tres años y medio y nunca llegué a quererle.

Antes de que colgase un letrero prohibiendo *le camera à l'interieur* y más tarde *le iPhone* y *encore plus, le batôn de selfie,* salí al fondo de miles de fotografías, sentada detrás del mostrador leyendo novedades editoriales o, si las únicas novedades eran de misterio o de realismo mágico, contemplando el cachito de río visible entre los edificios.

Peregrine fue la primera persona que vino a verme a París y, aparte de Ingrid, la persona que más veces me visitó. Solo venía a pasar el día: llegaba al mediodía y se marchaba muy tarde. Quedábamos en un restaurante; Peregrine siempre elegía alguno que acabase de perder una estrella Michelin porque lo de ayudar a alguien simplemente almorzando le parecía una forma fácil de ejercer la caridad y, además, decía, en París era la única garantía que tenías de que te iban a atender bien. Fuera cual fuera la época del año, después dábamos un paseo hasta las Tullerías y desde allí seguíamos por la orilla del río hasta el Marais, evitando el Centre Pompidou porque su arquitectura le deprimía, y de allí al Museo Picasso, donde nos quedábamos hasta que Peregrine decía que ya era hora de buscar algún antro de mala fama donde tomarnos un Dubonnet antes de la cena.

Medía el tiempo que pasaba en París por las visitas de Peregrine. Y él debía de saberlo, porque nunca se iba sin decirme cuándo pensaba volver. Siempre venía en septiembre, en lo que llamaba el «aniversario de tu despido»... refiriéndose a Jonathan, no a la revista.

Siempre que estaba con él me sentía feliz, incluso en los aniversarios aquellos, salvo el año en el que me tocaba cumplir los treinta. Un día, en el patio de entrada del museo, Peregrine me dijo que me notaba rara, que tenía una actitud desconcertante. Así pues, en lugar de pasar al museo íbamos a dar un paseo y me iba a contar cómo era su vida exactamente a mi edad; me iba a parecer tan deprimente, dijo, que lo más seguro era que se me pasase el desánimo en relación con la mía y dejase de andar con la espalda espantosamente encorvada.

De nuevo en la calle, Peregrine se frotó las mangas del abrigo y dijo «Venga, vamos», y echamos a andar.

—Veamos. Diana, mi mujer, acababa de darme la patada al descubrir que mis gustos iban por otros derroteros. Mientras ella se aseguraba de que no me caía ni un solo céntimo de nuestro dinero y de que no volvía a ver a las niñas, me mudé a Londres, a una habitación del Soho fea hasta decir basta, me aficioné a varias sustancias y, en consecuencia, la revista en la que trabajaba me puso de patitas en la calle. En un solo día me quedé sin blanca y me vi obligado a volver a la casa familiar, en el condado de Gloucestershire, donde me recibieron con cajas destempladas, tanto por ser yo como por ser «uno de esos». Y a continuación vino el colapso nervioso. ¿Qué te parece?

Le dije que sí, que era bastante deprimente y que lamentaba que hubiera tenido que pasar por todo aquello, y también no haberle preguntado nunca por su vida anterior.

—Sí, bueno... De todos modos, el exilio me vino bien... No tuve más remedio que enmendarme porque, sencillamente, en un pueblo como el Tewkesbury de 1970 no había modo de conseguir Quaaludes.

Dije: «Tampoco pesto», y enderecé los hombros. Peregrine me cogió del brazo y seguimos caminando.

Solíamos despedirnos enfrente de la Gare du Nord, pero no quería que se marchase y le pregunté si podía esperar con él hasta que llegase su tren. Nos sentamos a la barra de una cafetería y le dije que, aunque me daba vergüenza reconocerlo, a veces echaba de menos a Jonathan. No se lo había dicho a nadie más.

Dijo que no tenía nada de vergonzoso, nada en absoluto.

—Todavía a estas alturas me sorprendo a mí mismo recordando con una inmensa nostalgia los años que estuve casado con Diana. —Dio un sorbo al café, lo dejó y dijo—: Ciñéndonos, claro está, a la definición griega de la palabra, que no tiene absolutamente nada que ver con el uso que le da el público general para describir cómo se siente al recordar la época del colegio.

Echó un vistazo al reloj del bar, sacó dinero del bolsillo de la pechera y lo dejó sobre el mostrador.

—*Nostos*, Martha, «vuelta a casa». *Algos*, «dolor». La nostalgia es el sufrimiento que nos causa nuestro insatisfecho anhelo de regresar al hogar.

«Eso sí, —añadió— al margen de que el hogar que anhelamos

haya existido o no». En la puerta de acceso a su andén, Peregrine me plantó un beso en cada mejilla y dijo:

—Noviembre.

Se refería a mi cumpleaños.

Me encantaba París, las vistas de los tejados de zinc, las chimeneas de terracota y los cables eléctricos enmarañados desde la ventana del apartamento. Me encantaba vivir sola después de los meses que había pasado en Goldhawk Road. Hablaba con mi padre los fines de semana y con Ingrid todas las mañanas mientras me iba al café de la esquina a desayunar. Empecé a escribir otra novela distinta.

Y también odiaba París, odiaba el suelo de linóleo rojo del apartamento y el retrete comunal al fondo del oscuro pasillo. ¡Me sentía tan sola sin mi padre, sin los ruidos de Nicholas, Oliver y Patrick acompañándome mientras intentaba conciliar el sueño, sin Ingrid! Aún no llevaba mucho tiempo allí cuando mi hermana me llamó y me dijo que Patrick había empezado a salir con Jessamine, cosa que a ella le hacía muchísima gracia y a mí no por razones que era incapaz de explicar. Pero a partir de entonces, la novela empezó a desarrollarse en Goldhawk Road, y el protagonista —había decidido que fuese un hombre para que no pudiera ser yo— se convertía una y otra vez en Patrick. Y también había una chica. Todo lo que le pasaba a ella pasaba sin avisar, y por mucho que me empeñase por evitarlo parecía como si siempre estuviera plantada en las escaleras.

Cuando le conté a Peregrine que estaba escribiendo un libro que se transformaba constantemente en una historia de amor situada en una casa muy fea, dijo:

—La primera novela siempre es autobiográfica y expresa el cumplimiento de los deseos. Evidentemente, uno tiene que zafarse de todas sus decepciones y deseos insatisfechos para poder escribir algo de provecho.

Al llegar a casa tiré las páginas a la basura. Pero seguí intentándolo de otras maneras, como también seguí intentando cumplir en todo momento el sueño de Peregrine de que sus hijas fueran unas Zelda Fitzgerald. Paseaba por la orilla del río y gastaba dinero, y deambulaba por los mercados comiendo queso con los dedos directamente del paquete. Pinté las paredes del apartamento y cubrí los suelos. Iba al cine sola y sacaba entradas para los ensayos generales de *ballet*. Aprendí por mi cuenta a fumar y a cogerles el gusto a los caracoles, y salía con cualquier hombre que me lo pidiera.

Pero busqué en Wikipedia a la otra escritora que había mencionado Peregrine aquel día en la Orangery y leí su libro, el que transcurre en París. Con más frecuencia, yo era la protagonista de aquel libro, una mujer que se pasa las 192 páginas tumbada en un estudio penumbroso pensando en su divorcio. Según Wikipedia, «los críticos consideraron que estaba bien escrita, pero que a la larga era demasiado deprimente».

Y también —mejor dicho, y por tanto— aprendí francés médico, por inmersión. *Je suis très misérable. Un antidépresseur s'il vous plait.* Se me ha acabado *ma prescription* y resulta que *c'est le weekend. Le docteur:* ¿Con qué frecuencia se siente triste, *sans a bonne raison*? ¿*Toujours, parfois, rarement, jamais*? *Parfois, parfois.* Y a medida que pasaba el tiempo, *toujours.*

Fui a Londres una vez, más o menos un mes antes de volver definitivamente. Era enero, y a la vuelta me encontré un París húmedo y umbrío y la tienda desierta, como siempre entre Navidades y San Valentín. El estadounidense se había ido de vacaciones a su país y estuve trabajando sola. Me pasaba las horas muertas sentada detrás del mostrador con un libro sin leer en el regazo, catatónica.

El estadounidense volvió —casado, para mi sorpresa, con un hombre— y me despidió porque no podía pagarle todos los libros que había vuelto invendibles al agrietarles el lomo y humedecerles las páginas. No quería seguir en París. La razón de mi viaje a Londres había sido el funeral de Peregrine.

Se había caído por la escalera central de la Wallace Collection y había muerto al golpearse la cabeza contra un pilar de mármol de la barandilla. Una de sus hijas leyó el encomio y parecía sincera cuando dijo que su manera de irse habría sido exactamente la deseada por su padre. Lloré, consciente de lo mucho que le quería, de que era mi mejor amigo y de que su hija tenía razón. De no haberle sucedido a él, Peregrine habría estado celosísimo de cualquiera que hubiese tenido la suerte de morir de una manera tan dramática, en público y rodeado de muebles bañados en oro.

El último día que pasé en París estuve comiendo ostras en el restaurante caído en desgracia al que me había llevado Peregrine cuando cumplí los treinta. Paseando, después, desde las Tullerías hasta el Museo Picasso, recordé nuestra despedida en la Gare du Nord. Anochecía, el cielo estaba de color violeta. Peregrine llevaba un abrigo largo y un pañuelo de seda, y después de besarme en ambas mejillas se encasquetó el sombrero y se dirigió hacia la estación. La impresión que me produjo verle caminar hacia la fachada ennegrecida mientras la multitud de gente corriente se iba abriendo a su paso fue tan sublime que grité su nombre, y volvió la cabeza. Arrepintiéndome de mis palabras antes de acabar de pronunciarlas, dije: «Eres bellísimo». Peregrine se tocó el ala del sombrero y respondió: «Se hace lo que se puede». Fue lo último que me dijo.

En el museo, me quedé un buen rato sentada delante de un cuadro que había sido su favorito porque, según decía, se salía de la norma y por tanto las masas no lo entendían. Antes de irme, escribí unas palabras en el dorso de mi entrada y, aprovechando que el guarda no miraba, la dejé detrás del cuadro. Espero que continúe allí. Escribí: *Amigo Bueno y Cariñoso, Desconsolada Estoy, etcétera, etcétera.*

Las hijas vendieron el apartamento.

Ingrid vino a buscarme al aeropuerto, dijo «*Bonjour tristesse*» y me dio un abrazo larguísimo.

—¡Madre mía, qué ganas tenía! —exclamó, soltándome—. Hamish está en el coche.

De camino a casa me miró de arriba abajo y me dijo que, ahora que por fin habían elegido una maldita fecha, tenía dos meses para engordar, preferiblemente, cinco kilos, pero que incluso con tres bastaría. «Y no hace falta que me regales una salsera ni nada».

Según se desprendió de una consulta que hizo a calculatuembarazo.com, Ingrid se quedó embarazada por primera vez en abril, entre la ceremonia de la boda y el cóctel que ofrecieron después en Belgravia. Winsome se apresuró a hacer reformas en todos y cada uno de los cuartos de baño de la casa, a pesar de que solo había sorprendido a Ingrid y a Hamish en uno de ellos.

Unas horas antes, mientras esperábamos para entrar en la iglesia, mi hermana se giró y me dijo:

—Voy a caminar como la princesa Diana.

—¿Lo dices en serio?

—Para que veas hasta qué punto he llegado, Martha...

Ingrid me había dicho que estaba invitado, y aunque al entrar mi hermana y yo toda la congregación giró la cabeza y avanzamos hacia el altar observadas por doscientas personas, y, aunque no le localicé hasta los últimos metros, solo era consciente de mí misma en relación con Patrick: ¿me estaría mirando en ese mismo instante? En caso afirmativo, ¿cómo me percibiría? Mi porte, la dirección de mi mirada… todo era para Patrick.

Veamos. A medida que pasaba el tiempo, cada vez pensaba menos en Jonathan, y al cabo de dos años de vivir en París me había dado cuenta de que solo pensaba en él incitada por algún estímulo exterior. Y, últimamente, ni siquiera cuando me cruzaba por la calle con hombres que desprendían un aroma a Acqua di Parma pensaba en él.

En cambio, no pensaba menos en Patrick. Cierto, al principio solo me venía a la cabeza en relación con Jonathan, y exclusivamente para volver a pasarme la película de sus distintos métodos de rechazo y compararlos y contrastarlos. Después empezó a salir con Jessamine e invadió mi novela, y ya no fue solo en esos momentos. Contemplado en sí mismo, desvinculado del crimen de Jonathan, el de Patrick ya no me parecía eso, un crimen, y cuando recordaba lo sucedido veía su bondad. Y como pasaba tanto tiempo sola, hallaba consuelo en recordar a Patrick como un hombre bueno, en imaginarme que no había cambiado, que estaba conmigo mientras paseaba por una calle desierta o veía pasar las horas en una tienda sin clientela. Para sentir confianza y compañía, para aliviar mi aburrimiento, para sentirme más cerca de casa… pensaba cada vez más en él, y a estas alturas ni yo misma me creía que fuera en relación con Jonathan. Al cabo de esos dos años, comprendí que se trataba únicamente de él.

Estaba en medio de la fila de la familia, al lado de Jessamine, y le vi cuando las dos personas de la pareja que tenía enfrente se pusieron a hablar con sus compañeros de banco. Llevaba un traje oscuro. Esa era la única diferencia destacada con las distintas imágenes de Patrick que guardaba en el recuerdo, que siempre le presentaban con vaqueros y una camisa mal planchada y medio fuera del pantalón. Tenía la misma cara de siempre; su pelo seguía siendo negro y seguía necesitando un buen corte. A estos respectos no había cambiado. Pero tenía un aire distinto, apreciable incluso desde lejos.

Cuando empezó a sonar el primer himno, le pasó un programa a Oliver, que estaba al otro lado de Jessamine. La maniobra le exigía extender el brazo por detrás de ella, y al retroceder le puso la mano en la parte baja de la espalda. Dijo algo, y pareció que a Jessamine, que había ladeado la cabeza para escucharle, le hacía mucha gracia. Luego, con la misma mano, se sacó unas gafas del bolsillo de la chaqueta y, dándoles una toba mecánicamente, las abrió y se las puso antes de coger su programa. Patrick no hacía nada con despreocupación. No había ni un movimiento suyo que pareciera innato. Al Patrick que yo conocía, estar físicamente próximo a una mujer le ponía tan nervioso que podía parecer indispuesto. Cuando el himno se estaba terminando, llegó el momento de irme del altar, y tuve que pasar por delante de él para dirigirme al lugar que me habían asignado. Me saludó con un gesto, sonriendo a la vez que se ajustaba el puño de la camisa. No sé si le devolví o no la sonrisa mientras avanzaba hacia mi sitio intentando dar con una palabra que describiera su aspecto; cuando me vino a la cabeza me sentí cohibida, como si la hubiera pronunciado en voz alta delante de todos. Masculino. Patrick parecía intensamente masculino.

Y al verle por primera vez después de cuatro años me sentí como habría de sentirme más adelante, durante todos los años que estuvimos juntos, cada vez que le veía en público. Si al llegar a un sitio le veía esperándome o caminando hacia mí, o hablando con alguien en la otra punta de la habitación... no era un subidón, ni un arrebato de cariño, ni alegría, era otra cosa. Aquel día, en la iglesia, no sabía lo que era, y pasé todo el oficio intentando diagnosticarlo. Al final del oficio, Patrick me sonrió de nuevo cuando volví al altar y de nuevo me invadió aquella sensación, tan intensa que me costó seguir avanzando detrás de Ingrid y Hamish hasta la salida, cada vez más lejos de Patrick.

* * *

Durante el banquete, Jessamine nos contó una historia a Nicholas, a Oliver y a mí sobre la primera vez que salió sola de adolescente. Se suponía que Winsome tenía que recogerla a las nueve, pero no apareció. A las nueve y media todos los amigos de Jessamine se habían ido a casa y ella estaba sola en medio de la multitud en Leicester Square, primero abochornada, después furiosa y por último asustada porque la única explicación posible del retraso de Winsome era que estuviese muerta.

Oliver dijo:

—¡Incluso muerta habría sido puntual!

Jessamine dijo que en efecto, y continuó:

—Pero luego, a eso de las diez, la vi abriéndose paso entre un grupo de borrachos y os juro que me entraron ganas de vomitar y de llorar del alivio que sentí. En plan, estás ahí sola y muerta de miedo en medio de una muchedumbre de imbéciles y de repente sabes que ya no hay ningún peligro.

Oliver preguntó por qué se había retrasado su madre.

Jessamine dijo que no lo sabía.

—La historia no va de eso.

—¿Y entonces de qué va? Porque bien que te has enrollado.

—Oliver, cállate. No lo sé. —Se sacudió el pelo—. Supongo que de la sensación esa de «¡gracias a Dios» que te entra cuando ves a una persona determinada. Martha, ¿sabes a qué me refiero?

Dije que sí. «Gracias a Dios» fue la sensación que tuve cuando vi a Patrick aquel día. No un estremecimiento de cariño ni de alegría. Un alivio visceral.

Más tarde, una vez que se fueron Ingrid y Hamish y también los invitados, el servicio recogió todo discretamente, Winsome y Rowland se fueron a la cama y solo quedamos mis primos, Patrick y yo, sentados en la oscuridad del jardín alrededor de una mesa en la que aún había botellas y vasos vacíos. Menos Patrick, estábamos todos medio borrachos, y sobre los trajes de la boda nos habíamos puesto chaquetas que habíamos encontrado por casa.

Mientras encendía un cigarrillo, Oliver le preguntó a Patrick por qué nunca, en ninguna de las Navidades que había pasado con nosotros en la adolescencia, había bebido el alcohol que robábamos del mueble bar de Rowland ni se había subido al tejado a probar los canutos de Nicholas, y por qué, cuando nos mandaban salir de casa durante el discurso de la reina, daba la vuelta entera a los jardines mientras los demás pasábamos la hora sentados en un banco del parque y nos volvíamos a casa. Le preguntó, en definitiva, por qué pensaba que tenía que portarse como un niño bueno cuando los demás éramos un hatajo de descerebrados.

—Vosotros no teníais que esforzaros para que os volvieran a invitar.

Tres de nosotros exclamamos «¡Dios!», al unísono y muy bajito.

Como estaba amaneciendo, pero aún seguía todo oscuro cuando quise marcharme, Patrick se ofreció a llevarme a casa, y durante los minutos que tardó en ir a por su abrigo me quedé sola en su coche. De haber podido llamar a mi hermana en ese momento, le habría preguntado si quería un informe del interior del coche, porque habría dicho que sí y también «me parto de risa» cuando le hablase de los clínex y de las monedas de una libra que guardaba Patrick en una bandejita, del paquete de gominolas que había abierto sin rasgar el envoltorio y vuelto a cerrar cuidadosamente después de sacar una. «Martha, en serio, ¿quién se come solo una?». «Y además —habría dicho yo—, en vez de montones de basura en el hueco para los pies, como cabría esperar de un hombre soltero de veintisiete años, aquí solo se ven los surcos que deja la aspiradora en la alfombrilla».

Saqué el teléfono y empecé a escribirle, pero no se lo envié porque estaba por ahí con Hamish, y además no quería que supiera que estaba sentada en un coche a las cuatro de la mañana, sola y cansada, husmeando en la guantera de Patrick en un intento de ahuyentar la tristeza que me iba invadiendo al pensar que Ingrid había preferido a Hamish antes que a mí.

Abrió la puerta y se metió cuando estaba mirando su carné del hospital.

—¿Y si te digo en mi descargo que llevaba veintiséis horas sin dormir cuando me hice esa foto? Por eso tengo esa pinta. Perdona que haya tardado tanto.

Al arrancar el coche se encendió la luz de dentro y Patrick echó una ojeada a la palanca de cambios. Le seguí la mirada, y un segundo antes de que se hiciera de nuevo la oscuridad me fijé en su mano y en su muñeca, en cómo se le tensaban los tendones al asir la palanca y, al soltarla para subir la mano al volante, en la línea del antebrazo bajo la camisa remangada. Cuando se dio cuenta y fue a decir algo, alargué el brazo y toqueteé todos los botones de la radio hasta que oí música. Eran los últimos acordes de una canción *country*.

—Santo cielo, Patrick. ¿Qué emisora es?

—Es un CD —respondió mirando al frente, y al ver que me había entrado la risa trató de apagarlo.

—No. No apagues. Es una pasada.

Al acabar, le dije que íbamos a tener que ponerlo otra vez porque nos habíamos perdido el clímax emocional. Patrick dijo que vale y le dio a retroceder.

Era preciosa, y sin cortarme por el hecho de que nunca la había oído, me puse a cantar. Patrick aseguraba que era una tortura escuchar mis letras improvisadas, pero no paraba de reírse. Al llegar al final intenté volver a ponerla, pero no encontraba el botón, y Patrick, para mi sorpresa, me cogió la mano y la volvió a colocar en mi regazo. Le pregunté si podía comerme una gominola a la vez que cogía el paquete y lo rasgaba; todavía sentía en la piel el contacto de su mano. Le ofrecí una y dijo que no, y le pregunté con la boca llena:

—¿Solo te va el *country*, o también te gustan otros tipos de música?

—No me gusta el *country*, solo esta canción.

—¿Por qué?

Me dijo que porque le gustaba el cambio de tonalidad. Más tarde me enteraría de que era porque una vez, de pequeño, estando en un aeropuerto, empezó a sonar por los altavoces y su padre dijo sin darle importancia: «Esta era la canción favorita de tu madre». Después había añadido que nunca entendió cómo una mujer tan inteligente podía soportar aquel sentimentalismo tan empalagoso y aquella melodía tan exagerada. En algún momento, antes de que se terminase, Patrick había pensado que estaba escuchando unas palabras que su madre seguramente se sabía de memoria. Había perdido el recuerdo de su voz, pero, a partir de entonces, cada vez que escuchaba la canción era como si la estuviese oyendo. Por eso seguía poniéndola siempre que iba solo en el coche.

De repente me sentí cansada y hambrienta, y le pedí a Patrick que me contase qué había estado haciendo los últimos cuatro años. Le dije que aunque mis ojos se iban a cerrar, era toda oídos. Me contó que se estaba formando en su especialidad, que había pensado dedicarse a la obstetricia, pero que en el último momento se había decantado por los cuidados intensivos, y que se había presentado a un puesto en el extranjero, en algún lugar de África, porque le sumaba puntos o algo por el estilo.

Sin abrir los ojos, pregunté: «¿Sigues con Jessamine?», aunque ya sabía que no. Ingrid me había llamado para contarme que habían cortado varias semanas después de que me llamase para contarme que estaban juntos.

—¿Cómo? No. Fue breve. Y desafortunado. No por culpa de Jessamine; es solo que somos personas muy diferentes.

—¿Qué pasó?

Abrí los ojos.

—Fue cuando empecé a pensar en lo de África. Cuando se lo conté, dijo que, aunque me adoraba, el rollo ese de Médicos Sin Fronteras no le iba nada. Que por qué no me hacía dermatólogo.

—¿Un dermatólogo famoso?

—A poder ser, sí. Tengo entendido que desde entonces solo ha salido con hombres del mundo de las finanzas.

—Y tres de cada cinco se llaman Rory.

—¿Así que ya sabías que habíamos…?

—Fue hace cuatro años, Patrick. Pues claro que lo sabía.

En las películas, si una persona que es feliz tose, la siguiente vez que aparece se está muriendo de cáncer.

En la vida real, si una persona se da cuenta cuando el coche se para frente a su casa de que no tiene ganas de bajarse, y sabe que no es solo la idea de entrar y tener que pasar por delante de la puerta cerrada de sus padres de camino a su dormitorio lo que hace que se sienta reacia a quitarse el cinturón de seguridad; sino que sabe que es porque no quiere decirle adiós al tipo que la ha llevado a casa y prefiere quedarse allí escuchando el rollo soporífero que le está soltando sobre su trabajo; y si, por el modo de mirarle la mano para ver si ya la ha desplazado hacia el cinturón de seguridad, parece que él tampoco quiere que ella se baje, la siguiente vez que los veas estarán caminando en dirección a una cafetería horrorosa pero abierta que hay al fondo de la calle después de que ella, señalándola, haya dicho: «Podríamos desayunar, si quieres». Añadiendo, para que no se sienta obligado: «Aunque saldremos oliendo a grasaza» .

Pero él dice: «No importa. Buena idea», y se desabrocha el cinturón de seguridad y trata de salir mientras todavía está a medio quitar porque quiere abrirle la puerta a ella, pero ella no entiende qué está pasando, por qué ha aparecido de repente por su lado del coche si la manilla de dentro no parece que esté rota, y no lo entiende porque nadie le ha abierto nunca la puerta para que se baje, ni siquiera en broma. Y, una vez que se haya bajado, él le dirá:

«¿Quieres entrar primero a cambiarte?», y ella, aunque lleva puesta sobre el vestido de dama de honor la chaqueta que usa su tío para sacar al perro, dirá que no, que así está bien, porque no quiere que se quede esperándola justo ahí, en ese cachito de acera. Le preocupa que cuando vuelva ya no esté, porque es ahí donde dijo que no la quería y que nunca la había querido, y es imposible que él no se haya dado cuenta también. Y si le hace quedarse ahí solo durante el rato que tarde ella en cambiarse, lo mismo llega a la conclusión de que, en realidad, irse a comer huevos fritos con una mujer que es capaz de hacerle semejante pregunta no es un plan que le apetezca. Y si al final resulta que la espera, sería solamente para decirle: «La verdad es que estoy muy cansado. Casi mejor te dejo aquí».

Y no quiere que la deje. Eso de que la dejen se ha convertido en una constante. Por una vez, le gustaría que la retuvieran. Y por eso no le molesta que, una vez en la cafetería, él se tire un buen rato leyendo el menú. Con el paso del tiempo, acabará molestándole tanto que un día dirá: «Joder, un filete para él», y llegará a arrancarle el menú de las manos para dárselo al camarero, que sentirá vergüenza ajena por los dos porque él había mencionado, nada más sentarse, que era su aniversario de bodas. Pero para eso falta mucho todavía. En estos momentos le alegra que tarde tanto en decidirse, y más aún cuando dice: «Creo que me voy a pedir la tortilla», y la camarera, que lleva un rato sorbiéndose la nariz y cambiando el peso de un pie al otro, dice: «Bien, pero que sepas que la tortilla tarda un cuarto de hora», a lo que él responderá: «¿Ah, sí? Entonces...» mirando otra vez el menú como pensando que igual debería pedir otra cosa, pero ella le dice que no tiene prisa, así que se reafirma, «Ah, vale, genial», y a la camarera: «Entonces me pido la tortilla, sí». Y aunque le dan asco las tortillas, ella también pide una porque si no, su plato llegará mucho antes que el de él y será todo muy incómodo, como si estar allí sentados no lo fuera ya; es la primera vez que están juntos así, los dos solos, sentados a una mesa muy pequeña, el uno frente al otro. Por eso, nada más sentarse, ella había dicho: «Esto parece una cita», y los dos se habían reído tímidamente y se habían alegrado de que llegase la camarera en ese mismo instante a preguntarles si querían que les pasase un trapo por la mesa.

Me comí las tostadas y los bordes de la tortilla y bebí demasiado café antes de que Patrick dijera que tenía que ir pensando en marcharse. Volvimos y, al llegar a la puerta, se detuvo y metió las manos en los bolsillos, igual que aquella vez.

—¿Qué?

—No, es solo que… no creo que te acuerdes…

—Sí me acuerdo.

Dijo, «Ah».

—Vale, bueno…, debería haberte pedido disculpas.

Dije que había sido culpa mía.

—¿Qué crees que deberías haber dicho?

—No lo sé, pero el modo de decirlo… Te sentó mal y lo sentí. Volví unos días después a decírtelo, pero ya te habías ido a París. En fin, que, si no es demasiado tarde, perdona por haberte hecho llorar.

—No fuiste tú. En su momento creí que sí, pero fue Jonathan. Me sentía muy humillada, por eso estuve tan antipática contigo. Así que yo también te pido perdón. Y perdona si hueles a grasaza.

Los dos nos olimos las mangas. Patrick dijo «Madre mía».

—Bueno —sacó las llaves—, supongo que querrás irte a dormir.

Abrió el coche y me dio las gracias por el desayuno que había pagado él. Eran las diez de la mañana. Dije: «Buenas noches, Patrick», y me quedé en medio de la calle, sola, con mi traje de dama de honor y la chaqueta de mi tío, viéndole alejarse.

Patrick me mandó un mensaje. Todavía era el día siguiente a la boda de Ingrid, por la tarde.

«¿Te gustan las pelis de Woody Allen?».

«No. A nadie le gustan».

«¿Te apetece ver una conmigo esta noche?».

«Sí».

Dijo que pasaría a buscarme sobre las siete y diez.

«¿No quieres saber cuál es?».

Dije: «Son todas la misma. Saldré sobre las siete y nueve minutos».

En el cine había un bar. La película empezó, pero no llegamos a entrar. A medianoche, un hombre con una fregona dijo: «Lo siento, chicos».

Yo acababa de empezar a trabajar en una pequeña editorial especializada en libros de historia de la guerra que escribía el dueño. Era viejo y no era partidario de los ordenadores ni de que las mujeres fuesen a trabajar con pantalones. Éramos cuatro en la oficina, todas mujeres, de edades y aspectos similares. Lo único que nos exigía era que le llevásemos una taza de té a las once y media y que cerrásemos la puerta al salir.

Nos turnábamos. Una vez, cuando me tocaba a mí, le pregunté

si podía enseñarle los poemas de mi padre. Le dije que habían dicho de él que era como Sylvia Plath en hombre. El dueño dijo: «Suena doloroso» y «Por favor, no des un portazo», señalando hacia la puerta.

La primavera dio paso al verano y renunciamos a hacer como que trabajábamos y empezamos a pasar los días en la azotea, tumbadas al sol, leyendo revistas, con las faldas enrolladas y los muslos al aire y, después, directamente sin faldas y también sin parte de arriba. El hospital de Patrick se veía desde allí, y estaba tan cerca que el ruido de las sirenas de las ambulancias se transportaba por encima de los tejados y del mazacote verde que era Russell Square.

Ahí era donde nos veíamos; la primera vez fue por casualidad, cuando íbamos de camino al metro. A partir de entonces empezamos a quedar a veces, y después todos los días. Antes del trabajo, cuando el parque estaba vacío y todavía soplaba un viento frío; a la hora de comer, cuando hacía calor y estaba abarrotado y lleno de basura, y después del trabajo, cuando nos sentábamos en un banco hasta que se iba la luz. A esas horas ya no había oficinistas atajando por el parque de vuelta a casa ni turistas entorpeciéndoles, y el barrendero terminaba la faena y volvíamos a estar los dos solos. Pasado un rato, me decía: «Venga, te acompaño al metro. Ya es tarde y supongo que tendrás que fichar en casa antes de las nueve y media».

A veces se retrasaba y se deshacía en disculpas, aunque no me importaba esperarle. Otras veces llevaba el uniforme del hospital y sus deportivas de médico residente, de las que me burlaba para que no se me notase lo entrañables que me parecían, con sus suelas abultadas y aquellas manchitas moradas tan chillonas.

En cierta ocasión, a la hora de comer, Patrick alargó la mano para coger el sándwich que le había traído y vimos que había algo que parecía sangre en la parte interior de su antebrazo. Se disculpó y, después de limpiárselo en una fuente, volvió a disculparse mientras se sentaba.

Le dije que debía de ser muy raro eso de tener un trabajo en el que no para de morirse gente a tu alrededor.

—Y no precisamente de aburrimiento, como es mi caso. ¿Qué es lo peor de todo? ¿Los niños?

Dijo:

—Las madres.

Cogí mi café, avergonzada de repente por la intensidad de su trabajo en comparación con la estupidez del mío. Dije:

—Bueno, ¿quieres saber cuáles son los peores aspectos de mi trabajo?

Patrick dijo que creía que ya los conocía todos.

—A no ser que haya alguno nuevo de hoy.

—Entonces, pregúntame otra cosa.

Había estado a punto de darle un bocado a su comida, pero volvió a dejar el sándwich en la caja y la caja sobre el banco.

—¿Qué era lo peor de Jonathan?

Me quedé de piedra, y tuve que taparme la boca porque la tenía llena de café y con la risa que me entró después no podía tragar. Patrick me pasó una servilleta y esperó a que respondiera.

Primero enumeré todas las tonterías: el pelo de aspecto mojado, su manera de vestir. Que nunca esperase a que bajara yo del coche para echar a andar, que no se supiera el nombre de la señora de la limpieza a pesar de que llevaba siete años con él. Le hablé de la habitación del apartamento de Jonathan en la que no había nada más que una batería frente a una pared forrada de espejo. Y luego le quité la tapa a mi taza y dije que lo peor de todo era que me parecía un tipo divertido porque hacía que todo sonase a broma.

—Pero en realidad hablaba en serio. Eso sí, después cambiaba de opinión y lo que había dicho pasaba a significar lo contrario, y con la misma rotundidad. Decía que yo era guapa y lista, después que estaba loca, y todo me lo creí.

Clavé la mirada en la taza. Pensé que ojalá me hubiera mordido la lengua después de lo de la pared forrada de espejo.

Patrick se frotó por debajo de la barbilla.

—Pues yo creo que para mí lo peor era su bronceado.

Me reí y vi que me sonreía, y después ya no tanto cuando añadió:

—Y estar presente cuando te propuso matrimonio. —Una especie de burbujeo me recorrió la nuca—. Ver que aceptabas y no poder impedirlo.

El burbujeo se expandió, me bajó por los hombros, por los brazos, me subió al cuero cabelludo.

Sonó mi móvil. No había conseguido decir nada. Patrick dijo que tranquila, que respondiera.

Era Ingrid. Dijo que estaba en un aseo para discapacitados en Starbucks, en Hammersmith, y que estaba embarazada. Que acababa de hacerse el test.

Como hablaba a voz en grito, Patrick lo oyó. Levantó los pulgares, y después señaló su reloj y se puso en pie, indicando con gestos que volvía al trabajo y que me escribiría más tarde. Yo le dije por señas que tirase los restos a la papelera, pero le dije adiós en voz alta.

Ingrid me preguntó que con quién hablaba.

—Con Patrick.

—¿Cómo? ¿Por qué estás con Patrick?

—Está pasando algo muy raro. Pero vamos a lo importante: ¡estás embarazada! ¡Qué ilusión! ¿Sabes quién es el padre?

Le dejé hablar cuanto pude sobre el bebé, las náuseas, posibles nombres, y luego dije:

—Perdona, tengo que volver a la oficina. Me queda un montón de trabajo por inventarme.

Ingrid dijo que de acuerdo.

—Ten cuidado, a ver si te vas a deslomar un viernes por la tarde.

Me alegraba mucho por ella, y a la vez no sabía cómo iba a sobrellevarlo yo.

Al día siguiente no quería ver a nadie. Había quedado con Patrick para ir a una exposición; él ya había sacado las entradas. Por la mañana me envió un mensaje y le dije que no podía ir, y, como dijo que vale y no me hizo sentir culpable, le envié otro diciéndole que al final sí que podía.

La exposición era en la Tate, de un fotógrafo que por lo que vi solo se fotografiaba a sí mismo en su cuarto de baño. Cuando pasamos a la tercera sala, Patrick se desanimó. Estábamos viendo una foto del artista de pie en su bañera, con camiseta interior y nada más. Dije:

—No sé mucho de arte, pero lo que sí sé es que preferiría estar en la tienda de regalos.

Patrick dijo que lo sentía mucho.

—Un compañero de trabajo me dijo que era una pasada. Me pareció que sonaba al tipo de cosas que te gustan.

Le puse la mano en el brazo y la dejé ahí.

—Patrick, mi único tipo de cosas es sentarme a beber té o lo que sea y hablar, o, mejor aún, no hablar. Eso es lo único que quiero hacer.

Dijo: «Bien, vale, tomo nota». Y añadió:

—Creo que aquí hay una cafetería. En la última planta.

En el ascensor, dijo: «Estarás ilusionadísima con lo de Ingrid, ¿no?».

Le dije que sí, y sentí alivio al ver que se abría la puerta. Estuvimos mucho tiempo sentados a una mesa junto a la ventana, a veces mirando al río y a veces el uno al otro, y bebiendo té-o-lo-que-sea mientras hablábamos de todo menos del embarazo de Ingrid: Patrick, de ser hijo único y de lo mucho que había envidiado a Oliver por tener un hermano, de su recuerdo de cuando nos conoció a Ingrid y a mí, de lo inescrutable que le había parecido nuestra relación durante muchos años. Dijo que, hasta que nos conoció, no sabía que fuera posible que dos personas pudieran estar tan conectadas. Entre el parecido físico y que hablábamos parecido y que, en su recuerdo, no nos separábamos nunca, era como si nos envolviese una especie de campo de fuerza impenetrable para el resto del mundo. ¿Y no hubo una época en la que llevábamos sudaderas idénticas, con algo raro escrito en la pechera?

Le dije que sí..., que yo aún conservaba la mía, que a estas alturas lo único que quedaba en la pechera era «nivers» y unos cachitos blancos y pegajosos aquí y allá. Dijo que recordaba habérmela visto puesta todas y cada una de las veces que había ido a Goldhawk Road en los meses que viví yo allí.

Ingrid y yo éramos conscientes del campo de fuerza, dije, y a veces tenía la sensación de que nos seguía envolviendo, pero sabía que ya no sería lo mismo una vez que ella fuese madre y yo no.

—Por eso no tengo precisamente una sobrecarga de amigas, porque ahora todas tienen hijos y...

Dije «En fin», y removí el azúcar.

—Pero todo cambiará una vez que tú los tengas, ¿no crees?

—No quiero tener hijos.

De repente me puse a pensar en lo avasallador que había sido Jonathan a este respecto, y no presté atención a la respuesta de Patrick; pero más tarde, mientras daba vueltas en la cama repasando la conversación, me vino a la cabeza. En lugar de preguntarme por qué no, se había limitado a decir:

—Hmm, interesante. Yo siempre me he imaginado a mí mismo con hijos. Pero supongo que de la misma manera que todo el mundo.

Para cuando salimos de la sala de exposiciones ya era de noche, y no había lugar al que me apeteciera ir menos que a casa. Mis padres habían organizado una especie de velada artística-literaria, y como la lista de invitados estaba en manos de mi madre, el salón estaría abarrotado de artistas menos importantes que ella y escritores de más éxito que mi padre, todos ellos apurando botellas de espumoso y esperando a que les llegase el turno de hablar de sí mismos. Como no supe qué responder cuando Patrick me preguntó adónde quería ir, cruzamos a la otra orilla del río y echamos a andar hasta que la creciente multitud con la que nos íbamos cruzando nos obligaba continuamente a separarnos.

Vi que a Patrick le fastidiaba el trajín de tener que separarnos y reencontrarnos un segundo después. En cambio, para mí eran diminutas salvas de aquella sensación de «gracias a Dios», y por eso quería seguir paseando. Finalmente, al ver que una pareja reacia a renunciar a su sueño de patinar de la mano por la orilla del Támesis se nos echaba encima, me cogió la mano y me apartó a un lado.

—Martha, necesitamos ponernos una meta. Me preocupa que estemos arriesgando la vida solo para acabar en un Pizza Express que te pondrá triste si está vacío y nerviosa si está lleno. —¿Cómo sabría eso de mí?—. ¿Podemos volver a tu casa?

Aclaró a qué se refería: ¿qué tal si me acompañaba en metro hasta Goldhawk Road en calidad de guardaespaldas y me dejaba en la puerta?

—Qué curioso —dije—. Te conozco hace..., qué sé yo, mil años, y nunca he estado en tu casa.

Cuando Patrick había tirado de mí para evitar que me atropellasen, me había quedado apoyada contra el pedestal de una estatua, y cuando los patinadores giraron y volvieron, cada uno por su lado y descontrolados, Patrick no tuvo más remedio que arrimarse, tanto que terminamos cara a cara y con los cuerpos prácticamente pegados cada vez que respirábamos. Me pregunté si Patrick también sería consciente de ello, incluso si lo percibiría con la misma intensidad que yo, y de repente dijo:

—Pues entonces, por aquí —y echó a andar en dirección a su piso.

Al llegar, mientras abría la puerta y se apartaba para dejarme pasar primero, me prometió que habitualmente el piso no estaba tan desastroso. Estaba en la tercera planta de una casona victoriana de Clapham, en una esquina del edificio, y los altos ventanales del salón se abrían sobre un parque. Lo había comprado al terminar los estudios de posgrado y vivía con una compañera de piso llamada Heather que también era médico. La leonera a la que se había referido Patrick se reducía, por lo que vi, a una taza sobre el brazo del sofá. Como tenía pintalabios en el borde, supuse que la desastrosa sería Heather.

Llegó mientras Patrick me estaba preparando un sándwich de beicon, entró en la cocina y, arrimándose a él por detrás, cogió un cachito churruscado de la sartén que tenía él en la mano. Se lo comió como si fuera un bocado exquisito, y después se acercó con garbo a un armario y sacó algo no solo como si supiera dónde estaban todas las cosas, sino como si estuvieran allí por obra y gracia suya. Jamás había odiado tanto a otra mujer.

Una vez que terminamos de comer, Patrick se puso a fregar. Le observé. Secaba las cosas. Le dije que si las dejaba sin más sobre la encimera, las leyes de la física o lo que fuera las secarían y así no tendría que hacerlo él.

Dijo que no tenía claro que fuera cosa de la física.

—No me importa hacerlo. Me cuesta dejar las cosas sin acabar. No tardo nada. ¿Sabes jugar al *backgammon*?

Le dije que no y accedí a que me enseñase. Fuimos al salón, y mientras abría la cajita dijo:

—Pensaba decírtelo, me voy a Uganda.

Fruncí el ceño y pregunté por qué.

—A trabajar, me han ofrecido un puesto. Ya te dije que iba a solicitarlo, aunque supongo que ha pasado mucho tiempo.

—Ya, si me acuerdo. Lo que pasa es que no pensaba que todavía...

No estaba segura de lo que quería decir, y cuando lo estuve no pude decirlo.

—¿Todavía qué?

Lo que quería decir, pensé, es que no pensaba que todavía quisieras ir..., pensaba que preferirías quedarte conmigo. En cambio, dije:

—Nada, que no había caído en que la cosa seguía en pie, solo eso.

Patrick me preguntó si me importaba. Lo dijo de broma, pero me sentí expuesta y dije que no.

—¿Por qué iba a importarme? Sería un poco raro, ¿no? —Cogí una ficha y le di la vuelta—. ¿Cuándo te vas?

Dijo que en tres semanas.

—El diez. Vuelvo para Navidad. Creo que el día de antes.

—O sea, cinco meses.

Patrick dijo «Cinco y medio», y terminó de colocar el tablero. Intenté concentrarme en la explicación de las reglas, pero no se me iba de la cabeza que iba a estar fuera una eternidad y, en vista de que llevaba ya un buen rato recordándome a quién le tocaba, dije:

—Tira tú por mí, y yo miro.

No sabría decir cuánto tiempo llevaba allí plantado el hombre, pero cuando levanté la cabeza porque había oído que alguien decía «Hola», me sonó a que no era la primera vez que lo decía. Era octubre y hacía frío. Estaba en Hampstead Heath, sentada en una zona de hierbas altas y secas entre el sendero de grava y un arroyuelo, abrazándome las pantorrillas con la cabeza apoyada en las rodillas. Había llorado tanto que tenía la piel de la cara escocida y tirante, como si me hubiera dado jabón y después me la hubiera restregado.

El hombre, con su chubasquero y su sombrero de *tweed*, sonreía con cautela. Llevaba un perro con correa, un labrador muy grande que se había parado obedientemente a su vera y no dejaba de darle golpes en la pierna con el rabo. Le devolví la sonrisa sin pensarlo, como cuando te dan un toquecito en el hombro en una fiesta y te das la vuelta ilusionada por ver quién es y oír la maravillosa noticia que han venido a contarte.

—No he podido evitar fijarme en ti. —El tono era muy paternal—. No quería invadir tu intimidad, pero me dije, si sigue ahí cuando vuelva... —Y, asintiendo una vez con la cabeza para indicar que, en efecto, seguía ahí, me preguntó si me encontraba bien.

Quise disculparme por haber alterado su paseo con mi presencia, por habérselo complicado forzándole a pensar en mí. El perro bajó la nariz y olisqueó, tirando hacia mí cuanto se lo permitía la correa. Alargué el brazo y el hombre la aflojó para que pudiera poner la nariz en mi mano.

—Anda, ¿ves? Le caes bien. Está bastante viejita y hay poca gente que le caiga bien.

Le miré con los ojos entornados. Quería decirle que mi madre se acababa de morir para justificar que hubiese estado llorando a lágrima viva en público. Pero resolver semejante carga no habría estado al alcance de aquel hombre tan agradable. Estuve a punto de decirle que se me había caído el móvil al arroyo, pero no quería que pensase que era boba ni que se ofreciese a buscarlo.

Le dije: «Me siento sola». Era la verdad. La adorné con unas cuantas mentiras para eximirle de cualquier posible preocupación.

—Me siento sola hoy, no en general. En general estoy perfectamente.

—Bueno, dicen que Londres es una ciudad de ocho millones de personas solitarias, ¿no? —Dio un tironcito a la correa para que la perra volviese a su lado—. Pero pasará, como pasa todo. También dicen eso.

Inclinó la cabeza a modo de despedida y siguió caminando por el sendero.

De niña, cuando veía las noticias o las oía por la radio con mi padre, cada vez que decían «El cadáver fue descubierto por un hombre que paseaba a su perro» pensaba que se trataba siempre del mismo hombre. Todavía hoy me lo imagino, calzándose los zapatos de pasear a la puerta de su casa, cogiendo la correa y enganchándola al collar con el mismo miedo de siempre, pero saliendo a pesar de todo, con la esperanza de que, ese día, no haya un cadáver. Y veinte minutos más tarde, Dios mío, ahí está.

Después de que pasara de largo seguí sentada frente al arroyo, pero mantuve la cabeza erguida para no atraer a más personas preocupadas. No me encontraba bien desde que Patrick se había marchado. Pensé en otras veces en las que me había sentido así: los meses que estuve con Jonathan, la temporada en París, las últimas semanas…, los momentos más bajos de mi vida adulta estaban vinculados entre sí por el hecho de su ausencia. Estaba clarísimo. Y me acordé de aquel día del verano… Me levanté y me sacudí los pantalones. Fue entonces cuando empecé a ver a Patrick como la cura. Hacia el final de nuestro matrimonio, le vería como la causa.

El día antes de Navidad, por la mañana temprano, fui a recibir a Patrick al aeropuerto. Nos abrazamos como dos personas sin ninguna experiencia práctica de abrazar, dos personas que habían aprendido por su cuenta la teoría en un manual mal escrito.

No es que oliera de maravilla y la barba daba pena. Pero aparte de eso, le dije, me alegraba muchísimo de verle. No le dije que no tenía palabras para expresarlo, que no me había imaginado que pudiese alegrarme tanto.

Patrick dijo que él también me veía bien. Y mi nombre.

—Tú también, Martha.

Enfrente de la máquina de billetes me preguntó si quería ir a su casa. Cuando añadió: «No lo digo en ese sentido, claro» y se rio, la decepción fue como una pedrada. Respondí que sí, y que tampoco lo decía en ese sentido.

El piso estaba silencioso, se notaba en el ambiente que había habido una larga ausencia, y estaba muy ordenado a pesar de que Heather seguía viviendo allí. Patrick abrió las ventanas y me preguntó qué quería hacer. Dije: «Vamos a afeitar esa barba, anda», y me senté sobre la tapa del váter mientras se ponía a ello y bromeaba con los parecidos que le iban saliendo…, desde Charles Darwin hasta un presunto agresor pasando por el señor Bennet de la adaptación de *Orgullo y prejuicio* de la BBC.

Después salí para que se duchase y me quedé en el salón

leyendo un libro que encontré debajo de la mesita de centro, intentando no pensar en el sonido del agua ni en el vapor y el olor a jabón que no sé si venía del cuarto de baño o si era fruto de mi imaginación. Me pregunté qué estaría haciendo, pero las respuestas que me di fueron tan precisas que tuve que marcharme a comprar el desayuno y cosas para su nevera y no volví hasta que estuve segura de que habría terminado ya.

Estuvimos hablando hasta que se me hizo demasiado tarde para volver a casa. Patrick me cedió su cama y durmió en el sofá.

Por la mañana, fuimos a Belgravia dando un paseo por Battersea Park, cruzando el puente de Chelsea. Winsome abrió la puerta y pareció sorprenderse al vernos juntos. Mientras nos quitábamos los abrigos, me dio la impresión de que estaba a punto de decir algo, y no precisamente que me sentaba muy bien el corte de pelo, como acabó diciendo.

Antes de comer me acerqué al comedor y me la encontré recolocando las tarjetas con los nombres de los comensales, porque, según dijo, al ver a Ingrid había pensado que lo mejor sería colocarla en una esquina para que le fuera más fácil entrar y salir. Mi hermana ya estaba embarazada de treinta y seis semanas y había engordado mucho de tanto comer *toblerones*.

Winsome dijo que estaba pensando que quizá Ingrid estaría más cómoda si se sentase en alguna alternativa más sólida que las sillas de comedor, muy elegantes, pero dotadas de unas absurdas patitas. ¿Y si me encargaba yo de sugerírselo? «No se ofendería, ¿no?», dijo, tocándose las perlas.

Ingrid se ofendió y se negó a aceptar la alternativa más sólida, a pesar del aliciente añadido de un cojín. Una vez sentados todos a la mesa, nos dijo que se iba a intentar quitar el tapón mucoso a la fuerza con la esperanza de estropear el asiento tapizado de la silla de patitas absurdas a la que había obligado a Hamish a renunciar. Este estaba al lado de Patrick, y le miró en busca de apoyo después de sugerirle a mi hermana que tanto fingir que se ponía de parto lo mismo no era buena idea, por mucha gracia que nos estuviese haciendo a todos, como era evidente.

Ingrid se echó a reír.

—Las mujeres no podemos sacarnos el tapón mucoso fingiendo que lo hacemos.

Hamish miró a Patrick y le preguntó si era cierto.

Ingrid dijo:

—Pero si no hace ni diez minutos que es médico, Hamish. Dudo que lo sepa. Sin ánimo de ofender, ¿eh, Patrick?

—En realidad es residente, cielo.

—Bueno, vale, no sé qué diferencia hay, pero de acuerdo, me dejaré el tapón mucoso en su sitio.

Jessamine, sentada a su lado, dijo:

—Qué a gusto me voy a quedar cuando dejemos de hablar del tapón mucoso. —Y se fue.

Instantes después apareció Rowland y ocupó su asiento. Acababa de comprar dos lebreles hermanos para sustituir a Wagner, cuya vida se había prolongado mucho más de lo que tenía previsto Dios mediante ciclos de quimioterapia, diálisis canina y un montón de operaciones de tecnología avanzada a un coste que Rowland, según su contradictorio baremo, no consideraba escandaloso.

Ahora tenía la esperanza de que Patrick —«en tu calidad de estudiante de Medicina»— pudiese aconsejarle sobre el problema de micción nerviosa que aquejaba a los perros. Ingrid observó que en realidad era médico residente y se puso en pie, anunciando a la mesa que subía a tumbarse un rato porque tenía náuseas. La acompañé y me quedé con ella hasta que se durmió. Para cuando bajé, todos se habían ido a pasear. Estaba sentada al piano de Winsome, intentando tocar algo, cuando me llegó un mensaje de Ingrid. «Joder, porfa, sube y llama a Hamish».

La encontré en el cuarto de baño de Jessamine, arrodillada frente al lavabo y agarrada al borde como si quisiera arrancarlo de la pared. A su alrededor el suelo estaba mojado, y estaba llorando. Al verme, dijo:

—Por favor, no te enfades. Lo decía en broma. Lo decía en broma.

Me acerqué y me arrodillé a su lado. Soltó el lavabo y se tumbó de costado, acurrucándose y apoyando la cabeza en mi regazo. Llamé a Hamish, que repitió «Vale, vale, vale, vale, vale» hasta que le dije que tenía que colgar. Le estaba viniendo una contracción. El cuerpo de mi hermana se puso rígido, como si la estuviesen electrocutando. Apretando la mandíbula, dijo:

—Martha, intenta parar esto. No estoy preparada. El bebé va a ser demasiado pequeño.

En cuanto hubo pasado la contracción, me pidió que por favor buscase en Google la manera de impedir que salga un bebé.

—Menuda mierda de cumpleaños va a tener como nazca hoy, Martha. —Riéndose, o llorando, continuó—: ¡Por favor, que no nazca hoy! Estará condenado a que le caigan menos regalos el resto de su vida.

En Wikipedia no había nada. Le pregunté si quería que la distrajera leyéndole en voz alta los chismes de los famosos que salen en la barra lateral del *Daily Mail*. Me tiró el móvil al suelo de un manotazo diciendo «¡Que te den!», y después me gritó que lo recogiese porque le venía otra y se suponía que mi misión era cronometrarlas o qué se yo.

No sé cuánto tiempo estuvimos así. Yo le decía que todo iba a salir bien, mientras cruzaba los dedos para que no les pasase nada a mi hermana y a su bebé. Las contracciones cada vez venían más seguidas, y cuando empezaron a sucederse sin interrupción, Ingrid, sollozando descontroladamente, empezó a decir que se iba a morir. Hamish llegó cuando mi hermana, chillando que le estaba saliendo algo de dentro, intentaba ponerse a cuatro patas.

No se me había ocurrido que Patrick vendría con él, pero fue el primero en entrar. Me aparté y me puse al lado de Hamish, que se había quedado en el umbral porque, nada más verle, Ingrid dijo que ya no quería que estuviese allí.

Patrick dijo que tenía que ver cómo iba la cosa.

—Vete al carajo, Patrick. Perdona, pero no pienso permitir que un amigo de la familia me mire entre las piernas.

Hamish dijo que a su modesto entender convenía que alguien le echase un vistazo, sobre todo porque acababa de caer en que no se le había ocurrido llamar a una ambulancia.

A Patrick sí se le había ocurrido llamar, pero le dijo a mi hermana que, si ya notaba algo, la ambulancia no iba a llegar a tiempo.

—Pues entonces que lo haga Martha —dijo Ingrid—. Puede hacerlo. Tú dile lo que tiene que hacer y ya está.

Miré a Patrick con la esperanza de que se negase porque lo que menos me apetecía del mundo era evaluar un cuello uterino, pero tenía una expresión tan imperiosa que sin darme cuenta ya había empezado a moverme hacia él.

Patrick le dijo a Hamish que fuese a buscar unas tijeras, asegurándole a mi hermana que no era, como había pensado ella automáticamente, para hacerle una maldita cesárea sin anestesia.

En efecto, algo estaba saliendo. Me puse a describir su aspecto hasta que, entre resoplido y resoplido, Ingrid me dijo que a Patrick le sobraba que estuviera yo ahí haciendo un puñetero retrato verbal y me ordenó que me apartase.

Fue lo último que dijo antes de darse impulso con las manos y soltar un largo gemido animal. Hamish volvió justo a tiempo para verla parir y coger con sus propias manos un bebé increíblemente pequeño y rabioso. Se puso pálido y se reclinó contra la pared, sin reaccionar inmediatamente cuando Patrick le pidió las tijeras que tenía en la mano. Después se las dio, disculpándose porque eran las únicas que había podido encontrar.

—Del cuarto de costura de Winsome.

Ingrid, desplomada, con su bebé en brazos, dijo:

—Ay Dios mío, no, Hamish. Patrick, ¡que son tijeras dentadas!

Patrick dijo que servirían igualmente.

Ingrid me lanzó una mirada suplicante. Le dije que le iban a dejar un dibujito precioso y empecé a darme la vuelta, abrumada por la cantidad de sangre que había en el suelo, pero entonces

Patrick alargó el brazo y cogió al bebé, cortó el cordón y lo devolvió a los brazos de mi hermana en una sucesión de movimientos tan rápidos y silenciosos que parecía una rutina que hubieran estado ensayando. Me quedé tan embelesada que fue únicamente el eco de la voz de Patrick en mi cabeza, pidiéndome que fuese a por más toallas, lo que me impulsó a ir a buscarlas.

Ingrid intentó envolver al bebé con una de ellas y se echó a llorar.

—¿Tú crees que le estoy haciendo daño? Es demasiado pequeño, aún no tendría que estar aquí —le dijo a Patrick, y a continuación, mirando primero al bebé, después a mí y por último a Hamish, como si hubiera pecado contra cada uno de nosotros individualmente—: ¡Lo siento, lo siento!

Sentí que se me saltaban las lágrimas cuando bajó la vista y se disculpó con el bebé.

—Ingrid, iba a venir al mundo en cualquier caso. Tú no has hecho nada —la tranquilizó Patrick.

Ingrid asintió con la cabeza, pero sin mirarle.

—¿Ingrid?

—Dime.

Levantó la cabeza.

—¿Me crees?

—Sí.

—Bien.

Patrick cogió el resto de las toallas de mis brazos y le cubrió los hombros y las piernas. Mi hermana —nunca la había querido con tanta intensidad como en aquel momento— se secó una mejilla y, esforzándose por sonreír, dijo:

—Martha, espero que estas sean las toallas buenas de Winsome.

Seguía llorando, pero de otra manera, como si de repente todo estuviera bien.

Patrick y yo nos quedamos con ella mientras Hamish salía a esperar a la ambulancia. Aunque intenté negarme, Ingrid me hizo coger al bebé y dejé que me arrasara la intensidad de mi amor por aquella criatura prácticamente ingrávida. Delante de Patrick, dijo:

—¿Estás segura de que no quieres uno?

—Quiero este. Pero te lo has quedado tú, así que tendré que aguantarme.

Patrick dijo: «Es precioso, Ingrid», mirando al bebé que tenía en mis brazos.

Hamish volvió acompañado de un hombre y una mujer vestidos de uniforme verde oscuro que traían una camilla. Dijo que la situación en la planta baja, ahora que habían vuelto todos del paseo, era de un caos controlado, pero nada en comparación con el estado de cosas de ahí arriba, que a decir verdad volvía a impresionar en cuanto entrabas después de haber estado un rato fuera.

Se acercó y tocó tiernamente la frente de su hijo, y después le dijo a Ingrid, que ya estaba en la camilla:

—Me parece que va a haber que llamarle Patrick.

Ingrid giró la cabeza sobre la almohada y miró a Patrick, que estaba pasando una toalla por las baldosas con el pie, extendiendo todavía más la sangre. Dirigiéndose a Hamish, mi hermana dijo que lo haría si fuera más fan del nombre «Patrick», pero que por desgracia no lo era. Los de la ambulancia empezaron a llevarla hacia la puerta. Al pasar por delante de Patrick, Ingrid le agarró del antebrazo. Por unos instantes se limitó a dejar ahí la mano, como si buscara las palabras adecuadas, y a continuación dijo:

—Estás dejando el suelo de maravilla.

Y entonces, Patrick y yo nos quedamos solos. Me senté en el borde de la bañera y le dije que se rindiera... pese a su empeño, seguía pareciendo que había habido un accidente de maquinaria pesada, y de todos modos lo más seguro era que Winsome cambiase las baldosas.

Patrick se sentó. Le pregunté si le había aterrorizado traer al mundo a un bebé en semejantes circunstancias.

Dijo que lo importante en este caso no habían sido las circunstancias.

—Es que he visto muchísimos partos, claro, pero nunca me había encargado de uno.

Mientras hablábamos, Winsome dio unos golpecitos en la puerta abierta y, asomando la cabeza, dijo que parecía el campo de batalla de una guerra civil especialmente cruenta. Nos dijo que había ropa limpia para cada uno en dos baños distintos, «y toallas, etcétera», y luego dijo que iba a por unos guantes de goma y, mirando el suelo con cara de pena, «a por bolsas de basura para tirar todas esas toallas», que hasta hacía muy poco habían sido sus favoritas.

Estuve un buen rato bajo la ducha, un buen rato poniéndome la ropa que encontré doblada en un taburete del cuarto de baño y un buen rato escribiendo a Ingrid, sin esperar una respuesta, antes de bajar. Estaban todos en la cocina. El caos controlado que había descrito Hamish era ahora total. Mi padre y Rowland estaban sosteniendo de punta a punta de la cocina una conversación cuyo tema se me escapaba. Estaba claro que mi padre estaba molesto y mi tío irritado. Los perros gañían y corrían en círculos en torno a los tobillos de Rowland. Winsome estaba fregando unas cazuelas y Jessamine estaba cargando el lavaplatos a cierta distancia, lo cual obligaba a ambas a alzar la voz para hacerse oír entre el triquitraque de la vajilla. Nicholas y Oliver habían salido a fumar al jardín. Cada cierto tiempo, Jessamine les gritaba que vinieran a ayudar; cada vez, intentaba abrir la ventana de encima de la pila con las manos mojadas, y al ver que no podía le daba un puñetazo. Mi madre estaba sentada a lo Liza Minnelli en una silla de cocina, haciendo una especie de *performance* a pesar de que la única que la estaba mirando era yo.

Patrick no estaba. Me acerqué a Winsome, que me dijo que tenía mucho mejor aspecto, y le pregunté si sabía dónde estaba. Dijo que se había marchado; adónde, no lo sabía.

Cogí un taxi y me fui a su piso. Aunque no sabía si estaría allí ni qué le diría en caso de que estuviera, era la única persona con la que quería estar.

Llegué, vestida con la ropa de Winsome. Patrick abrió la puerta, todavía disfrazado de Rowland. Me ofreció un té. Acepté, y mientras esperábamos a que hirviese el agua, le dije que le quería. Patrick se dio la vuelta y se apoyó en la encimera, cruzó los brazos relajadamente y me pidió que me casara con él.

Dije que no.

—No me refería a eso. Te lo he dicho porque creo que no debemos pasar tanto tiempo juntos como antes de que te marcharas. Me sentía como si fuera tu novia, y no es justo para mí estar contigo a todas horas, porque incluso si fuera tu novia esto no tendría futuro. A pesar de que —toqueteé el borde de la mesa— quiero estar contigo a todas horas.

Patrick permaneció exactamente en la misma postura.

—Y yo quiero que estés conmigo a todas horas.

Su manera de decirlo me hizo sentir como si de repente se me llenase el cuerpo de agua caliente.

—En cuyo caso —continuó—, parece que está todo muy claro.

—Pero no lo está, porque te estoy diciendo que no puedo casarme contigo.

Me preguntó que por qué no mientras se remetía la camisa por la parte de atrás del pantalón; no pareció que se hubiera inquietado.

—Porque tú quieres tener hijos y yo no.

—¿Cómo sabes que quiero tener hijos? Nunca lo hemos hablado.

—En la Tate me dijiste que siempre te habías visto a ti mismo con hijos.

—Eso no es lo mismo que desearlos de manera activa.

—Acabo de verte ayudar a parir, Patrick. Es obvio. Quieres hijos, y te estaría sometiendo a una decisión tipo la de Sophie: casarte conmigo o ser padre con otra mujer. —Y añadí, por si acaso se le ocurría decirme lo que tantas veces había oído de personas que me conocían y de otras que no—: No voy a cambiar de opinión. Te lo prometo, no voy a cambiar de opinión y no quiero ser la razón por la que no puedas ser padre.

Patrick dijo: «Vale, interesante», y siguió preparando el té. Cogió el mío y me lo puso delante. Había sacado la bolsita, porque sabía que con ella dentro me sentiría como si estuviese intentando beber del Ganges sin tragarme un trozo de basura semisumergida.

Le di las gracias y volvió a su sitio de antes: apoyado contra la encimera, los brazos cruzados.

—Pero yo nunca voy a cambiar de opinión sobre ti. —Dijo que nunca había leído *La decisión de Sophie*, pero que aun así entendía la referencia—. Y esto no es una decisión imposible, Martha. No es una decisión. Quiera o no quiera tener hijos, más quiero tenerte a ti.

Me limité a decir «Bueno, vale», y toqué el borde de la taza. Era raro que alguien te deseara tanto. Volví a decir «Bueno».

—Y también está lo de mi predisposición.

—¿Qué predisposición?

—A la locura.

—Martha —dijo, y por primera vez sonó triste. Levanté la mirada—. Tú no estás loca.

—Ahora no. Pero me has visto así.

Aquel día de verano en el que vino a buscarme a Goldhawk Road a la hora de comer… Yo seguía en la cama porque había tenido unos sueños monstruosos que al despertar se habían quedado merodeando por el cuarto como una presencia física, y me daban tanto miedo que era incapaz de moverme. Sabía que era el comienzo de algo.

Patrick había llamado a la puerta y había preguntado si podía pasar. Yo estaba llorando y no conseguía coger el aire suficiente para hablar.

Se acercó y me tocó la frente, después dijo que iba a traerme un vaso de agua. Al volver, me preguntó si quería ver una película y si me parecía bien que se sentase en la cama a mi lado, «o sea, subiendo las piernas», añadió. Me hice a un lado, y mientras buscaba una peli en mi ordenador portátil, dijo, «Qué pena que no te encuentres bien». Conocía a Patrick desde hacía siglos, y la mayor parte del tiempo —por aquel entonces, todavía algunas veces— mi sola presencia le había puesto nervioso. Esta vez, estaba muy tranquilo.

Se quedó conmigo todo el día, y esa noche durmió en el suelo. Por la mañana me sentía normal. Ya había pasado todo. Nos fuimos a la piscina. Patrick estuvo nadando largos mientras yo le miraba con un libro en la mano, hipnotizada por el movimiento continuo de sus brazos, por el giro de su cabeza, por su incesante avance por el agua. Después, me llevó a casa en coche y me disculpé por haber estado tan rara. «Todo el mundo tiene días malos», dijo.

No sé si lo hizo aposta, pero en aquel momento, en la cocina, lo repitió: todo el mundo tiene días malos.

—Y no sería un problema para mí, si lo estuvieras. La locura no es un factor disuasorio. Si se trata de ti, claro.

Bajé la mirada y volví a toquetear el borde de la mesa.

—¿Me das una galleta, por favor?

—Sí, espera un segundo. ¿Te importa levantar la mirada, Martha?

Hice lo que me pedía. Volvimos a tener la misma conversación. Le dije que deberíamos dejar de vernos y me pidió que me casara con él. Esta vez, con las manos en los bolsillos, como siempre, y me eché a reír porque era, lisa y llanamente, él. Era Patrick, sin más.

—Si lo dices en serio, ¿qué haces que no te arrodillas?

—Te horrorizaría.

Sí, me horrorizaría, pensé.

—Vale.

—Vale, ¿qué?

—Vale, me caso contigo.

Patrick, sorprendido, dijo: «Bien, de acuerdo», y no se acercó inmediatamente. Tuve que levantarme para que viniera, y entonces, plantándose delante de mí, me preguntó cómo me sentiría si..., «ya sabes», dijo, refiriéndose a si me besaba.

Le dije que tremendamente incómoda.

—Vale. Yo también. Qué tal si simplemente..., esto...

—Nos lo quitamos de encima.

Le besé. Fue peculiar, y extraordinario, y duró un buen rato.

Al separarnos, Patrick dijo:

—En realidad, iba a decir que qué tal si chocábamos los cinco.

Es difícil mirar a una persona a los ojos. Aunque la quieras, es difícil sostenerle la mirada, porque es como si viese a través de ti. En cierto modo, es como si te pillase en falta. Pero, en el rato que había durado el beso, no me sentí culpable por decir que sí, ni por ser tan feliz cuando acababa de quitarle algo a Patrick para obtener lo que yo quería.

Me preguntó si me seguía apeteciendo una galleta. Dije que no.

—Entonces, ven conmigo. Tengo algo para ti.

Dijo que llevaba muchísimo tiempo esperando para dármelo y que ahora que mi «vale» le había convertido en el hombre más feliz del mundo, iba a sacarlo.

Le dejé que me llevase de la mano a su dormitorio. Sabía que me iba a dar el anillo de bodas de su madre y, con la creciente sensación de que no lo quería, me quedé esperando mientras lo buscaba en el cajón.

—Puede que no esté en muy buen estado. Hace siglos que no sale de aquí. Incluso puede que no te quepa.

Podría haberle dicho que no lo quería —un objeto tan precioso, que había pertenecido a una mujer a la que tanto quería y a la que seguramente yo le habría caído fatal—, pero permanecí quieta y callada, frotándome el dorso de la mano izquierda como si ya me hubiese puesto el anillo y quisiera borrármelo.

Encontró la caja y sacó lo que había estado buscando. Cogiéndolo con dos dedos, me lo ofreció. Me quedé pasmada.

—Resulta, Martha, que a pesar de lo que pueda haberte dicho en distintos momentos, llevo quince años enamorado de ti. Desde el mismo instante en que me escupiste esto en el brazo.

Era la gomita de mis brákets.

Me cogió la mano y trató de deslizarla por mi dedo, pero al final tuvo que estirarla para que bajase. Me miré la mano y le dije que no me la iba a quitar nunca, aunque ya empezaba cortarme la circulación. Volvió a besarme. Después, dije:

—A ver, solo para confirmarlo. Aquella vez que te pregunté si estabas enamorado de mí…

—Hasta los tuétanos. Estaba enamorado hasta los tuétanos.

Le dije a Patrick que no podía acostarme con él aquella noche porque Heather estaba a punto de volver y no quería tenerla en la habitación de al lado. Dijo que bueno, que total él tampoco quería porque se estaba reservando para la mujer adecuada, y se ofreció a llevarme a Goldhawk Road.

En el coche, mientras se abrochaba el cinturón, dijo:

—La primera vez va a ser un desastre. Lo sabes, ¿no?

—Lo sé.

—Aunque yo llevo en torno a una década pensando en ello, así que quizá lo haya sobrestimado…

Le dije que odiaba esa palabra, porque la gente se pasaba la vida acusándome de hacerlo.

—Yo creo que en realidad son ellos los que lo subestiman todo. Pero no se lo digo porque sería de mala educación.

—Ya, sí… Bueno, menos mal que has encauzado la conversación hacia lo realmente importante…, cómo negociemos nuestra vida sexual es lo de menos, claro... —bromeó a la vez que arrancaba el coche.

—También odio la palabra «negociar».

Dijo que él también.

—No sé por qué la he usado.

Años más tarde, mi madre habría de decirme que ningún matrimonio tiene sentido para el mundo exterior porque cada matrimonio es su propio mundo. Y yo no le haría ni caso porque para entonces el nuestro ya habría llegado a su fin. Pero esa fue la sensación que tuve durante el minuto que transcurrió antes de que nos despidiéramos delante de la casa de mis padres, con Patrick estrechándome entre sus brazos y mi cara hundida en su cuello. No le había dicho como es debido, igual que acababa de decirlo él, que le quería, pero a eso me refería cuando dije «Gracias, Patrick», y me metí en casa.

Al día siguiente fuimos al hospital a ver a Ingrid. Mis padres, Winsome y Rowland ya estaban allí con Hamish, apiñados en una habitación pequeña y abarrotada de sillas.

Después, cuando estábamos a punto de irnos, Patrick dijo:

—Escuchad todos, solo una cosa rápida: anoche le pedí a Martha que se casara conmigo y dijo que vale.

Fue Ingrid la que rompió el silencio.

—Caramba. Estábamos todos en plan, ¿se casarán, no se casarán?

Mi padre hizo un gesto triunfal con ambos puños, como alguien a quien le acaban de comunicar que ha sido ganador en algo, y después intentó abrirse camino hasta nosotros, apartando el superávit de sillas.

—Estoy acorralado, Rowland..., anda, apártate, que quiero chocar los cinco con mi yerno.

Fue Patrick el que se acercó a él, y por unos instantes me quedé sola.

—Hamish, abraza a Martha —dijo Ingrid—. Yo no puedo levantarme.

Mientras recibía el abrazo torpón del marido de mi hermana, oí decir a mi madre:

—Pues yo pensaba que ya estaban prometidos. ¿Por qué pensaría yo eso?

Hamish me soltó y mi padre dijo:

—¿Qué más da? El caso es que ahora lo están. ¿Tú qué piensas, Winsome?

Mi tía dijo que le parecía estupendo, que de esta manera quedaba todo muy ordenadito. Y que Belgravia estaba a nuestra disposición, si queríamos celebrar allí la boda. Rowland, a su lado, dijo:

—Espero que tengas cincuenta mil libras a mano, ¿eh, Patrick? Son puñeteramente caras las bodas.

Cuando por fin consiguió ponerse a mi lado, mi padre me dio un enorme achuchón y no me soltó hasta que Ingrid dijo:

—¿Os importaría marcharos ya, por favor?

Y Hamish nos acompañó a todos a la puerta.

Patrick y yo volvimos a su piso. Había una nota de Heather en la mesa, recordándole que se iba y que no volvería hasta el fin de semana. La leí por encima de su hombro.

—Te prometo que no ha sido cosa mía —dijo—. ¿Necesitas una taza de té o algo, antes?

Dije que mejor que nos la tomásemos después, como recompensa, y me quité la camiseta.

Patrick se preguntó en voz alta si habría sido la peor experiencia sexual de todas las mantenidas por dos personas en el Reino Unido desde que empezó a haber registros. Los pocos minutos que duró, él tenía la expresión resuelta de alguien que intenta soportar sin anestesia una intervención médica menor, y yo no podía parar de hablar de bobadas. Nada más terminar nos habíamos levantado de la cama y nos habíamos vestido de espaldas el uno al otro.

En la cocina, delante de un té, le dije a Patrick que era como una fiesta desastrosa.

Me preguntó si me refería a una fiesta que se ha esperado con ilusión y que al final ha resultado decepcionante.

—No, me refiero a que solo uno de los invitados ha visto fuegos artificiales...

La segunda vez, coincidimos, fue un estímulo para continuar.

La tercera fue como si nos derritiésemos para convertirnos en otra cosa. Después nos quedamos un rato muy largo tumbados uno frente al otro en medio de la oscuridad, sin hablar, las respiraciones acompasadas, los estómagos tocándose. Nos fuimos a dormir así y así nos despertamos. Es la vez que más feliz he sido en toda mi vida.

Por la mañana, después de salir de la ducha, lo primero que hace Patrick es ponerse el reloj. Se seca en el cuarto de baño y deja allí la toalla. Es más eficaz, dice; así no tiene que volver solo para colgarla. Yo seguía echada en su cama la primera vez que llevó a cabo esta rutina delante de mí; entró en el dormitorio y se fue primero a los cajones y luego al armario, desnudo salvo por el reloj. Me quedé observándole hasta que se dio cuenta y me preguntó qué me hacía tanta gracia.

—¿Tienes hora, Patrick?

Dijo: «Sí, tengo», y volvió a los cajones.

Los hombres se clasifican a sí mismos en «hombres de piernas», «hombres de tetas»... Con Patrick, descubrí que yo era una «mujer de hombros». Me encantan unos buenos deltoides.

La cuarta vez, la quinta...

Ingrid quería saber qué tal había ido la cosa con Patrick. Íbamos de camino a un parque cercano. Hacía un frío de mil demonios, pero decía que no había salido de casa desde que le dieron de alta en el hospital y había empezado a delirar, seguramente por falta de oxígeno. Ella iba empujando el carrito y yo llevaba en brazos un cojín muy pesado de su sofá, porque tenía que dar el pecho y el único modo de que no le doliese era colocando el cojín —solo aquel— debajo del niño. Encontramos un lugar donde sentarnos y mientras se preparaba dijo:

—Cuéntame algo, anda. Dime cómo fue. Aunque solo sea una cosa. Porfa.

Me negué, y después cedí porque no paraba de pedírmelo.

—No sabía que el sexo pudiera ser así. No sabía que fuera para eso: para sentirte así después. No sabía que en realidad el sexo existe para el después.

—Vaya, qué bonito. Pero yo me refería a los detalles.

Durante la vuelta, Ingrid dijo:

—¿Sabes una cosa que me fastidia mucho? Si me pillase un coche al cruzar la calle y me muriera, los periódicos dirían que la madre de un bebé de no sé cuántos días había muerto en un cruce tristemente célebre. ¿Por qué no pueden decir que un ser humano que, por cierto, tiene un bebé, ha muerto en un cruce tristemente célebre?

—Es más triste si es una madre.

—¡Pero si no puede ser más triste! —dijo Ingrid—. ¡Si estoy muerta! Más triste que eso, imposible. Pero por lo visto ahora solo existo en términos de mi relación con los demás, mientras que a Hamish todavía se le permite ser una persona. Gracias. Es asombroso.

La ayudé a meter el carrito en casa, recoloqué el sofá y fui a prepararle un té. El bebé estaba mamando otra vez cuando volví de la cocina. Ingrid le dio un beso en la cabeza y me miró. Vi que vacilaba antes de decir:

—Creo que Patrick y tú deberíais tener hijos. Lo siento, ya sé que eres antimaternidad, pero es lo que pienso. Él no es Jonathan. ¿No crees que con él…?

—Ingrid.

—Solo era un decir. Es que sería tan buen…

—Ingrid.

—Y podrías hacerlo. Te lo prometo. Ni siquiera es tan difícil. Mírame a mí…

Me hizo fijarme en su ropa sucia, en el pecho hinchado, en las manchas de humedad de los cojines, y pareció que estaba a punto de echarse a reír, después a llorar y, por último, simplemente agotada.

Le pregunté qué quería para su cumpleaños.

—¿Y cuándo es mi cumpleaños?

—Mañana.

—Pues entonces, una bolsa de regaliz salado. Tipo el de Ikea.

El bebé se retorció y se soltó. A Ingrid se le escapó un gritito y se cubrió el pecho. La ayudé a dar la vuelta al cojín, y una vez que el bebé volvió a engancharse, le pregunté si le importaba que le regalase algún tipo de regaliz que no me exigiera ir hasta el Ikea de Croydon. Y entonces sí que se echó a llorar, diciéndome a través de las lágrimas que si entendía lo que era despertarse cincuenta veces por noche y dar el pecho a un bebé cada dos horas cuando la toma dura una hora y cincuenta y nueve minutos y es como si te acuchillaran los pezones con cuatrocientos cuchillos. Seguro que entonces recapacitaba y decía: «¿Sabes qué? Creo que voy a ir a comprarle a mi hermana ese regaliz concreto que tanto le gusta».

Me fui directamente a Croydon desde su casa y al día siguiente le dejé en la entrada la bolsa azul con regaliz salado por valor de 95 libras y una tarjeta. Decía: *Feliz cumpleaños a la mejor madre del mundo, la mejor hija, la mejor esposa de un funcionario de medio pelo, la mejor vecina, clienta, empleada, pagadora de tasas municipales, cruzadora de calles, reciente ingreso hospitalario del Servicio Nacional de Salud. Gracias a la mujer que es el universo entero de su hermana.*

Días después, Ingrid me envió un mensaje para decirme que después del tercer paquete había perdido el gusto por el regaliz. Envió una foto de su mano con un vaso de Starbucks: en lugar de preguntarle el nombre, el encargado que le había tomado nota se había limitado a escribir *SEÑORA CON CARRITO*.

Nos casamos en marzo. En la ceremonia, lo primero que dijo el pastor cuando subí al altar y me detuve junto a Patrick fue: «Si alguien tiene que ir al baño, está cruzando la sacristía a la derecha». Gesticuló como un auxiliar de vuelo indicando la salida. Patrick ladeó la cabeza y me susurró: «Yo casi voy a intentar aguantarme».

Lo segundo que dijo el pastor fue: «Tengo entendido que hacía mucho tiempo que se veía venir este día».

Mi traje de novia tenía manga larga y cuello alto. Estaba hecho de encaje y parecía *vintage*; era de Topshop. Ingrid me ayudó a arreglarme y dijo que parecía la señorita Havisham antes de que se le jodiera el que se suponía que iba a ser su gran día. Me dio una tarjeta que decía: *Patrick Quiere a Martha*. Venía pegada al regalo, *Éxitos musicales '93*. Cuando mis primos eran adolescentes, Winsome les corregía la postura en la mesa captando su atención en silencio y subiendo un brazo con el que agarraba una cuerda imaginaria que le salía de la coronilla. Entonces, daba unos tironcitos hacia arriba, estirando el cuello y relajando los hombros de tal manera que no podían evitar imitarla. Si tenían la boca abierta como pasmarotes, se tocaba la barbilla con el dorso de la mano, y si no sonreían cuando alguien les dirigía la palabra, los miraba con la sonrisa dura y artificial de la profesora de un coro escolar que quiere recordar a sus coristas que lo que están cantando es la pieza alegre del repertorio.

En el banquete, mi madre se levantó en medio del discurso de mi padre y dijo: «Fergie, ya sigo yo». En la mano tenía una inmensa copa de *brandy* llena de infinitas variedades de bebidas, y cada vez que la alzaba para brindar por sus propias palabras el contenido se desbordaba. Cuando, en un momento dado, se llevó la copa a la altura de la frente para lamerse el *brandy* que le había caído en la muñeca, aparté la vista y vi que Winsome, a su lado, me miraba con ojos centelleantes. De repente, se subió la mano a la coronilla, pellizcó la cuerda invisible y, mientras tiraba hacia arriba, sentí que me erguía al unísono con ella. Me estaba sonriendo, pero no como una profesora de coro escolar sino como mi tía Winsome diciéndome que teníamos que ser valientes.

Pero a los pocos segundos, mi madre empezó a hablar de sexo; inmediatamente, Winsome bajó la mano y volcó su copa. El vino se derramó por toda la mesa y empezó a caer sobre la alfombra. Se levantó de un salto y dijo: «Celia, una servilleta», una y otra vez hasta que mi madre no tuvo más remedio que callarse. Para cuando Winsome terminó el numerito de limpiar, mi madre había perdido el hilo de lo que estaba diciendo.

Jessamine fue la única otra persona que bebió demasiado en el banquete. Cuando Patrick y yo estábamos a punto de marcharnos, me echó los brazos al cuello, me dio un beso y me susurró muy alto al oído que me quería mucho y que se alegraba mucho pero que mucho mucho de que me hubiera casado con Patrick. Dijo que probablemente —más bien, sin ninguna duda— seguía enamorada de él, pero que no pasaba nada porque lo mismo me cansaba de estar con alguien tan aburrido, tan bueno y tan sexi y entonces podría recuperarle. Volvió a besarme y después se disculpó porque tenía que irse corriendo al baño a vomitar. Patrick me creyó cuando se lo conté, pero no creía que Jessamine hablase en serio; Ingrid creía las dos cosas.

* * *

Su padre no vino a nuestra boda porque estaba divorciándose de Cynthia. Le dije a Patrick que deberíamos ir a Hong Kong y alojarnos en su casa, pero dijo: «Mejor no, te lo aseguro». No conocí a Christopher Friel hasta mucho más tarde, cuando tuvo un problema coronario y Patrick por fin accedió a ir. A los cinco o diez minutos de estar en su compañía, ya no me caía bien. Siempre que había contado alguna historia de su padre, Patrick se había mostrado demasiado benévolo.

En el apartamento de Christopher no había nada que diera fe de la existencia de un hijo. Le pregunté si tenía algún objeto de la infancia de Patrick que pudiera enseñarme, pero dijo que se había desprendido de todo hacía años. Sonaba orgulloso. Pero, mientras hacíamos las maletas para marcharnos, sacó un montoncito de cartas que Patrick le había escrito a su madre una vez que ella se fue varias semanas al extranjero. Por alguna razón habían sobrevivido a la criba, dijo Christopher y, ofreciéndomelas en su bolsita de plástico, me invitó a que me las quedase. Las leí durante el vuelo de vuelta. La luz de la cabina era tenue, y Patrick estaba dormido con los brazos cruzados y los hombros encogidos. Tenía seis años cuando las escribió. Todas estaban firmadas con un *Te quiero mucho, Paddy*. Le toqué la muñeca. Se removió pero no se despertó. Quería decirle: «Si algún día me escribes una carta, por favor fírmala así: "Te quiero mucho, Paddy"».

Eligió San Petersburgo para nuestra luna de miel, y también el hotel porque, aunque le había dicho que ya me encargaba yo de buscarlo, no fui capaz de superar el primer escollo: las fotos de viajeros de TripAdvisor, llenas de toallas dobladas en forma de cisne, fuentes de marisco y pelos sueltos que no eran de recibo.

En el avión, me preguntó si pensaba cambiarme el apellido. Acababa de terminar un crucigrama de la revista de a bordo que ya había sido empezado por un pasajero anterior.

Dije que no.

—¿Por lo del patriarcado?

—Por lo del papeleo.

Pasó un azafato con un carrito. Patrick pidió una servilleta y me dijo que iba a escribir una lista de pros y contras del cambio de apellido. Diez minutos más tarde me la leyó. No había ningún contra. Le dije que se me ocurrían unos cuantos y le quité el bolígrafo. Me dijo que le pidiese un paquete de servilletas al azafato, en vista de que estaba tan en pro de los contras.

La primera mañana, en el Hermitage, nos perdimos el uno al otro. Me fui a la cafetería y pedí un té de jazmín mientras esperaba a que me encontrase. Le oí por el altavoz. «Señora Martha Friel, de soltera Russell. Su marido le estaría muy agradecido si se presenta en el vestíbulo principal».

Al lado del mostrador, delante de un atril con folletos, toqueteándose el cuello de la camisa..., «gracias a Dios».

En la avenida Nevsky, Patrick me compró una de las figuritas de caballos que vendía una chica adolescente. Tenía un bebé. Esperando a que Patrick eligiera, tuve la sensación de que no podía respirar por la pena que me daba ver cómo me sonreía agarrándose los piececitos, feliz a pesar de que su vida consistía en pasar horas y horas cada día en un carrito metálico de ruedas sucias mientras su madre vendía caballos.

Patrick pagó 50 libras por el peor caballo en lugar de los 50 peniques que pedía la muchacha, fingiendo que no se daba cuenta de su error. Nos alejamos y me lo dio. Me preguntó cómo lo iba a llamar. Dije que Trotsky, y me eché a llorar. Más tarde, me disculpé por ser una aguafiestas. Patrick me dijo que lo preocupante habría sido que ante semejante situación hubiese sido la alegría de la huerta.

Aquella noche nevaba demasiado para salir. Cenamos en el restaurante del hotel. En lugar de acceder atravesando el vestíbulo, Patrick me hizo salir a la calle. El aire era tan frío que tuve que cubrirme los ojos. Me cogió del codo y corrimos por el pequeño tramo de acera hasta la entrada de la calle. De nuevo dentro, Patrick dijo: «Estamos en un restaurante completamente independiente». No conseguí recordar si le había dicho que mi reacción a los restaurantes de los hoteles oscila entre el hastío y la desesperación.

Terminé de leer el menú y le anuncié a Patrick, que seguía en la segunda página del suyo, que al final había decidido adoptar su apellido.

Alzó la mirada.

—¿Por qué?

—Porque, evidentemente, gracias a mi madre, soy una experta en todas las variedades de agresión pasiva, y no puedo permitir que una proclamación pública tan manipuladora emocionalmente como la que has hecho en el museo se quede sin recompensa.

Se inclinó sobre la mesa y me dio un beso, a pesar de que acababa de meterme un trozo de pan en la boca.

—Cuánto me alegro Martha. Tuve que darle cien dólares al tipo para que me dejase usar el micrófono. Dólares americanos, quiero decir.

Me tragué el pan.

—Acabarás en una cárcel siberiana.

Dijo que merecía la pena con creces y volvió a enfrascarse en el menú.

En voz alta, porque no tenía otra cosa que hacer, analicé el particular patetismo de los restaurantes de hotel. Dije que no sabía si era la luz, o que siempre estaban enmoquetados, o la concentración más alta de lo habitual de gente comiendo sola; quizá solo era la idea de un puesto de tortillas lo que me llevaba a cuestionarme el sentido de todo.

Patrick esperó a que terminase de hablar y me preguntó si había probado alguna vez el *borscht*. Dije: «Cuánto te quiero», y enseguida vino un *maître* con dos botellas verdes.

—¿Desean agua con gas o sin gas?

* * *

En Heathrow, mientras esperábamos el equipaje, Patrick preguntó:

—¿Te suena vagamente que hubo un día en el que nos casamos…?

Acababa de preguntarle cómo tenía pensado llegar a su casa. Me tenía agarrada por la cintura y me besó en la cabeza.

—Lo siento, es que estoy molida.

Había hecho un esfuerzo tremendo por convencerme a mí misma de que a la vuelta de la luna de miel es cuando empiezan los matrimonios, no cuando terminan.

No sabía cómo ser una esposa. Estaba muerta de miedo. Patrick parecía feliz.

En el taxi, y de nuevo mientras subía las escaleras tras él, Patrick me dijo que podía hacer lo que me diese la gana con el piso para sentirlo como mío. Era un viernes. El sábado se fue a trabajar y vacié los armaritos de la cocina para volver a meterlo todo en otro orden; así, si venía Heather de visita, no sabría dónde estaban las cosas. No se me ocurría nada más que cambiar.

Había decidido ser ordenada y lo conseguí durante varios días. Pero Patrick decía que prefería el piso tal y como estaba ahora, con la ropa por el suelo, revistas, gomas de pelo y una cantidad increíble de vasos por todas partes, y encima todo tan a la mano porque los armarios y los cajones no estaban nunca nunca cerrados. Su modo de reírse mientras me lo decía no me hacía sentir culpable, y encima no hizo ningún esfuerzo por recoger nada. Quizá por eso tardé tan poco en sentir su piso como mi hogar.

Lo único que me pidió, varias semanas más tarde, fue que por favor no dejase medicamentos por ahí tirados —«es solo por deformación profesional»— y que intentase utilizar la hoja de cálculo que me había hecho para llevar las cuentas, en lugar de mi método de meter facturas en un sobre tamaño folio manoseado que siempre acababa perdiendo.

Abrió la hoja de cálculo en su ordenador para enseñarme cómo funcionaba. Le dije que ver números en semejante concentración hacía que se me desenrollara una membrana invisible por debajo de los párpados, cegándome hasta que desaparecían. Había muchas categorías. Una de ellas era *Imprevistos de Martha*. Le dije que no había previsto que su supervisión financiera fuese a sacarle aquella faceta como de agente de la Stasi, y respondió que jamás habría pensado que alguien pudiera sugerir un documento de Word y la calculadora del móvil como alternativa a una hoja de cálculo. Le dije que intentaría usarla, pero que lo haría impulsada por un espíritu de sacrificio. Con el tiempo, Patrick diría que le parecía francamente increíble que una sola persona pudiese atraer tantos imprevistos.

En la cama, las noches que libraba, Patrick resolvía un sudoku difícil de un libro de sudokus difíciles y yo le preguntaba cuándo pensaba apagar la luz. Le dije que era en esos momentos cuando más casada me sentía.

Al terminar, guardaba el libro de los sudokus y leía artículos de revistas médicas. Si me acostaba de espaldas a él, Patrick empezaba a apretar distraídamente el pulgar en las zonas de la base de la espina dorsal que me dolían. Compró aceite de masaje no sé dónde, y cuando descubrió que las cosas que llevan perfume falso me hacen sentir como si me estuviera asfixiando lentamente, compró aceite de coco, uno del supermercado que venía en un frasco y tenía un elevado punto de humeo que, según la etiqueta, lo hacía apto para frituras de todo tipo. Incluso cuando dejaba la revista, seguía frotándome la espalda. A veces, desde que empezaba hasta que se terminaba *Newsnight*, a veces después de apagar la luz. Era entonces cuando más querida me sentía.

Una noche, me di media vuelta en la oscuridad y le pregunté si le quedaba sensibilidad en el pulgar.

—¿Cómo puedes pasarte tanto rato haciendo eso?

—Tengo la esperanza de que se transforme en algo sexual.

Le dije que era una lástima.

—Pues yo tengo la esperanza de que me transforme en una mujer dormida.

Oí que abría la tapa del frasco.

—Que gane el mejor.

Las sábanas olían a Bounty Bar.

Entonces, Patrick se trasladó a un hospital que estaba en la otra punta de Londres. Tenía la sensación de que no estaba nunca en casa. En cuanto a mí, seguía trabajando en la editorial. Aunque era primavera, hacía frío y el cielo estaba siempre gris, y cuando no podía pasar ni un ratito de la jornada en la azotea con la única chica que quedaba en la compañía, era imposible prolongar la actividad más allá de la hora de comer. El editor empezó a decirnos que nos fuéramos a casa si no teníamos nada que hacer porque no soportaba nuestras ensaladas ni el incesante cotorreo de voces femeninas. Tenía la sensación de que me pasaba la vida en casa. Invitaba a Ingrid o le preguntaba si podía ir yo a verla a ella. Siempre decía que sí, pero si el bebé no se había dormido, o si estaba durmiendo o a punto de caer dormido, me enviaba un mensaje cancelando la visita en el último momento. Y cuando iba yo, siempre tenía que irse a la otra habitación a darle de mamar porque se distraía con facilidad, y a veces se ponía a quejarse o a chismorrear sin parar sobre las mujeres de su grupo de bebés y yo me iba a casa, sintiéndome culpable porque ya nada más llegar me había puesto a pensar en cómo marcharme.

En la cama, las noches en las que Patrick estaba trabajando y yo no había visto a nadie en todo el día, le echaba tanto de menos que me enfadaba. Me quedaba hasta las tantas leyendo novelas de Lee Child que me descargaba en su Kindle, y escribía mentalmente discusiones que podía tener con él cuando volviera. Le decía que no me sentía casada. Le decía que no me sentía querida, en cuyo caso, ¿qué hacíamos juntos?

Fue también entonces cuando empecé a tirar cosas. La primera vez, le tiré un tenedor a Patrick porque me dejó con la palabra en la boca cuando estaba enfadada. El motivo había sido una pequeñez: mientras se preparaba para irse al trabajo, mencionó que acababa de recibir dos facturas más de Amazon y que, como le había dicho que para finales de verano pensaba haberme leído a James Joyce de arriba abajo, incluidas sus peores obras, empezaba a preocuparle que mi interés por la serie de novelas de Jack Reacher fuese en realidad un grito de socorro.

Recuerdo que se paró en seco cuando el tenedor le dio por detrás en la pierna, y el ruidito que hizo al chocar contra el suelo; Patrick volvió la cabeza y se rio por efecto de la impresión. Yo también me reí, de manera que la cosa se quedó en una broma: mi graciosa imitación de una esposa que se va volviendo loca por culpa de la soledad. Dijo: «Ja…, esto… Será mejor que me vaya ya». Y nada más irse tiré algo contra la puerta y nadie se rio.

Al día siguiente, Patrick hizo su imitación de un marido al que no le han tirado ningún objeto la noche anterior. Esperé a que lo mencionase. No lo hizo. Durante la cena, dije:

—¿Vamos a hablar de lo del tenedor?

Y respondió:

—No te preocupes, es que no te encontrabas demasiado bien.

—Vale, si no quieres…

Sonaba enfadada, pero le agradecía que no me hubiese pedido que me disculpase ni que le explicase por qué había reaccionado así a una broma, porque no tenía ni idea. Dije: «De todos modos, lo siento», y añadí que no volvería a hacerlo, «evidentemente».

Pero seguí tirando objetos, siempre en momentos de ira que eran impredecibles y no guardaban relación con nada que hubiera podido suceder…, siempre, salvo una vez que le tiré un secador de pelo, tan duro que le dejó un moratón, porque me había quejado de que me sentía sola y me había dicho, riéndose, que me convenía tener un hijo para tener algo que hacer.

Inmediatamente después, me marchaba de la habitación y dejaba tirados por el suelo los trozos de lo que fuera que había roto. Para cuando volvía, siempre habían sido barridos y estaban en la basura.

De adolescente, cada vez que se arreglaba para salir, Ingrid tenía rabietas porque no sabía cómo vestirse, y de repente se ponía tan histérica que parecía otra persona. Sacaba modelitos de su armario, se los probaba, se los arrancaba, lloraba, maldecía, gritaba que estaba gorda, les decía a mis padres que los odiaba y quería que se muriesen, volcaba los cajones y dejaba todo su contenido desperdigado por el suelo... Y entonces encontraba algo y en un pispás estaba tan contenta.

De adulta, me dijo que mientras las tenía las sentía sinceramente, pero que cuando se le pasaban le parecía increíble que hubiese podido disgustarse tanto y pensaba que jamás volvería a suceder. Nunca pedía perdón y mis padres no la obligaban a hacerlo. Pero daba lo mismo, dijo, porque sabía que seguían pensando en ello y sentía una vergüenza tan profunda que acababa enfadándose con nosotros. «En lugar, no sé, de odiarme a mí misma».

Arrojarle algo a tu marido es lo mismo. Después me sentía tan avergonzada que me enfadaba todavía más con Patrick de lo que me había enfadado que no estuviera nunca en casa.

Cuando eres una mujer de más de treinta años, con marido pero sin hijos, las parejas casadas que te encuentras en las fiestas quieren saber por qué. Todas coinciden en que tener hijos es lo mejor que han hecho en la vida. Según el marido, tienes que ponerte a ello ya; la mujer dice que a ver si se te va a pasar el arroz. Para sus adentros, se están preguntando si tendrás algún problema médico. Desearían poder preguntártelo directamente. Quizá, si logran guardar silencio más tiempo que tú, seas tú la que les dé la información por propia iniciativa. Pero la mujer no puede resistirse..., tiene que contarte la historia de una amiga suya a la que le dijeron lo mismo, y en cuanto abandonó toda esperanza..., y entonces el marido dice «¡Bingo!».

Al principio, a los desconocidos les decía que no podía tener hijos porque pensaba que así no irían más allá de la pregunta inicial. Pero es mejor decir que no quieres tenerlos. Entonces comprenden inmediatamente que eres una rara, pero al menos no en un sentido médico. De manera que el marido puede decir, «Ah, pues bueno, así te centras en tu carrera»: por mucho que, hasta ahora, apenas haya pruebas de que te has estado centrando en una carrera. La mujer no dice nada, ya está mirando a su alrededor.

Para cuando llegó el verano me había leído cuatro páginas y media del *Ulises* y todos los libros de Lee Child. Patrick me llevó a cenar para celebrarlo. Le dije que el James Joyce malo había resultado ser todo James Joyce. A los postres, me dio un carné de biblioteca. Dijo que era un regalo que se sumaba a los Jack Reachers por valor de 144 libras que ya me había dado.

Saqué un libro de la biblioteca. Uno de Ian McEwan que pensé que era una novela y guardé en un cajón al ver que eran relatos cortos. Llamé a Ingrid y le dije que sin querer había dedicado un rato a dos personajes que iban a morir dieciséis páginas más tarde. Dijo con tono serio, «¿Quién tiene tiempo para perderlo en algo así?»

Aunque desde los dieciséis años fumaba a diario en el instituto, al fondo de las canchas, y aunque la pillaban a menudo, Ingrid terminó el bachillerato sin que llegasen a castigarla nunca a quedarse después de clase. Tenía labia de sobra para salir del aprieto. Y yo, aunque desde los diecisiete años hasta aquel verano estuve enferma con frecuencia, nunca había ingresado en el hospital. Tenía labia de sobra para salir del aprieto.

Era agosto, casi septiembre. Patrick se fue a Hong Kong, a la tercera boda de su padre, esta vez con la hija de veinticuatro años de uno de sus colegas. Durante semanas, el tiempo había copado todos los titulares: que si Londres estaba dejando a Grecia a la sombra, que si no le iba a la zaga a la Costa del Sol... No le acompañé porque había empezado a sentirme mal. A los dos días de su partida, me desperté y todo estaba negro.

Intenté volver a dormirme, sudorosa, con la cama hecha una maraña y con sensación de culpa por no levantarme para ir a trabajar. En el piso de abajo había un perro ladrando, y fuera había unos obreros destrozando la calle. Me quedé escuchando el implacable retumbo del martillo neumático. No paraba-no paraba-no paraba.

A medida que el ruido se iba volviendo cada vez más ensordecedor, era como si aumentase la presión en el interior de mi cráneo, como si me inyectasen aire hasta que se me endurecía como una llanta..., pero seguía entrando aire, y el dolor, como una migraña candente, me hacía llorar, y me imaginaba una fisura en el hueso que se convertía en una grieta por la que por fin salía el aire a escape.... y el dolor cedía paso al alivio.

En esos momentos, estás aterrorizada. Vas a vomitar. Se te están cerrando los pulmones. La habitación se mueve. Algo malo está a punto de suceder. Ya ha entrado en la habitación. La espalda se te está quedando fría. Esperas y esperas y esperas y no pasa nada. La cosa se ha marchado y te ha dejado allí. No se va a terminar nunca. No hay día ni noche. No hay tiempo. Solo dolor, y la presión y el terror, que es como un cable retorcido que te baja por el centro del cuerpo.

A media tarde me levanté y me fui a la cocina. Intenté comer, pero no pude. El agua me daba náuseas. Me dolían las caderas de estar tumbada de lado, hecha un ovillo. Patrick llamó y lloré y dije lo siento, lo siento, lo siento. Dijo que cambiaría su vuelo.

—¿Puedes intentar salir? Vete al Lago de las Damas. Cógete un taxi. Martha, te quiero muchísimo.

Le prometí que llamaría a Ingrid, pero una vez que colgué me la imaginé llegando y encontrándome en semejante estado y sentí demasiada vergüenza.

Me veía a mí misma a vista de pájaro, levantándome y desplazándome muy despacio por el piso como si fuera muy vieja, una mujer al final de su vida. Me puse trabajosamente el bañador, me vestí, me metí dentífrico en la boca, salí del piso. El esfuerzo de abrir la pesada puerta del edificio me dejó sin aliento.

Había demasiado ruido, hacía demasiado calor, había demasiada gente cruzándose conmigo y pasaban demasiados autobuses retumbando pegados al bordillo. Me volví a casa. Llamó Patrick, lloré. Dijo que su avión salía dentro de una hora, que enseguida estaría en casa.

Le pedí que no colgara, que me hablase, que yo simplemente le escucharía. Le dije que tenía mucho miedo.

—¿A qué?

—A mí misma.

—No irás a hacer nada, ¿no?

Quería que se lo prometiera, y al decirle que no podía prometérselo me pidió que me fuera directamente al hospital.

Yo sabía que no iba a ir. Pero a medida que empezaba a oscurecer, empecé a tener miedo del piso, de su silencio atronador, de la pérdida de señal: para entonces, Patrick ya estaba en el avión, sin cobertura. Gateé hasta la puerta y una vez en la calle me quedé esperando a un taxi con la espalda pegada contra un muro de ladrillo. Mi cerebro se reía de mí, mira que eres imbécil, arrastrándote por el suelo, con miedo a salir.

El médico de urgencias me preguntó, sin tomar asiento:

—Bueno, cuénteme, ¿por qué ha venido?

El pelo se me había metido en los ojos y se me había pegado a la cara y a la nariz chorreante, pero no tenía fuerzas para levantar el brazo y retirármelo. Le respondí que porque estaba cansadísima. Dijo que por favor hablase más alto, y me preguntó si estaba pensando en autolesionarme. Dije que no, que lo único que quería era no existir más, y le pregunté si podía darme algo que me hiciera desaparecer, pero de una manera que no hiciese daño a nadie ni lo dejase todo hecho un asco. Después me callé porque me dijo, con tono de hartazgo, que le parecía demasiado inteligente para hablar así.

Aunque no aparté la vista del punto del suelo en el que la había clavado desde que me metieron en la habitación, notaba que estaba echando un vistazo a mi informe, y después oí que la puerta se abría, rozaba con el suelo de linóleo y se cerraba con un clic. Estuvo ausente durante tanto tiempo que empecé a pensar que el hospital había cerrado y estaba sola, encerrada. Me rasqué las muñecas y seguí mirando al suelo. Volvió cuando ya me parecía que habían pasado horas. Patrick estaba con él. No sabía cómo se había enterado de dónde estaba, y me dio mucha vergüenza que hubiera tenido que volver por mi culpa, por aquella esposa tan lamentable que estaba desplomada en una silla de plástico y era tan estúpida que no era capaz ni de levantar la cabeza.

Hablaron de mí entre ellos. Oí que el médico le decía:

—Mire, si quiere le busco cama, pero sería en un centro del Sistema Nacional de Salud y —bajó la voz— ya sabe que los pabellones psiquiátricos públicos no son precisamente agradables. —No le interrumpí—. En mi opinión, lo mejor es que vuelva a casa. Le puedo dar algo que la calme, y mañana por la mañana hablamos.

Patrick se acuclilló al lado de mi silla y, agarrado al brazo, me retiró el pelo. Me preguntó qué me parecía la idea de que me ingresaran, solo por muy poco tiempo. Dijo que la decisión era mía. Dije: «No, gracias». Siempre me había dado mucho miedo estar con personas así, porque lo mismo no les resultaba extraño que estuviese allí con ellas. Lo mismo los médicos no me dejaban salir. Al mismo tiempo, quería que Patrick me cogiera de las muñecas y me arrastrase hasta allí para no tener que decidir yo. Quería que no me creyera cuando le decía que estaba todo bien.

—¿Estás segura?

Dije que sí, apartándome bien el pelo de la cara mientras me levantaba. Le dije que no se preocupase, que lo único que necesitaba era dormir un poco.

—Estupendo, ya se va animando —dijo el médico.

En el coche, de vuelta a casa, Patrick no abrió la boca. Tenía la expresión vacía. Al llegar, no atinaba a meter la llave en la cerradura, y dio una patada a la puerta. Solo una patada: fue lo más violento que le había visto hacer nunca.

En el cuarto de baño me tomé todo lo que me había dado el médico sin leer la dosis, me quité la ropa y el bañador, que me había dejado marcas rojas por todo el cuerpo, y dormí veintitrés horas seguidas. A veces recuperaba el conocimiento por unos instantes, y entonces abría los ojos y veía a Patrick sentado en una silla en un rincón del dormitorio. Vi que había dejado un plato con tostadas en la mesita de noche, y, más tarde, que se lo había llevado. Dije «Lo siento», aunque no estoy segura de que llegase a decirlo en voz alta.

Cuando por fin me desperté, Patrick estaba en el salón. Salí a buscarle; fuera, todo estaba oscuro.

—Pensaba encargar una *pizza* —dijo.

—Vale.

Me senté en el sofá. Patrick apartó el brazo y me arrimé a él, encogiendo las rodillas para hacerme una bola. No quería estar en ningún otro lugar más que allí. Patrick, pasando el brazo por encima de mí, llamó al sitio de las *pizzas* a domicilio.

Comí. Me sentí mejor. Vimos una película. Le dije que lamentaba lo que había pasado. Dijo que tranquila, que no pasaba nada, que todo el mundo tiene sus... etcétera, etcétera.

Quedé a comer con Ingrid en Primrose Hill. Era la primera vez que salía sin el bebé, y eso que ya tenía ocho meses. Le pregunté si le echaba de menos. Dijo que se sentía como si acabasen de soltarla de una prisión de máxima seguridad.

Nos hicieron la manicura, nos fuimos al cine y estuvimos hablando durante casi toda la película hasta que un hombre de la fila de al lado nos dijo que por favor nos metiéramos un calcetín en la boca. Dimos un paseo hasta Hampstead Heath, nos sentamos un rato a contemplar el Lago de las Damas, nos bañamos en bragas. Nos partimos de risa.

Mientras volvíamos por el parque, un chaval adolescente se nos acercó y preguntó: «¿Sois las hermanas del grupo ese?». Ingrid dijo que sí. El chico dijo: «Pues venga, cantadnos algo». Le dijo que estábamos descansando las cuerdas vocales.

Me sentía de maravilla. No le conté a Ingrid que hacía una semana, el mismo día, había estado en el hospital, porque se me había olvidado.

Patrick nunca lo mencionó, pero poco tiempo después me dijo que tal vez deberíamos irnos de Londres, por si acaso era Londres el problema. Al comienzo del invierno, los nuevos inquilinos se instalaron en nuestro piso y nosotros nos mudamos al hogar exclusivo.

Mientras nos alejábamos de Londres siguiendo al camión de mudanzas, Patrick me preguntó si consideraría la posibilidad de hacer amigos nuevos en Oxford. Aunque no me apeteciera y solo lo hiciera por él, no le importaba. Lo que no quería era que empezase a odiar el lugar demasiado pronto...

—Al menos, espera a que hayamos descargado el coche.

Yo iba en el asiento del copiloto y estaba buscando en el móvil fotos de Kate Moss borracha para enviárselas a Ingrid, porque por aquella época nos comunicábamos sobre todo de esta manera. Estaba embarazada —involuntariamente— de cuatro semanas, y decía que, en estos momentos, ver fotos de *paparazzi* de Kate Moss tropezando al salir de casa de Annabel con los ojos entornados era lo único que la ayudaba a sobrevivir cada día.

Le dije a Patrick que lo haría, aunque no sabía cómo.

—Quizá... un club de lectura no, claro, pero sí algo parecido —sugirió—. Y tampoco hace falta que encuentres un trabajo ya mismo si no...

Le interrumpí diciendo que de todos modos no había ofertas de empleo. Ya lo había mirado.

—Bueno, pues entonces más sentido aún tiene centrarse en lo de las amistades. Y a lo mejor podrías plantearte hacer otro tipo de trabajo, si quieres. O, qué sé yo, hacer un máster.

—¿En qué?

—No sé, en algo.

Mientras hacía una captura de pantalla de una foto de Kate Moss envuelta en un abrigo de pieles y soltando la ceniza de un cigarrillo en el seto de un hotel, dije:

—Estaba pensando en reinventarme como prostituta.

Patrick, adelantando a una furgoneta, me miró fugazmente de reojo.

—Bueno. Pero que sepas que, en primer lugar, esa palabra está en desuso. Y, en segundo lugar, ya sabes que la casa está en un callejón sin salida. Por ahí no pasan peatones.

Volví a enfrascarme en mi móvil.

Cerca ya de Oxford, me preguntó si quería pasar por delante de una parcela para la que estaba en lista de espera. Dije que, sintiéndolo mucho, no, teniendo en cuenta que era invierno y seguro que no era más que un cuadrado de barro negro. Me dijo que tuviera paciencia..., que para el verano seríamos completamente autosuficientes en el apartado lechugas.

Aquella noche dormimos en medio del salón en nuestro colchón de siempre rodeados de cajas que había ido abriendo una por una, cada vez más agobiada al ver que no había ninguna en la que hubiera una sola categoría de objetos. La calefacción estaba demasiado fuerte y me quedé en vela repasando el catálogo de todas las cosas terribles que había hecho y dicho a lo largo de mi vida, y de las cosas mucho peores que había pensado.

Desperté a Patrick y le puse un par de ejemplos. Que a veces deseaba que mis padres no se hubieran conocido. Que deseaba que Ingrid no se quedase embarazada con tanta facilidad y que toda la gente que conocíamos tuviera menos dinero. Me escuchó sin abrir los ojos, y luego dijo:

—Martha, no creerás en serio que tú eres la única que piensa cosas así, ¿no? Todo el mundo tiene pensamientos terribles.

—Tú no.

—Pues claro que sí.

Se dio media vuelta y empezó a adormecerse otra vez. Me levanté a encender la luz del techo, y al volver a su lado dije:

—Cuéntame el peor pensamiento que hayas tenido en toda tu vida. Me apuesto lo que sea a que no es ni siquiera remotamente espantoso.

Patrick se puso boca arriba y dobló el brazo sobre los ojos.

—Allá va. Hace tiempo, ingresaron a un hombre de noventa y pico años. Había sufrido un derrame y tenía muerte cerebral, y cuando llegó su familia les expliqué que no había ninguna posibilidad de que se recuperase y que era cuestión de ver cuánto tiempo querían mantenerle conectado al respirador. Su mujer y su hijo dieron luz verde a la desconexión, pero su hija se negó y dijo que mejor que esperasen por si se producía un milagro. Estaba disgustadísima, pero era medianoche y yo llevaba allí desde las cinco de la madrugada anterior y lo único que podía pensar era: «Venga, date prisa y firma el maldito permiso para que pueda irme a casa».

—Madre mía. Sí, muy feo, desde luego.

—Lo sé.

—¿Llegaste a decirles eso del «maldito permiso» a la cara?

—Venga, a callar ya —dijo, tanteando el suelo en busca de su móvil. Puso Radio Cuatro. Estaban dando las noticias del transporte marítimo—. Te prometo que antes de que llegue a las islas Sorlingas te habrás dormido. Anda, apaga la luz, por favor.

Apagué y me quedé tumbada mirando aquel techo desconocido y escuchando al locutor: Fisher, Dogger, Cromaty. Despejado, empeorando. Fair Isle, Faeoro, las Hébridas. Ciclónico, revuelto o muy revuelto. Ligeras mejorías intermitentes.

Di la vuelta a mi almohada y le pregunté a Patrick si creía que el pronóstico para las Hébridas era en realidad una metáfora de mi estado interior, pero ya se había dormido. Cerré los ojos y seguí escuchando hasta que llegó el «Dios salve a la reina» y el final de la retransmisión.

A la mañana siguiente, en la cocina, mientras Patrick buscaba una tetera, dije:

—¿Qué hiciste al final con el hombre aquel?

—Me quedé seis horas más hasta que la hija cambió de idea, y luego le ayudé a fallecer. Martha, ¿por qué has puesto una etiqueta de *Varios* en todas y cada una de las cajas?

Al fondo de la urbanización exclusiva había una puerta que daba acceso al camino de sirga, y por la tarde salimos a pasear por él. Al otro lado del canal estaba Port Meadow, un paraje llano y plateado que se extendía hacia una línea de árboles negra y baja tras la cual asomaba el contorno de los chapiteles. Medio ocultos entre la niebla había caballos pastando. No sabía a quién pertenecían.

Al llegar al final, el camino seguía por una calle que desembocaba en la ciudad. Patrick le enseñó una especie de carné al guarda que estaba en la caseta del Magdalen College y pasamos a la pradera. Me prometió que veríamos ciervos de cerca, pero estaban todos apiñados en un lejano rincón del parque y los únicos que campaban a sus anchas por el césped eran personas jóvenes y vitales, estudiantes que se llamaban a gritos, que echaban a correr sin ningún motivo, que existían como si jamás les hubiese sucedido ni fuese a sucederles nada malo.

Encontré un club de lectura. Las reuniones se celebraban en una casa particular. Todas las mujeres tenían doctorados y no supieron qué decir cuando les dije que yo no, como si acabase de confesar que no tenía ningún pariente vivo o que padecía una enfermedad con un estigma residual.

Encontré otro club de lectura, esta vez en una biblioteca. Todas las mujeres tenían doctorados. Dije que el mío era sobre el pánico del algodón de 1861 en Lancashire, porque mientras me dirigía hacia la reunión había escuchado un programa de radio sobre este tema. Una mujer con la que hablé después me dijo que le encantaría que le contase más cosas la semana siguiente, pero ya le había soltado todo lo que recordaba. Me marché sabiendo que no podía volver porque tendría que escuchar de nuevo el programa, y uno de los tres expertos masculinos del panel había sido un carraspeador compulsivo que no hacía más que interrumpir a la única mujer.

A veces, durante el día, me sentaba delante de la ventana del hogar exclusivo y me quedaba mirando el hogar exclusivo de enfrente, intentando imaginarme a mí misma en su interior, viviendo una versión especular de mi vida.

La mujer que vivía allí en aquel momento tenía gemelos, niño y niña, y un marido que era, según los letreritos magnéticos que pegaba a las puertas del coche por la mañana y quitaba por la noche, *Tu Quiropráctico a Domicilio*.

Un día, la mujer llamó a la puerta y se disculpó por no haberse presentado antes. Llevábamos la misma blusa, y cuando cayó en la cuenta y se echó a reír vi que llevaba brákets de adulto. Mientras hablaba, me imaginé cómo sería ser amiga suya: si pasaríamos a vernos sin avisar antes, si nos tomaríamos un vinito juntas en cualquiera de las cocinas o en los jardines, si le contaría mi vida y si estaría ella dispuesta a hablarme sin tapujos de su infancia en una familia que no se podía permitir unos brákets.

Dijo que no había visto niños en mi casa y me preguntó a qué me dedicaba. Respondí que era escritora. Dijo que casualmente ella tenía un blog, y se sonrojó al decirme su nombre. Eran sobre todo observaciones en clave de humor sobre la vida, y también recetas, y dijo que no me sintiese obligada a leerlo, ¡faltaría más!

Y lo principal: ¿Qué me parecía la casa? Dije: «Buah..., ¡alucino!», como si fuéramos un par de amigas que llevan una hora hablando y por fin llegan a lo bueno.

—Tengo la sensación de que sufro de fuga disociativa desde que cruzamos la verja.

Le dije que solo había vivido en Londres y en París y que hasta ahora no había sabido que existieran lugares como aquel.

—¿Nos quieren hacer creer que estamos en el Bath de la época de la Regencia, a pesar de las antenas parabólicas?

Las palabras me salían a mil por hora porque Patrick era la única persona con la que había hablado desde hacía varios días, pero por su manera de sonreír y asentir vehementemente con la cabeza me pareció que le estaba resultando interesante y divertida.

—Ya me ha pasado lo menos diez veces que he vuelto a casa y no he podido abrir la puerta, hasta que de repente he caído en que me había confundido de casa.

Hice un chiste sobre la deprimente naturaleza de la moqueta marrón topo y finalmente dije que, por el lado positivo, si por casualidad tenía miles de electrodomésticos con enchufes de los raros y alguna vez le daba por utilizarlos todos a la vez, tenía vía libre para extender un alargador sobre la calle de falso empedrado y conectarlos en mi casa. De repente, se le esfumó la sonrisa. Soltó una tosecita y dijo que, en fin, casi mejor para nosotros estar así, solamente de alquiler, y volvió a meterse en su casa.

No entendía por qué se esforzaba tanto por evitar el contacto visual conmigo después de aquello, hasta que le conté la conversación a Patrick y me dijo que si tenía la casa en propiedad y le encantaba, quizá le había molestado que alguien tachase de agobiante una casa idéntica a la suya.

Encontré su blog. Se llamaba *Mi callejón sin salida* y estaba encabezado por una foto de nuestra casa o de la suya. Como no íbamos a ser amigas, me decepcionó que fuera buena escritora y que sus observaciones graciosas fueran, en efecto, graciosas. Empecé a leerlo a diario. Al principio, en busca de referencias a mí, y, después porque me interesaba aquella versión especular de mi vida en la que el armarito de la aspiradora estaba a la izquierda, y tenía gemelos, niño y niña, y los niños y yo cenábamos a las cinco porque tenía un marido que volvía muy tarde, sobre las ocho, y —lo juro— todas las santas noches teníamos esta conversación:

(El hombre mira el plato de la cena que está encima del microondas con un pósit que dice: *Tu cena*).

Él: ¿Esta es mi cena?

Yo: Sí.

¿La caliento?

Sí.

(Larga pausa).

¿Cuánto tiempo?

¡¿En qué momento dejó de ser un hombre adulto con habilidades básicas?!

Recibí una carta de la biblioteca, remitida por nuestros inquilinos. Me pedían que devolviera el libro de Ian McEwan y 92,90 libras de multas varias. Como no había dinero en los *Imprevistos de Martha*, llamé y les dije que por desgracia Martha Friel era una persona oficialmente desaparecida, pero que si alguna vez la encontraban, le preguntaría por el libro.

Empecé a acompañar a Patrick a la parcela algunos fines de semana, con la condición de que no estuviese obligada a ayudar. Dije: «Martha Friel, también conocida como la mujer que murió haciendo lo que a él le encantaba hacer». Compró una silla de tijera, y una caseta donde guardarla, para que pudiera sentarme a leer o a mirarle con los pies apoyados sobre un tronco muerto que marcaba el límite entre nuestras fallidas zanahorias y las prósperas zanahorias de nuestro vecino. Una vez, mientras hacía no sé qué con una azada que todavía tenía la etiqueta del precio enganchada al asa, bajé el libro que estaba leyendo y dije que, aunque era consciente de que saldría caro si cobraban por palabra, esto era lo que quería que grabasen en mi lápida: «Estamos en la granja de Cold Comfort. La chica protagonista, a la que acaban de preguntarle qué es lo que más le gusta, responde: "En general, me parecía que me gustaba tenerlo todo muy ordenado y tranquilo a mi alrededor, y no verme obligada a hacer cosas, y reírme del tipo de chistes que a otras personas no les hacía ninguna gracia, y salir a dar paseos por el campo sin que nadie me pidiera que expresase mis opiniones acerca de cosas, como el amor o las rarezas de fulano o mengano"».

—Martha, si hay algo que te gusta es expresar tus opiniones sobre lo rara que es la gente. Y jamás necesitas que nadie te lo pida.

En diciembre, me salió un empleo de media jornada en la tienda de regalos de la Biblioteca Bodleiana. Vendía tazas, llaveros y bolsas con el logo a los turistas, y lo bueno era que podía pasarme ocho horas sentada en un taburete sin decir prácticamente ni mu.

Un día, entró una mujer que llevaba una sudadera comprada en una tienda de recuerdos, y vi que se metía un paquete de lapiceros de regalo en la manga. Cuando se acercó al mostrador a pagar otra cosa, le pregunté si quería que también le envolviera los lapiceros con papel de regalo, cortesía de la casa. Se puso roja y dijo que no sabía de qué le estaba hablando, y que ya no quería lo que había dejado sobre el mostrador. Cuando se estaba dando la vuelta para irse, dije:

—Solo quedan cinco días para robar en las tiendas antes de Navidad.

Y me quedé sentada en mi taburete.

Se lo conté a Patrick, que dijo que quizá la venta al público no era lo mío. Después de Navidad me sustituyeron por una mujer mayor que no se resistía a estar de pie.

Poco tiempo después, recibí un correo de un desconocido. Decía que nos habíamos cruzado en Mundo de Interiores. «Eras muy graciosa. Acababas de casarte o estabas a punto de hacerlo, si no recuerdo mal. Yo estaba de prácticas». Ahora, dijo, era el editor de la revista de los supermercados Waitrose, y se le había ocurrido una idea.

Empecé a ir a una psicóloga porque resultó que Londres no era el problema. Estar triste, al igual que escribir columnas gastronómicas de humor, es algo que puedo hacer en cualquier sitio. La encontré en una web de anuncios de terapeutas. En la primera página había un botón que decía *¿Qué es lo que te preocupa?*, con letras blancas sobre un fondo azul cielo. Al clicar salía un menú desplegable. Seleccioné *Otros*.

Se anunciaba por su nombre, Julie Female. La elegí porque estaba a menos de diez kilómetros del centro de la ciudad y porque la foto de su cara me pareció convincente. Llevaba un sombrero. Saqué una foto de la pantalla con el móvil y se la envié a Ingrid, que respondió: «Foto con sombrero: alarma total».

Julie Female y yo trabajamos juntas durante meses. Decía que estábamos haciendo un buen trabajo. Desde el principio tuvo cuidado de no revelar detalles de su vida, como si temiera que un buen día me diese por coger el coche y quedarme aparcada durante horas delante de su casa si me enteraba de que era aficionada a la natación y tenía un hijo adulto en el ejército, por ejemplo.

Y de repente un día, en medio de una sesión, dijo: «... mi exmarido no-sé-qué-no-sé-cuántos». Le miré la mano izquierda. A esas alturas ya me conocía todas las joyas de Julie, todas sus tazas y sus faldas y todo su repertorio de botas de punta. El anillo engarzado había desaparecido del dedo anular, que se había quedado llamativamente más fino por debajo del nudillo que los demás dedos.

El matrimonio de Julie Female se había roto mientras ella y yo nos dedicábamos a hacer un buen trabajo en el cuartito de los invitados reconvertido en sala de terapia. Al final, le dije que acababa de recordar que no iba a poder ir la semana siguiente.

Al llegar a casa, Patrick estaba en la cocina limpiándose algo del codo con la esponja de los cacharros. Le dije lo que había pasado.

—No puedes dejar de ir así por las buenas —dijo, y sugirió que la llamase—. A lo mejor cambias de idea y quieres volver a ir.

—Eso no va a pasar. Es como tener un entrenador personal gordo —reflexioné, y Patrick frunció el ceño—. Lo siento, pero es así. No lo digo con maldad. Es solo que... está claro que no entiendes lo que intento conseguir.

Patrick soltó la esponja, sacó una cerveza de la nevera y la abrió.
—¿Estarías dispuesta a escribir una carta?
—No creo.
Ojalá Julie Female me hubiese dicho que ingresara 95 libras en una cuenta de ahorros dos veces por semana y me fuese a pasear.

Ingrid nunca ha tenido una depresión posparto, pero, inexplicablemente, después de nacer su segundo hijo empezó a ponerse bótox. Miles de libras de bótox en su impecable cara de treinta y dos años.

Hamish, después de una sesión que le dejó inmovilizado el tercio central de la frente, le preguntó por qué lo hacía. Ingrid respondió que, uno, porque estaba harta de parecer alguien recién exhumado, y dos, porque si se le paralizaban los músculos faciales no podría expresar la profunda ira que le provocaba la mera visión del inútil de su marido.

En ese caso, dijo él, quizá convendría que hicieran una terapia matrimonial. Ingrid dijo que como mucho consideraría ir a alguna de un solo día, pero que se negaba a ir a sesiones semanales. No necesitaba que un terapeuta excavase sus problemas mientras el contador de la canguro iba añadiendo incrementos de cinco libras, porque ya sabía que el problema era que tenían dos críos menores de dos años.

Lo único que pudo encontrar Hamish de una sola sesión de un día fue un taller de grupo. En el módulo de resolución de conflictos, el facilitador compartió que, a veces, en medio de una discusión, él o su pareja decían algo del tipo: «Oye, ¿qué tal si hacemos una pausa? ¡Vamos a por unas hamburguesas!». Dijo que funcionaba en casi todos los casos, sobre todo si uno expresaba lo que sentía sin culpar al otro, y preguntó si alguien tenía alguna duda.

Ingrid levantó la mano y, sin esperar, formuló su pregunta: si, pongamos por caso, había un marido que no paraba de dejar embarazada a su mujer —y siempre de varones— y la ayudaba a criarlos lo mismo que un hombre que tuviese una segunda familia secreta, y si el momento de suprema desconexión que había vivido la mujer en los últimos catorce meses había sido mientras le hacían una resonancia magnética, pero al marido lo que más le preocupaba era la cantidad de bótox que se estaba poniendo la mujer y no que estuviera tan triste y agotada que fantasease a todas horas con que la mandasen hacerse otra resonancia, y si encima se pasaban la vida discutiendo, ¿funcionaría eso de la hamburguesa?

Después de aquello, Hamish recurrió a audiolibros de autoayuda.

Ingrid le abandonó cuando su segundo hijo tenía seis meses. Se presentó un viernes por la noche con el bebé, que venía berreando en el fular portabebés, en la puerta del hogar exclusivo. Patrick y yo ya nos habíamos ido a la cama. Nada más entrar, soltó la bolsa de mala manera y dijo que ya no podía más.

Nos sentamos en el sofá y le sostuve la copa de vino que me había pedido que me sirviera para poder bebérsela casi toda ella sin dejar de pensar que, técnicamente, no bebía alcohol a la vez que daba el pecho. Me dijo que había dejado de ver a Hamish como una persona. Ahora solo le veía como una solución al problema del planchado, y como un pelmazo sexual porque todavía quería tener sexo con ella. En cambio, a ella le encantaría no volver a tener relaciones sexuales en la vida, y, si no hubiera más remedio, no sería con él. La escuché, y al cabo de un rato, mientras seguía hablando, Patrick vino desde el dormitorio y dijo: «No estoy aquí», y se marchó al trabajo. Le dije a Ingrid que si quería podía dormir en nuestra cama con el bebé.

Echó un vistazo a la hora en el móvil.

—No, tranquila. Tengo que irme.

—Irte ¿adónde?

—A casa.

Suspiró, mientras se disponía a levantarse.

—Pero si acabas de irte.

Apuró de un trago el resto del vino y dijo:

—Venga, Martha. ¿De verdad piensas que voy a dejar a Hamish? —Señaló el portabebés—. ¡Como si pudiera hacer todo esto yo sola!

—Pero si decías que ya no le ves como una persona.

—Ya lo sé, pero eso no es razón para fastidiar el fin de semana.

Sabía que estaba bromeando, pero no me reí.

En realidad, dijo, era un simple cuestión de aguantar los próximos cuarenta años.

Le dije que hiciera el favor de hablar en serio.

—¿Vas a dejar a Hamish o no?

Ingrid dejó de sonreír y dijo:

—No. No voy a dejarle. Una no va y deja a su marido así sin más, Martha. A no ser que haya una razón como Dios manda o que seas nuestra madre y te importe un carajo todo el mundo menos tú.

—Pero ¿y si no eres feliz?

—No importa que no seas feliz. No es una razón válida. ¿Y qué, si estás aburrida y todo se te hace cuesta arriba y ya no sientes que le quieres? Hiciste un trato.

Se levantó y se puso a ajustar el portabebés. La seguí hasta la puerta y esperó a que se la abriera.

—Sé que esto que te voy a decir no significará nada para ti porque no vas a tener hijos, pero lo mejor que puede hacer una madre por sus hijos es querer al padre.

No me sonaba a nada que se le hubiese podido ocurrir a mi hermana, así que le pregunté quién lo había dicho.

—Yo.

—Ya, pero ¿a ti quién te lo ha dicho?

—Winsome.

—¿Cuándo has hablado con Winsome?

Nos miramos, las dos con cara de incredulidad, pero por distintos motivos. En general, yo hablaba con mi tía una vez en abril, cuando me llamaba por el asunto de los preparativos para Navidad, y no volvía a saber de ella hasta dos semanas antes de Navidad, cuando llamaba para repetírmelos.

Ingrid dijo:

—¿Qué pasa? —Y añadió entornando los ojos—: Hablo con ella unas cincuenta veces al día. Eso, cuando no está ya en mi casa doblando ropa, lavando y haciendo pastel de carne y puré de patatas y el resto de las cosas que debería estar haciendo mi madre, pero que no hace porque está demasiado ocupada construyendo chorradas con tenedores.

Sonaba agotada. La miré mientras apretaba la base de la mano contra un ojo y se lo restregaba.

—¡Pero si no la puedes ni ver! Pariste en su suelo para vengarte de que te hubiese ofrecido una silla con un cojín. ¡Nunca la has soportado!

—No la soportaba porque era lo que se nos exigía. Pero no salía de mí, y, aunque lo hubiera hecho, sería difícil que me siguiera cayendo mal la única persona que me ha ayudado siempre sin que yo se lo pidiera.

—¿Y de veras te sirve de ayuda, tenerla en casa a todas horas?

—¿Cómo? Pues claro.

No me imaginaba a Winsome en casa de mi hermana. Pensar que estaba allí, que habían trabado una relación estrecha y autónoma y que Ingrid se apoyaba en ella y no en mí, me hizo sentirme periférica, y también celosa de que vivieran tan cerca la una de la otra ahora que yo estaba en Oxford.

—No pongas esa cara, Martha. Tú me alegras la vida, pero sabes que ayudarme, lo que se dice ayudarme, no puedes.

Por unos instantes desapareció en las profundidades de algún recuerdo íntimo, y al volver dijo:

—No sabía cómo iba a ser todo esto. Me tengo que ir ya.

Le sostuve la puerta y salió. Me abrazó y a continuación, después de hacer una pausa, dijo:

—Esa es otra razón por la que nunca dejaría a mi marido, Martha. Porque antes tendría que convencerme a mí misma de que solo es una cosa entre él y yo, y de que no le debo nada a la gente que nos rodea. —Me miró de una manera que me hizo sentirme incómoda—. Y no sería capaz.

Me quedé mirándola mientras se iba al coche y colocaba al bebé en la sillita, tan solo ellos dos dentro del pequeño cono de luz. Un minuto después arrancó, y más tarde se reconcilió con Hamish después de su separación de tres horas y media.

Poco tiempo después, se fueron de Londres porque Ingrid decía que estaba harta de ver areneros llenos de mierda de gato y envoltorios de condones por todas partes. Se mudaron a un pueblecito que sostiene colectivamente la ficción de que la ciudad de Swindon no está a tiro de piedra.

Me llamó mientras veía cómo salían sus muebles de la furgoneta, y me dijo que ya odiaba casi todo lo relacionado con el pueblo, en particular la gente y todo lo que representaban, pero que había decidido soportarlo porque así solo estábamos a cuarenta minutos de distancia entre nosotras.

Al día siguiente cogí el coche y me fui a verla. Me senté en la isla de la cocina, que según Ingrid había sido descrita por el agente inmobiliario como «de morirse» y no como un futuro vertedero para los trastos y monederos de todo quisque. Estuve coloreando con su hijo mientras ella guardaba la compra al tiempo que daba de mamar al bebé, a pesar de lo grande que era ya.

Dio una patada a un paquete de rollos de papel higiénico en dirección a la puerta del cuarto de la colada, y dijo que si tuviera que describir en qué fase de la vida se encontraba, diría que en la fase de gastar doscientas libras a la semana en productos de papel: rollos de cocina, rollos para el váter, compresas, pañales, en cantidades tan grandes que el carrito de la compra siempre se llenaba antes de que pudiese meter nada más. Dejé de dibujar y la miré mientras recogía una pesada botella de leche del suelo, abría la nevera con el hombro y la colocaba en la puerta sin molestar al bebé.

—Si hubiera en Sainsbury's un único pasillo con todos los ingredientes para hacer la cena y todas las cosas absorbentes, no tardaría ni dos minutos en hacer la compra.

Su hijo estaba intentando ponerme una cera en la mano para que siguiéramos con nuestra faena. Ingrid siguió hablando. Cogí la cera y clavé la vista en la página para que no me viera la cara.

—Estoy legítimamente celosa, tú solo tienes que hacer compra para dos. ¡Ay, Dios! ¡Seguro que hasta la haces con la cestita! ¡Seguro que ni sabías que venden papel higiénico en paquetes de cuarenta y ocho rollos!

Más tarde, en la puerta, me preguntó si la veía capaz de hacerlo…, la casa, el pueblecito…

—A ti te gusta, ¿no?

Su hijo, aupado en su cadera, no paraba de plantarle un cochecito de plástico delante de la cara para obligarla a mirarlo. Ingrid le apartaba la mano.

—O sea, a ti te ha funcionado. Fue una buena decisión, porque has estado bien, y se ve que estás bien con Patrick.

Las frases tenían un ligero tono de pregunta. Necesitaba que le dijera que sí.

Al siguiente intento de su hijo, Ingrid le quitó el cochecito. El niño rompió a llorar y trató, con su manita, de darle un cachete. Ingrid le agarró de la muñeca y el niño empezó a retorcerse y a dar patadas, tirándole del pelo con la mano que tenía libre. Sin dejarse intimidar, Ingrid continuó:

—Bueno, entonces quedamos en que Oxford es mejor que Londres, ¿no? Diferente pero para mejor, y básicamente te gusta, ¿verdad?

Dije que sí.

—Vas a estar bien, Ingrid. Ha sido una buena idea.

—¿Y tú estás bien?

Dije que perfectamente.

—Así que nada de temas de suelo del cuarto de baño…

Era otra pregunta. O una orden, o una advertencia, o la esperanza de mi hermana.

Dije que, en efecto, nada de temas de suelo de cuarto de baño, para poder irme y que Ingrid llevase a su hijo, que seguía revolviéndose, a la silla de pensar.

¿Diferente para mejor? ¿Básicamente? Durante el trayecto de vuelta, pensé en nuestra vida en Oxford, con sus paseos y sus fines de semana, sus cenas y sus charlas de escritores, sus minivacaciones y sus exposiciones de arte, el trabajo tan importante de Patrick y el mío, tan insignificante. No me gustaba ni más ni menos que nuestra vida en Londres. Habían pasado casi dos años. En el único sentido que tenía importancia, Oxford no era ni diferente ni mejor. Seguía habiendo temas de suelo de cuarto de baño…, así se refería Ingrid a las veces en las que estaba tan asustada o tan triste, incluso tan consumida por la depresión, que no podía moverme del rincón en el que me hubiese apalancado, hasta que Patrick venía, me tendía la mano y tiraba de mí. Y después, al cabo de un día, de una semana o del tiempo que fuera, ya era capaz de pasar al cuarto de baño sin reparar siquiera en el rincón en el que había estado temblando, llorando, mordiéndome el labio, suplicando, salvo para pensar que no le vendría mal una pasada de fregona a todo el suelo.

Debajo de la radio había una receta asomando por un compartimento. La había dejado allí para verla y acordarme de pasar por la farmacia a la vuelta. En un semáforo, la cogí. Por la razón que fuera, la compañía farmacéutica había optado por presentar su antidepresivo más potente en formato masticable. Tenía un sabor a piña que tardaba en irse, y nada más entrar en contacto con la lengua de un adulto sufriente se desintegraba para depositarse después en los huecos interdentales en forma de gránulos arenosos, ulcerando las encías antes de reconstituirse en un coágulo que te quemaba al tragar. Llevaba siglos tomándolo. Lo tomaba antes de casarme con Patrick. Lo tomaba cuando empecé a arrojar cosas y cuando fui al hospital. Lo estaba tomando ahora. No me sentía ni diferente ni mejor.

Esa misma noche le dije a Patrick que iba a dejar de tomarlo porque no me hacía efecto.

—No le veo el sentido. Estoy exactamente igual.

Le estaba viendo hacer la cena.

—¿Quieres que te pida cita con un médico para que te expliquen cómo ir dejándolo poco a poco?

—No. Se deja dejando de tomarlo, y ya está.

Patrick detuvo el cuchillo en mitad de una cebolla y lo dejó al lado de la tabla de cortar.

Dije que no pasaba nada.

—Lo he hecho miles de veces. Y, además, no quiero ver a más médicos. Solo quiero que me dejen en paz. Estoy cansada, Patrick. Tenía diecisiete años. —Me apreté los ojos para no llorar—. Tengo treinta y cuatro.

Dijo que lo entendía, que era mucho tiempo, y se acercó y dejó que me acurrucase entre sus brazos durante un buen rato. Hundiendo la cara en su hombro, dije:

—Ni siquiera quiero seguir tomando la píldora. No puedo tragarme ni una pastilla más.

No sé por qué, añadí «por favor».

Patrick me puso la mano en la nuca. Dijo que por supuesto, que perfecto. Que prefería que dejase los antidepresivos bajo supervisión médica, pero que, si pensaba que no me ayudaban, entendía que quisiera dejarlo todo ya.

—Quién sabe. A lo mejor es que tú eres así y no hay más vueltas que darle.

Le pregunté a Ingrid qué me aconsejaba en lugar de la píldora. Dijo que el chisme aquel, el implante. Si me tocaba la parte interior del brazo, lo notaba debajo de la piel.

* * *

El año siguiente no se diferenció en nada de los anteriores. Un día, hacia el final, Ingrid llamó y dijo:

—En serio, ¿por qué siempre me hago los tests de embarazo en los servicios del Starbucks?

Y para colmo esta vez era un Starbucks de Swindon.

—¿Estás embarazada?

—Pues claro.

—¿No llevabas el dichoso implante?

—Al final no me lo puse. —Se echó a llorar y sonó como si hubiera interferencias, y de repente le oí decir—: Joder, Martha, tres críos menores de cinco.

La familia de Hamish tiene una casa en Gales. En cuanto tuvo los tres menores de cinco, Ingrid empezó a arrastrarme allí con ella cada vez que Hamish tenía un viaje de trabajo, a pesar de que a las dos nos deprimía. No había nada que hacer en la casa. La ciudad más cercana tiene un supermercado Morrisons, un centro de ocio y una escombrera de residuos mineros.

El bebé tenía un mes la primera vez que fuimos. Como los tres iban dormidos en el asiento de atrás cuando estábamos entrando en la ciudad, parar era impensable. Ingrid dijo que estaríamos circunnavegando la escombrera hasta el final de aquellas deliciosas minivacaciones, y le respondí que era el mejor correlato objetivo que había oído nunca.

Me miró de reojo mientras seguía conduciendo con cara de enfado.

—Te pido por favor que no digas cosas que sabes que no entiendo, porque en estos momentos mi cerebro es un amasijo sólido de toallitas húmedas.

—Un correlato objetivo es una técnica que consiste en juntar cosas en un poema para provocar en el lector la emoción que quieres que sienta sin tener que nombrarla expresamente. Por ejemplo, escribes «escombrera de residuos mineros» y te ahorra el trabajo de escribir «desesperación existencial mórbida».

—No te pedía que me lo explicases, pero vale. —Se sacó la cola de caballo con una mano—. ¿Y eso lo sabe papá? Porque a ver si va a ser ahí donde está el dinero. —Uno de los niños hizo un ruido y mi hermana bajó la voz—. Si consigues meter las palabras «escombrera de residuos mineros» en la revista de Waitrose, te doy mil libras.

—¿Tienen que estar todas juntas?

—Si lo están, te doy las mil libras y un niño de regalo. Pero el bebé no, que como no habla todavía no puede pedirme cosas.

El mayor se despertó mientras volvíamos a pasar por delante del centro de ocio, y se echó a llorar, cada vez más fuerte, porque quería ir a nadar. Ingrid se echó a llorar porque estaba demasiado cansada para decir no por segunda vez. Mientras entraba en el aparcamiento, dijo:

—Y aquí es donde fue inventado el estafilococo áureo resistente a la meticilina.

Me puse a respirar por la boca nada más entrar.

En los vestuarios, acuclilladas en medio del suelo empantanado, había tres niñas intentando ponerse los uniformes del colegio. No conseguían subirse los leotardos y se turnaban para decir que les iba a caer una buena como no se dieran prisa. Las observé mientras le sujetaba las cosas a Ingrid y vi que la más pequeña se daba por vencida y se llevaba las manos a la cabeza.

Quise ir a ayudarla, pero Ingrid dijo que entablar una conversación con un niño en el contexto de un vestuario de piscina era como pedir a gritos que te incluyeran en la lista oficial de agresores sexuales.

—Además, ¿te importaría echarme una mano? Coge esto.

Me pasó una especie de pañal especial para que se lo pusiera al bebé.

Un instante después apareció una profesora y se plantó en la puerta con los brazos en jarras. Iba vestida de manera incongruente, con un vestido cruzado muy ceñido y zapatos de tacón protegidos del agua de la piscina por unas bolsas de supermercado que se había anudado a los tobillos. Al oírla gritar, Ingrid y yo interrumpimos a la vez lo que estábamos haciendo. Las niñas se quedaron quietas como estatuas hasta que se marchó, y después redoblaron frenéticamente sus esfuerzos por vestirse, repitiendo: «Nos van a dejar aquí, nos van a dejar aquí». La más pequeña rompió a llorar.

Dejé al bebé en el carrito. Ingrid dijo: «En serio, no vayas» mientras me acercaba a la niña y me agachaba a preguntarle si quería que la ayudase a atarse los cordones. Levantó la cabeza y asintió lentamente. Los cordones estaban mojados y ennegrecidos. Le dije que era complicado, eso de vestirse a la carrera, y dijo que sobre todo porque la piscina le dejaba las piernas pegajosas. Tenía unos tobillos increíblemente delgados; parecía demasiado frágil para ser de este mundo. Una vez que hube terminado, se levantó de un salto y salió corriendo detrás de sus amigas.

Volví con Ingrid, que estaba amontonando cosas debajo del cochecito.

—Me temo que ya no podrás venir a los parques infantiles conmigo, ahora que constas en la lista —dijo, pero estaba sonriendo. Quitó el freno de una patada—. Madre mía, qué monas eran.

El sol se estaba poniendo al otro lado de la escombrera mientras volvíamos a pasar por delante de vuelta a casa. Ingrid, mirando por la ventanilla, dijo:

—Chicos, le pase lo que le pase a nuestra familia, jamás permitiré que vuestro padre nos traslade a Merthyr Tydfil.

Más tarde, con los niños acostados, mi hermana y yo nos sentamos en el sofá a tomarnos un *gin-tonic* de lata mientras contemplábamos el fuego, que llevaba apagándose desde el mismo instante en que lo encendimos.

—Cuando tienes un hijo, ¿te conviertes automáticamente en alguien capaz de soportar que una mujer con bolsas en los pies le chille a una niña que no es hija suya? ¿De repente vas y te conviertes en una persona lo bastante fuerte para estar en un mundo en el que suceden estas cosas?

Ingrid terminó de tragar y dijo que no.

—Si acaso, lo llevas peor, porque en cuanto te conviertes en madre te das cuenta de que hace medio segundo cada niño era un bebé, y ¿cómo puede alguien chillarle a un bebé? Pero, por otro lado, a tus hijos sí que les chillas, y si eres capaz de eso, será que eres una persona horrible. Antes de tener hijos podías pensar que eras buena persona, así que en tu fuero interno estás resentida con ellos porque te hacen comprender que en realidad eres un monstruo.

—Yo ya sé que soy un monstruo.

Quería que me dijese que no lo era. Encendió la tele.

—Pues mira, eso que llevas ganado.

Era una película que las dos habíamos visto ya. En esos momentos, la actriz intentaba embutir todas las bolsas de sus compras en el maletero de un taxi amarillo. En la vida real, acababa de tirarse de un tejado. Durante los anuncios, Ingrid dijo lo que dice todo el mundo: que era incapaz de comprender cómo alguien podía sentirse tan mal como para hacer algo así. Yo estaba raspándome algo que se me había pegado a los vaqueros sin hacerle mucho caso, y dije sin pensar que yo, evidentemente, sí era capaz.

—Ya, pero no hasta ese punto de querer morirte de verdad.

Me reí, y acto seguido la miré para ver por qué había apagado la tele de repente. Estaba mirándome.

—¿Qué?

—Que una persona esté deprimida no significa que quiera morirse de verdad. ¿Cuándo te has sentido tú así?

Le pregunté si me estaba hablando en serio.

—Todas las veces me siento así.

—¡Martha! ¡No es verdad!

Dije que vale.

—¿Cómo que vale? ¿Vale, qué? ¿Que no te sientes así?

—No..., vale, que no me creas si no quieres.

Tiró al suelo todos los cojines que había entre nosotras y me hizo apartar las piernas para arrimarse a mí. Dijo que, si era cierto, teníamos que hablar de ello. Dije que no era necesario.

—Pero es que quiero entender cómo lo vives. Lo de sentirte así, quiero decir.

Lo intenté. Por primera vez, le hablé de la noche del balcón en Goldhawk Road. De cómo me sentía mientras estaba allí, clavando la mirada en la oscuridad del jardín. La vi tan afectada que me callé. Tenía los ojos abiertos de par en par y vidriosos.

Le dije que no era algo que se le pudiese explicar a alguien que no ha pasado por ello.

Lloró; fue un único sollozo, lleno de dolor, y a continuación se disculpó y trató de sonreír.

—Supongo que es lo más en experiencias personales e intransferibles.

Estuvimos un rato así, con mi hermana cogiéndome la muñeca, hasta que le dije que tenía que irse a la cama.

Oí que se levantaba en mitad de la noche y fui a su cuarto. Estaba sentada en la cama dando de mamar al bebé, una imagen beatífica a la media luz de la lámpara que había oscurecido con una toalla todavía húmeda del suelo del centro de ocio.

—Ven, ayúdame a mantenerme despierta. —Me metí en la cama, a su lado—. Cuéntame algo gracioso.

Le hablé de aquella época, cuando éramos adolescentes, en que la casa —sin motivo alguno y como obedeciendo a una fuerza ajena a nosotros cuatro— empezó a llenarse de arte tribal africano, máscaras y sombreros de plumas en tales cantidades que la planta baja de Goldhawk Road parecía la tienda de regalos del aeropuerto internacional de Nairobi. Le dije que la única pieza que recordaba con exactitud era una figura de la fertilidad en bronce que estuvo un tiempo en el vestíbulo, nada más entrar por la puerta de la calle, y solo porque tenía un falo tan pronunciado que, como dijo en su momento Ingrid, cuando alguien lo giraba sin querer y se quedaba formando un ángulo de noventa grados, servía de barrera.

Ingrid también lo recordaba:

—Empecé a colgar ahí la bolsa de deportes.

Ninguna de las dos sabía cuándo ni cómo desapareció todo. Simplemente, un buen día ya no había nada. El bebé empezó a hipar. Mi hermana se rio.

—¿Qué es lo que más te gusta de todo esto? —pregunté.

Sin apartar los ojos de su hijo, Ingrid dijo:

—Esto. Todo ello. A ver, es una mierda, pero todo. En especial —bostezó— el tiempo que pasa desde que te enteras de que estás embarazada hasta que se lo cuentas a alguien, marido incluido. Tanto si es una semana como si es un minuto, como en mi caso. De eso no habla nadie.

Pasó a describir una sensación de intimidad tan singular y desbordante que le costaba horrores renunciar a ella, a pesar de que se moría de ganas de dar la noticia.

—Tienes una sensación íntima muy fuerte de superioridad, porque nadie sabe que llevas oro en tu interior. Durante equis tiempo, te puedes permitir el lujo de pasearte por ahí sabiendo que eres mejor que el resto del mundo. —Volvió a bostezar y me pasó al bebé mientras se ponía otra vez el top—. ¿Sabías que por eso sonríe así la Mona Lisa? O sea, tan satisfecha. Porque acababa de hacerse el test o lo que fuera en el váter del estudio y le habían salido las dos rayitas justo antes de sentarse a posar, y mientras Leonardo se pasa diez horas al día estudiándola, ella está ahí pensando: «Si ni siquiera sabe que estoy embarazada».

Le pregunté cómo habían llegado a esa conclusión, pero dijo que no se acordaba, que era no sé qué de una sombra que aparecía pintada en el cuello, algo relacionado con una glándula que solo asoma cuando estás embarazada, y que lo mirase luego en Google.

Ingrid, cruzada de piernas, desplegó un pañuelo de muselina y volvió a coger al bebé, lo tumbó encima y lo envolvió bien envuelto. En lugar de cogerlo, se quedó mirándolo y alisó un pliegue de la tela antes de decir:

—A veces pienso que ojalá quisieras tener hijos. No sé, habría sido divertido tener hijos las dos a la vez.

Dije que igual me habría apetecido si no fuera porque odiaba los centros de ocio y, por lo que veía, venían con el paquete.

Cogió al bebé y me lo tendió.

—¿Puedes meterlo otra vez en la cosa esa?

Me levanté y me lo llevé, apoyándolo en mi hombro. Tenía la sensación de que Ingrid me observaba mientras lo dejaba en el colchoncito y retiraba delicadamente las manos.

—Oye, Martha... Espero que no sea porque pienses realmente que eres un monstruo.

Lo tapé con una manta, la remetí por los lados y le pedí a mi hermana que no hablase más del tema.

Por la mañana me levanté y les preparé el desayuno a los otros dos niños para que Ingrid pudiera seguir durmiendo. El mayor me pidió que le hiciera huevos duros. El mediano dijo que no quería huevos duros y se echó a llorar. Quería una tortita.

Le dije que podían comer cosas distintas.

—No podemos.

Le pregunté por qué no.

—Porque esto no es un restaurante.

Mientras esperaba su tortita, contó un sueño que había tenido cuando era mucho más pequeño. Era sobre un hombre malo que intentaba bebérselo, pero ya no le daba miedo. Solo a veces, cuando se acordaba.

Cerca de las escaleras de la basílica de San Marcos, vomité en un cenicero. Patrick y yo estábamos en Venecia con motivo de nuestro quinto aniversario de bodas. Durante las dos semanas anteriores, no había parado de preguntarme si quería que cancelásemos los planes, porque era evidente que no me encontraba bien.

—No, tranquilo. Para variar, esta vez es de cuerpo, no de cabeza, así que no pasa nada.

En realidad, me moría por cancelarlos. Pero Patrick había comprado una Lonely Planet y la había estado leyendo cada noche en la cama, y, a pesar de lo mal que me encontraba y del miedo que tenía, no soportaba la idea de decepcionar a alguien cuyos deseos eran tan modestos que podían rodearse con un círculo trazado a lápiz.

Patrick encontró un sitio donde sentarnos. Dijo que en cuanto volviéramos a Oxford tenía que ir otra vez al médico por si no era solamente un virus. Dije que sí que lo era y que, en vista de que hasta entonces no había vomitado, era obvio que se trataba de una reacción psicosomática a la pinta de turistas que teníamos por culpa de su mochila.

Estaba embarazada. Hacía dos semanas que lo sabía y no se lo había dicho. El médico que lo había confirmado había respondido «ni idea» a la pregunta de cómo había podido suceder si todavía llevaba el implante en el brazo.

—No hay nada infalible. En fin; según mis cuentas, cinco semanas.

Patrick se levantó.

—Vamos al hotel y te acuestas mientras cambio el vuelo de vuelta.

Le dejé que me levantase.

—Pero querías ver el puente ese. El Ponte de no sé qué.

—No importa. Ya volveremos.

De todas formas, el camino de vuelta al hotel pasaba por el puente. Patrick sacó la guía y leyó una página que tenía la esquina doblada: «¿A qué debe su nombre el Puente de los Suspiros?». Me dijo que qué casualidad que le hiciera esa pregunta y siguió leyendo: «En el siglo diecisiete…».

Mientras le oía leer, una creciente sensación de tristeza me iba atenazando. Y no porque «según la tradición los criminales, mientras los llevaban a la prisión de la otra orilla, suspiraban al ver por última vez Venecia a través de las ventanas del puente, de estilo típicamente barroco etcétera, etcétera», sino por cómo fruncía el ceño y alzaba la vista intermitentemente para comprobar que le estaba escuchando mientras leía, y por cómo, al acabar, dijo: «Uf, qué mal rollo». Al día siguiente cogimos el avión de vuelta.

Se lo dije en la parcela. Cada día transcurrido desde que me había enterado —antes de Venecia, en Venecia y la semana de después— me había propuesto contárselo, pero siempre había encontrado una razón u otra para retrasarlo: estaba cansado, tenía el teléfono en la mano, llevaba un suéter que no me gustaba, se le veía tan a gusto con lo que estaba haciendo… Aquel día, un domingo, me levanté y leí la nota que me había dejado. Me vestí y salí a buscarle.

Estaba sentado sobre el tronco caído y tenía algo en la mano. Cuando estuve lo bastante cerca para ver qué era, pensé que no iba a ser capaz de decírselo. No podía destrozarle la vida, revelar mi engaño y partirle la vida en dos mientras sostenía un termo.

En realidad, solo había una razón: que una vez que se lo

dijera, se transformaría en algo real y tendría que buscar una solución. No quedaba tiempo. Se lo solté sin más.

Pensaba que había previsto todas las posibles reacciones de Patrick, pero jamás me habría imaginado que mi marido pudiese preguntarme de cuánto estaba. Era un frase demasiado concreta para una experiencia que no habíamos tenido, o una frase que no teníamos permiso para utilizar en la versión que habíamos elaborado.

—De ocho semanas.

—Así que tampoco es que corra una prisa tremenda.

—No. Pero tampoco quiero esperar si no hay motivo.

Dijo que vale.

—Tiene sentido lo que dices.

Vacié el té que quedaba y le devolví la taza.

—Me voy. Te veo en casa.

—Martha.

—¿Qué?

—¿Te importaría darme unos días?

Le dije que todavía no había pedido cita. Hasta entonces, tenía tiempo para asimilarlo.

Patrick no lo mencionó al volver ni tampoco los días siguientes, pero se movía de otra forma por casa. Volvía temprano del trabajo. No me dejaba hacer nada. Siempre estaba allí por la mañana, pero cada vez que me despertaba en mitad de la noche estaba en otra parte. Sabía que no pensaba en otra cosa.

El siguiente domingo entró al cuarto de baño mientras yo estaba en la bañera y se sentó en el borde.

—Bueno, siento haber tardado tanto. Es que he estado pensando que…, en fin, ¿estás segura de que no quieres tenerlo?

Dije que estaba segura.

—¿No te parece que, si lo tuviéramos…? Porque yo creo sinceramente que serías…

—Por favor, Patrick, déjalo.

—Vale. Es solo que no quiero que sea algo de lo que nos digamos algún día que ojalá nos lo hubiéramos pensado.

Di una patada al agua.

—¡Patrick!

—De acuerdo. Perdona. —Se levantó y echó una toalla sobre el suelo mojado—. Voy a hacerte el volante.

Tenía la camisa y las perneras empapadas.

Mientras salía, dije: «No debería haber ocurrido». Y añadí que nunca había sido un «algo». Pero no se volvió; simplemente dijo: «Vale, bien».

Me sumergí en el agua en cuanto cerró la puerta.

De todas formas, al final tuve un aborto espontáneo.

Empezó la mañana misma de la cita, mientras empujaba la bici por un tramo empinado del camino de sirga. Sabía lo que me estaba pasando y no me detuve. Una vez en casa, llamé a Patrick al trabajo y esperé en el cuarto de baño a que pasase todo. Había hecho tanto frío fuera que cuando llegó Patrick me encontró con el abrigo todavía puesto.

Me llevó al hospital, y horas más tarde, durante el trayecto de vuelta, se disculpó por no ser capaz de dar con las palabras adecuadas. Dije que no importaba, que además no tenía ganas de hablar del tema en ese momento.

No le conté a nadie lo sucedido, y, después, solo lloraba si no estaba Patrick en casa… En cuanto salía, el esfuerzo de contenerme y el recuerdo de lo que había estado a punto de hacer me hacía estallar a borbotones. Durante varios minutos, me paseaba por la casa llorando de agradecimiento porque hubiese sido ella la que había tenido la iniciativa de soltarse.

Mucho tiempo después —demasiado—, cuando Patrick y yo hablamos de lo que había pasado, dije «ella» y me preguntó cómo sabía que era una niña.

Dije que simplemente lo sabía.

—¿Cómo la habrías llamado?

Flora, pensé, pero dije:

—No sé.

En los matrimonios suceden cosas tan graves que no puedes disculparte por ellas. En cambio, mientras ves la tele en el sofá y te comes la cena que te ha preparado mientras te duchabas a la vuelta del hospital, dices: «¿Patrick?»

—¿Sí?

—Muy rica, la salsa.

Dijimos: «Vamos a los Cotswolds, damos un paseo o vamos a un *pub* o lo que sea, el caso es salir de Oxford».

Dijimos: «Nos sentará bien».

Dijimos: «En media hora estamos allí. Venga, no lo pensemos más».

Había unos quince kilómetros entre el hogar exclusivo y el desvío. Patrick no lo tomó. Para entonces ya habíamos decidido tácitamente que no queríamos parar, solo seguir y seguir, alejarnos cada vez más. Me quedé mirando por la ventanilla las casas desperdigadas que habían sido construidas de espaldas a la carretera. Al entrar en el pueblo se concentraban, después volvían a dispersarse. Prados a la derecha. Seguimos por la carretera nacional. Se estrechaba, empezaba a haber bosque a ambos lados. Al pasar por los siguientes pueblos obligaba a aminorar la marcha, zigzagueaba, se ensanchaba y de nuevo permitía ir más deprisa. Circunvalaba una ciudad, la periferia industrial se transformaba en un largo tramo de campo. Áreas de servicio. Señales indicando la M6. *Birmingham, próxima salida*. Dejó de ser bonito. Al salir, volvió a serlo. Patrick dijo: «¿Qué tal vas?». «Bien». «No tengo hambre, ¿y tú?». «Tampoco mucha». «¿Quieres que ponga música?». «¿Tú?». «Casi no».

Pasamos por delante de una señal que decía *Manchester 40*, y en silencio, con los ojos bien abiertos, intercambiamos una sonrisa como dos personas que comparten un secreto en medio de una multitud. Seis carriles, tráfico denso, a ambos lados conductores que de tanto reducir la marcha, parar y arrancar acababan por sonarnos. Fumaban, tamborileaban en el volante. Los pasajeros miraban el móvil, comían, bebían, plantaban los pies en el salpicadero.

De repente, habíamos dejado Manchester atrás. Estábamos en el campo, pero era un campo feo, salpicado de fábricas, de silos. Y cada cierto tiempo, una casa residencial sin zona residencial.

—¿Cuánto tiempo llevamos en marcha?

Patrick echó un vistazo al reloj.

—Nos fuimos a las nueve, así que seis horas. ¿Cinco y media, tal vez?

Durante un buen rato, nada, salvo la vaga sensación de que la carretera trazaba una curva y empezaba a ascender. Bajó la ventanilla, un tenue indicio de sal en el aire pero ni rastro del mar. Y de repente una subida pronunciada y sinuosa, y *Está Usted Entrando en una Zona de Espectacular Belleza Natural.*

Empezaba a caer la tarde. Patrick dijo, «Creo que voy a tener que parar un ratito dentro de poco». Kilómetro y medio más tarde, nos encontramos una señal que decía *Acceso* con el símbolo de un puente y, después de la siguiente curva, un área de descanso sin pavimentar.

El aire era limpio y cortante. Nos estiramos al unísono, torciendo la espalda de la misma manera. Patrick dijo: «Un segundo», cogió las chaquetas y cerró el coche con llave. Le tomé de la mano y enfilamos el sendero que se adentraba por un denso bosque en dirección a un río. La corriente era veloz, pero de repente, al doblar una curva, se había formado un estanque. Era profundo, de aguas mansas de color verde oscuro, y desde la orilla en la que estábamos había una caída vertical de «más de dos metros, puede que tres», calculó Patrick. Nos quedamos mirándola.

Dijo: «Venga, vale, pero voy yo primero».

Nos quitamos la ropa y la dejamos colgada de una rama. «No es justo, tú tienes el calor añadido del sujetador», dijo. Me lo quité y permanecimos un par de minutos más en el borde, tiritando antes de habernos lanzado siquiera.

Dijo: «Apunta al centro», y saltó. Al chocar con el agua se oyó una especie de chasquido. Yo me zambullí mientras él seguía debajo de la superficie, y el agua estaba tan fría que el *shock* y la presión me dejaron la mente en blanco; después, un dolor intenso en el músculo del corazón, los pulmones como pesadísimas piedras, la piel ardiendo. Abrí los ojos, un borrón verde y cenagoso. Pensé: «Mueve los brazos», pero los tenía en alto, rígidos. Me sentía suspendida. Y de repente Patrick me agarró del antebrazo, y experimenté el subidón de sentir que tiraba de mí hacia arriba, la gran bocanada de aire. Allí estábamos, cara a cara, mudos, jadeando. Sin soltarme el brazo, me arrastró hasta la orilla.

No permanecí bajo la superficie más de un segundo, pero creí que me estaba ahogando. Pensaba que no podría volver nadando, pero no había llegado a apartarme más que unos pocos metros de la orilla. Era solamente el dolor del agua. Y después Patrick me estaba ayudando a subir a la orilla, y estaba de pie, arrebujada en mi chaqueta con el agua cayéndome por las piernas desnudas, y en total no había pasado más de un minuto.

Volvimos al coche corriendo, con la ropa y los zapatos en la mano. Sin parar de hablar atropelladamente de lo que acabábamos de hacer, tardamos mucho tiempo en vestirnos delante del aire caliente que salía con estruendo por las rejillas de ventilación.

—Somos los mejores —dije.

—¿No te mueres de ganas de comerte unas patatas fritas?

Salimos de allí y enseguida encontramos un *pub*. Estaba vacío, aparte de una pareja mayor que estaba sentada en la otra punta y de una mujer que estaba sacando brillo a unos vasos detrás de la barra. Comimos patatas fritas y bebimos cerveza en un sofá frente al fuego; me sentía tan calentita, tan limpia...

—¿Alguna vez piensas que somos los mejores, Patrick?

—No. Pero seguro que lo somos. Nadie más habría hecho lo que acabamos de hacer.

—Lo sé. Cualquier otra persona se habría muerto de miedo. Somos los únicos.

—¿Eres consciente, muy pero que muy consciente, de que no llevas ropa interior?

—Aquí no hay nadie. Somos las únicas personas que hay en el mundo.

En un suplemento dominical leí un artículo sobre un trastorno recién diagnosticado. El periodista, que a su vez lo sufría, describía el síndrome del internado como una especie de híbrido entre el estrés postraumático y el trastorno reactivo del apego que sufren en silencio montones de hombres británicos que fueron encarcelados a la edad de seis años por voluntad de sus padres. Los síntomas, decía, incluían una independencia excesiva, una incapacidad para pedir ayuda, una «resistencia orgullosa», una brújula moral extremadamente activa y la represión de las emociones, sobre todo las negativas.

A mi lado, Patrick estaba viendo en la tele un partido de no sé qué deporte de pelota. Había pasado algún tiempo desde el aborto, pero no tanto como para que hubiese dejado de contarlo en semanas.

Le di con el pie en el muslo y dije:

—¿Te puedo hacer un test?

—Solo faltan diez minutos para que se acabe esto.

—Quiero ver si tienes el síndrome del internado.

—Diez minutos.

Alzando la voz por encima de la del comentarista del partido, dije:

—Vale, primera pregunta. ¿Te cuesta pedir ayuda a los demás?

Patrick respondió que no a esa y al resto a medida que se las iba leyendo, con especial rotundidad a la pregunta de si el apego emocional era un problema para él, seguramente porque llevaba apegado emocionalmente a mí desde los catorce años. Llegué al final del cuestionario y fingí que aún continuaba.

—Todavía quedan unas cuantas.

—¿Me dejas que vea el penalti nada más?

—Grábalo.

Patrick suspiró y apagó el televisor.

—¿Experimenta una violenta reacción emocional a ciertos alimentos, sobre todo a los huevos revueltos con gran contenido de agua, verduras de la familia de las crucíferas y/o cualquier líquido que adquiera pellejo al hervir, como la leche o las natillas?

Patrick me miró, convencido aunque no del todo, de que me lo estaba inventando.

—Aparte de en su casa, ¿donde más a gusto come es en el comedor de su lugar de trabajo porque le sirven la comida en una bandeja? Y ¿estaría de acuerdo con la afirmación de que el hecho de que no le permitieran elegir lo que quería comer hasta los dieciocho años quizá explique que ahora, de adulto, sea la persona que más tarda del mundo en elegir de un menú, y que a veces su mujer tema morirse de aburrimiento durante el infinito lapso de tiempo que transcurre entre el momento en que la camarera le pregunta qué quiere y usted se siente capaz de decidirse?

Patrick volvió a encender la tele.

—Hasta que ella se lo dijo después de casados, ¿sabía usted que come con la cabeza agachada, protegiendo su plato con un brazo? —Empezó a subir el volumen y grité—: Si ha respondido mayoritariamente la «A», entonces el chiflado de la pareja es usted, y no, como siempre han supuesto todos, su mujer.

Pensé que estaba fingiendo que le irritaba aquella chorrada de test y no me di cuenta de que no fingía hasta que se levantó de golpe y salió de la habitación sin apagar la tele. Le seguí hasta la cocina, disculpándome sin tener muy claro por qué me estaba disculpando. Se fue del armario a la pila y de ahí a la nevera como si yo no estuviese. Fue humillante. Subí al piso de arriba y me encerré en el trastero.

Estuve un rato sentada en mi silla cortándome las puntas abiertas con unas tijeras de mesa, y después encendí el ordenador con idea de hacer listas de deseos en The Outnet. En cambio, me metí en la página web del suplemento dominical y volví a leer el artículo, sintiéndome, por este orden, culpable, triste y asustada. La cerré al oír que subía.

Patrick entró, pero no dijo ni mu. Me volví, y al ver que permanecía callado, dije:

—Creo que nos vendría bien una terapia de pareja.

No lo decía en serio. Lo dije como decía siempre las cosas: para hacer daño, como represalia por una supuesta ofensa, y me quedé de piedra cuando me dio la razón.

—¿Por?

—Martha, porque sí.

—¿Por?

—Por lo que pasó en el río.

Me sentía incapaz de mirarle y volví a coger las tijeras.

—Martha, por favor, deja de cortarte el pelo. ¿Y tú? Dime, por qué crees tú que necesitamos una terapia de pareja.

—Porque tienes el síndrome del internado.

Se fue de casa y me metí en el cuarto de baño a buscar los tranquilizantes que me había dado un médico de urgencias al que me había llevado Patrick después del incidente del río. Quería ver cuándo exactamente me había levantado en mitad de la noche y había salido de casa, andando primero y corriendo después con todas mis fuerzas por el camino de sirga hasta que Patrick me alcanzó en el primer puente.

Estaba trepando por uno de los lados. Me agarró por la cintura y trató de bajarme. Forcejeé con él y sin querer le arañé la cara. A Patrick le duraron más las energías que a mí y me llevó a casa y desde allí en coche al médico, mientras yo no paraba de decir «lo siento».

Cogí el frasquito de las pastillas y al leer la etiqueta me pareció que habían escrito mal la fecha. Me fui a la cama, a pesar de que todavía quedaban varias horas de luz, porque me sentía tan avergonzada que no soportaba estar despierta.

Fue un sueño sobre el bebé lo que me despertó y me dijo que me fuera corriendo por la orilla del río, porque ¿y si estaba allí? Hacía dos noches.

Tuvimos una sesión con la terapeuta. Era blanca pero iba vestida como si viniera de celebrar la Kwanzaa, y dijo: «¡Tranquilos, no pasa nada!», al ver que ninguno de los dos era capaz de explicar por qué habíamos ido.

Patrick no pudo decir: «Porque hace poco, mi mujer se portó como una Ana de las Tejas Verdes en el episodio de la dama de Shalott, solo que psicótica y con muchos años más».

Yo no pude decir: «Porque últimamente he descubierto que los pilares de la personalidad de mi marido, las cualidades por las que tanto se le admira, su excepcional estoicismo, su ecuanimidad emocional y el hecho de que nunca se queje de nada, solo son, en realidad, los síntomas de un trastorno recién diagnosticado».

—El caso es que habéis venido.

La terapeuta dijo que era muy buena señal y nos pidió que nos levantásemos, indicándonos dos sillas que estaban en medio de la habitación, cara a cara y lo bastante cerca como para que las rodillas se nos quedasen tocando al sentarnos. Nos dijo que como era muy habitual que las parejas que llevaban bastante tiempo juntas dejasen de mirarse a los ojos, siempre empezaba pidiéndoles precisamente eso: que se mirasen con absoluta concentración y sin hablar durante tres minutos. Ella se limitaría a observar.

Cuando llevábamos unos segundos con el ejercicio, una rápida sucesión de alarmas electrónicas salió del bolso que estaba a los pies de la terapeuta. Patrick y yo nos volvimos a la vez y vimos que metía la mano y buscaba el móvil a tientas.

—Será mejor que lo coja, a ver si es mi hija que necesita que la acerque a algún sitio. —Una vez localizado el móvil, tocó la pantalla y dijo sin apartar los ojos de ella—: No me hagáis ni caso. Vosotros a lo vuestro. No tengo más remedio que responder, acabo en un pispás.

Patrick no detesta nada aparte del pez espada para comer, los regalos hechos con ánimo de broma y el teclado sonoro que figura entre las opciones del iPhone. Mientras la terapeuta escribía su respuesta, sonaba como a código morse. Patrick, mirándome incrédulo, articuló mudamente las palabras «Ni de coña» después de que la terapeuta se agachase a guardar el móvil y se volviese a erguir al oír que entraban dos mensajes nuevos.

—Chicos, lo siento, en serio. Tiene dieciséis años. Se creen que el mundo gira a su alrededor, a esa edad.

Patrick se levantó, se disculpó diciendo que acababa de caer en la cuenta de que había dejado no sé qué sin hacer y tenía que irse a hacerlo ya mismo. La terapeuta nos miró con cara de desconcierto mientras Patrick me hacía salir de su oficina.

De repente estábamos fuera, cruzando la calle a toda prisa, de la mano, en dirección a un bar. Bebimos champán, después tequila. Le dije a Patrick que éramos como dos fugitivos que habían decidido entregarse, pero que, llegado el momento, habían comprendido que, por agotador que fuera seguir corriendo y sobreviviendo sin rendirse, la alternativa era peor. Dije:

—Porque la alternativa son otras personas.

—Para mí, es estar a solas.

Al salir, volvió a cogerme de la mano. Estábamos buscando un taxi, pero de repente señaló una tienda que había un poco más allá y dijo que quería comprar unas cosas. Nunca nos habíamos pillado una borrachera semejante los dos juntos. La tienda era una pequeña farmacia, y estaba atendida por una mujer de cara chupada a la que no le parecimos nada graciosos. Patrick puso unas gominolas y un cepillo de dientes sobre el mostrador. Dijo: «¿Quieres algo, cariño?». Cogí un gorro de ducha y dije que quería llevármelo puesto, si la mujer era tan amable de pasarlo por el escáner y devolvérmelo. Patrick amontonó todo en el mostrador.

—Todo esto y un paquete de condones de la casa, por favor.

Nos besamos en el taxi y nos fuimos a la cama nada más llegar a casa. Era la primera vez desde el aborto. También —estaba demasiado borracha para pensarlo— la primera vez desde que había concebido.

Cuando estábamos a punto de terminar, Patrick dejó de moverse y dijo:

—Perdona, tú sigue. Es solo un momentito, tengo que echar un vistazo a mi móvil, a ver si me ha llamado alguien para que le acerque a algún sitio.

—Martha —dijo después, tendido a mi lado—. Todo está roto y jodido y perfectamente bien. La vida es eso. Lo único que cambia son las proporciones. Y, en general, por su cuenta. En cuanto piensas que ya está, que todo va a seguir así para siempre, vuelven a cambiar.

Eso era la vida, y así continuó durante los tres años siguientes: las proporciones cambiando por su cuenta, rotas unas veces, perfectamente bien otras, unas vacaciones, una tubería goteando, sábanas nuevas, feliz cumpleaños, el técnico que vendrá entre las nueve y las tres, ha entrado un pájaro por la ventana, quiero que te mueras, por favor, no puedo respirar, creo que es un garito de comidas, te quiero, no puedo con esto, los dos pensando que sería así para siempre.

El año pasado, en mayo, se incorporó al hospital de Patrick una nueva gerente. Se había mudado a Oxford atraída por el estilo de vida, pero su marido, un psiquiatra, iba diariamente a Londres porque acababa de alquilar un local en Harley Street y, como dijo ella, era más fácil encontrar una aguja en un pajar.

La conocí en una cena de recaudación de fondos para una causa que no recuerdo, a pesar de que el objetivo de asistir era que nos concienciásemos. Me preguntó a qué me dedicaba y le dije que creaba contenido para que la gente lo consumiera. Era un trabajo que había empezado a hacer de forma complementaria a la columna gastronómica, que me guardé de mencionar por si acaso leía la revista de Waitrose y caía en la cuenta de que aquella escritora a la que detestaba era yo.

Dije: «Yo también consumo contenido, a título personal. Contenido que yo misma he creado, no, por supuesto. Pero en cualquiera de los dos casos, en buena medida formo parte del problema».

Se rio, y le dije que cada vez que veía a una madre enfrascada en su móvil, me preocupaba que en lugar de mirar a su crío a los ojos estuviese consumiendo contenido creado por mí.

—Sí, parece que hemos perdido la capacidad de estar desconectados del móvil, ¿verdad? —dijo. Sonaba nostálgica.

—Aunque estoy segura de que al final de nuestras vidas estaremos todos pensando: ¡ojalá hubiera consumido más contenido!

Se rio y me tocó el brazo, y, durante el resto de la conversación, cada vez que me contaba algo nuevo sobre sí misma, que quería subrayar algo o hacer alguna observación, volvía a tocarme, y si algo de lo que yo decía le hacía gracia, me daba un apretoncito. Me cayó fenomenal por esto y porque, aunque me preguntó por más cosas aparte de mi trabajo, no me preguntó si tenía hijos.

De vuelta a casa, le pedí a Patrick que averiguase el nombre de su marido el psiquiatra.

Hacía cuatro años que no me trataba ningún médico, y no es que estuviese buscando uno. Pero pedí cita, creo que porque quería ver qué tipo de persona era..., averiguar si el hecho de estar casado con una mujer así significaba que era buen médico... y, por consiguiente, distinto de todos los médicos a los que había ido hasta entonces.

La recepcionista me dijo que lo normal era tener que esperar doce semanas para concertar una cita, pero que —cosa rara— se había producido una cancelación y, si pensaba que iba a poder llegar a tiempo, el doctor podría atenderme a las cinco de esa misma tarde. Sosteniendo el móvil con el hombro, miré los horarios de los trenes mientras la oía hacer clic con el bolígrafo. Le dije que sí podía.

La sala de espera era oscura, y me pareció que hacía demasiado calor, porque había ido corriendo casi todo el camino desde Paddington con un abrigo demasiado grueso para el mes de mayo. La misma recepcionista dijo que habitualmente había que estar un buen rato esperando, pero que el doctor no tardaría nada..., cosa rara, dijo también esta vez. Me quedé de pie y me entretuve con un juego que inventó mi padre para mí cuando empezó todo: ¿qué haría para mejorar la habitación en la que estaba, si me dejasen quitar una sola cosa? Elegí la etiqueta del precio que seguía puesta en el ciclamen, y después oí el sonido de una puerta que se abría pesadamente sobre una moqueta gruesa y me volví. Apareció un hombre con pantalones de muletón, camisa blanca y corbata de punto.

—Hola, Martha, soy Robert.

Me estrechó la mano con firmeza, sin dar por hecho que tendría la mano floja, y me hizo pasar a su consulta. A la vez que me invitaba a sentarme donde quisiera, se instaló en una silla ergonómica que tenía un brazo más ancho para apoyar el cuaderno, abierto por una página que, salvo por mi nombre, estaba en blanco. Me senté y esperé mientras lo subrayaba. Luego, con la otra mano, se alisó la corbata y vi que tenía el dedo índice envuelto en un vendaje muy blanco, muy profesional. Estaba tieso, separado de los otros dedos, exento de todo uso.

Alzó la vista y me pidió que empezase por el principio. ¿Por qué había ido a verle? Y al oír mi respuesta, que a mí misma, mientras se la daba, me parecía de lo más sosa: ¿recordaba la primera vez que me había sentido así?

Ciclónica, revuelta o muy revuelta. Ligeras mejorías intermitentes.

Empecé por el día de mi último examen de bachillerato y me detuve al llegar a las nueve y media de esa misma mañana, cuando, al salir de casa con una bolsa de basura, una mujer que pasaba con dos criaturas de la mano me sonrió y me dijo que se me veía tan cansada como se sentía ella. Me quedé clavada en el sitio hasta que desapareció, y después volví a entrar con la bolsa de basura y la lancé pasillo abajo. Se estampó contra la pared, reventó. Dije que tendría que encargarse Patrick porque yo estaba ahí en la consulta, y que simplemente lo recogería todo —los espaguetis, las cáscaras de huevo— y, después de tanto tiempo, seguiría fingiendo que era una cosa normal que hacían todas las casadas.

Robert me preguntó si era frecuente que arrojase cosas y si tenía algún otro comportamiento que no me pareciera «como dices tú, normal».

Le hablé de la vez que cogí un tiesto de barro y lo estrellé contra el muro del jardín. Le hablé de la vez que estampé repetidamente el móvil contra los azulejos de la cocina y se me clavaron esquirlas de cristal en la mano, de la vez que le tiré el secador de pelo a Patrick y del moretón que le salió, de la vez que choqué adrede el coche contra el pretil metálico de un aparcamiento, de la vez que me planté de espaldas a la pared y estuve golpeándola sin parar con la cabeza porque así me sentía mejor, de los días en que era incapaz de levantarme y las noches que no conseguía conciliar el sueño, de los libros que había descuartizado y de la ropa que había desgarrado por las costuras. A excepción de lo del secador de pelo, nada de aquello había sucedido hacía mucho tiempo.

Le pedí disculpas y le dije que no pasaba nada si no daba con el modo de ayudarme. Después se me ocurrió añadir:

—Lo gracioso, bueno, más bien lo terrible, es que en cuanto se me pasa y me siento normal, veo las sobras y los añicos del plato o lo que sea en el cubo de la basura y pienso: «¿Quién ha hecho eso?». En serio, me cuesta creer que haya sido cosa mía.

Le hablé de las crisis de Ingrid en relación con su aspecto. Que siguiese tomando notas me estaba llegando al alma, creo que porque había algo galante en el hecho de que mis palabras le pareciesen dignas de ser puestas por escrito.

Pasó la página del cuaderno y me preguntó qué diagnósticos me habían dado otros médicos. Dije: «Fiebre glandular, depresión clínica, y luego, por orden...» y pasé a enumerarlos hasta que pensé que debía de parecerle un tostón y me interrumpí con una risita.

—En realidad, casi todo el índice del *Manual diagnóstico y estadístico de los trastornos mentales.*

Busqué con la mirada el diccionario de enfermedades mentales que siempre andaba por ahí rondando en las consultas del tipo de médicos al que había ido. A estas alturas ya era una modalidad deprimente de *Dónde está Wally* eso de intentar localizar el lomo rojo sangre en los estantes de manuales de psiquiatría con títulos que sonaban intencionadamente amenazantes. Pero no estaba por ningún sitio. Sentí que me invadía de nuevo un sentimiento de agradecimiento al volver la cabeza y ver que estaba esperando a que continuase.

—Lo que más me interesa saber es qué diagnóstico te has dado tú a ti misma, Martha.

Hice una pausa, como si tuviera que pensármelo.

—Que no se me da bien ser una persona. Es como si me costase más estar viva que al resto de la gente.

Dijo que le parecía muy interesante.

—Pero, teniendo en cuenta que has venido hoy aquí, supongo que también pensarás que hay una explicación médica.

Asentí con la cabeza.

—Y en ese caso, ¿cuál dirías que es?

—Depresión, me imagino, solo que no es constante. Simplemente, empieza sin motivo o por algún motivo que me parece demasiado insignificante.

Me preparé para que sacase la lista plastificada del cajón, me la pusiera delante y me hiciera rellenar los apartados de «Siempre, A veces, Pocas veces, Nunca».

Toujours, parfois, rarement, jamais.

En cambio, dedicó unos instantes a ponerle el capuchón al boli, lo dejó sobre el cuaderno y dijo:

—Quizá puedas contarme cómo te sientes cuando de repente te encuentras en las trincheras, por decirlo así.

Lo describí de la misma manera que se lo había descrito a Patrick después de que se viera expuesto a ello por primera vez..., aquel día de verano en el que todavía no estábamos juntos y en tantísimas ocasiones más desde entonces.

—Es como ir al cine de día y que al salir te quedes de piedra porque resulta que ha oscurecido y no te lo esperabas. Es como ir en autobús entre dos desconocidos que de repente empiezan a chillarse y a discutir por encima de tu cabeza y no puedes bajarte. O estás de pie, inmóvil, y de repente te estás cayendo por las escaleras y no sabes quién te ha empujado. No hay nadie detrás. Es como cuando te metes en el metro y el cielo está azul y sales y está lloviendo a cántaros.

Por un momento se quedó esperando como si pensara que iba

a seguir, y a continuación dijo que eran descripciones muy interesantes y útiles.

Me mordí la uña del pulgar, después me la miré medio segundo y me arranqué un cachito que no se había desenganchado del todo.

—En general, es como el tiempo. Aunque lo veas venir, no puedes hacer nada para remediarlo. Da igual lo que hagas.

—¿El tiempo del cerebro, por decirlo así?

—Supongo. Sí.

—Lo siento mucho por ti. Suena a que llevas mucho tiempo pasándolo mal. —Asentí, mordiéndome de nuevo la uña—. Martha, ¿alguna vez te han hablado de __?»

Hice un ademán despectivo con la mano y dije que, gracias a Dios, no.

—Es lo único que no tengo, o que no me han dicho que tengo. Aunque ahora que lo pienso —me acordé a medida que seguía hablando—, cuando tenía más o menos dieciocho años sí que hubo uno, un médico escocés, que dijo que no se podía descartar. Pero mi madre le dijo que ella sí que podía descartarlo. Que lo único que me pasaba era que siempre estaba llorando; que no era una loca de remate que se cree que es la reina Boudica y que Dios le habla por medio de su aparato dental.

—No, claro. Pero permíteme que te diga —hizo una breve pausa— que el tipo de síntomas que describió tu madre tan gráficamente solo existen en el imaginario colectivo. Los síntomas reales pueden incluir...

Robert nombró diez o doce.

Había empezado a sentir un calor incómodo, y ahora era como si alguien me hubiera embutido un trapo en la garganta. Tragué saliva.

—Pues casi preferiría no tener __ —dije, y me sentí primero boba y después maleducada.

—Lo entiendo perfectamente. Es una afección muy malinterpretada, y no se puede negar que, entre el público general, acarrea una especie de __.

—¿Y por qué piensa que es eso lo que tengo?

—Porque suele comenzar así, con una bombita que te estalla en el cerebro a los diecisiete años. Y seguro que ya te han recetado…

Robert recitó todos y cada uno de los medicamentos que había tomado hasta entonces, la familiar retahíla de nombres que hacía mucho tiempo que había olvidado, y después me explicó las razones clínicas por las que no habrían servido de nada, habrían servido de poco o me habrían dejado mucho peor de lo que estaba.

Volví a tragar saliva mientras las lágrimas que venían doliéndome detrás de los ojos desde que dijo lo de «suena a que llevas mucho tiempo pasándolo mal» empezaron a rodarme por las mejillas. Robert cogió una caja de clínex y, al ver que no quedaban, sacó su propio pañuelo y me lo pasó salvando el trozo de moqueta que nos separaba. Me enjugué la cara y me pregunté quién le plancharía los pañuelos a aquel hombre.

Le pregunté por qué pensaba que no se le había ocurrido a nadie más, aparte del médico escocés que ni siquiera estaba seguro.

—Yo diría que por lo bien que lo llevas gestionando desde hace tantos años.

No podía parar de llorar porque lo único que me parecía que había gestionado bien era ser una persona complicada e hipersensible. Robert se levantó y me sirvió un vaso de agua. Me obligué a sentarme recta y a decir gracias. Bebí medio, y a continuación dije «__» en voz alta para ver qué sentía al aplicarme a mí misma la palabra.

Volvió a su silla, se alisó la corbata y dijo:

—Eso intuyo, sí.

—Bueno. —Cogí aire despacio y lo solté—. A ver si hay suerte y me ha tocado la variante que dura veinticuatro horas.

Robert sonrió.

—Se rumorea que lleva ya un tiempo circulando… —bromeó—. ¿Te interesaría probar lo que suelo recetar en estos casos, Martha? Por lo general es muy efectivo.

Dije que de acuerdo y me quedé mirando en silencio los

edificios victorianos de la acera de enfrente de Harley Street mientras Robert escribía la receta. Eran preciosos. Me pregunté si se habrían construido para alojar a enfermos. De ser así, pensé, no se habrían tomado tantas molestias. Volví a mirar a Robert.

—Tendrás que perdonar lo lento que voy al teclado. He tenido un contratiempo con un tomate.

Le pregunté si le habían tenido que dar puntos. Mientras cargaba la impresora, dijo que ni más ni menos que seis.

Al terminar, me acompañó hasta la puerta y me dijo que esperaba verme otra vez en seis semanas. Yo quería decirle algo más que «gracias», pero lo único que me salió fue «Eres una persona muy amable» de una manera que nos hizo sentir incómodos a ambos, y, después de darnos un último apretón de manos, me di media vuelta y volví rápidamente a la sala de espera.

—Aunque al final ha sido una consulta doble, parece ser que el doctor ha querido cobrarla como simple —dijo la recepcionista.

«¿Cosa rara?», pregunté. Dijo que mucho.

Una vez en la calle, me puse el abrigo para protegerme de la llovizna y eché a andar despacio en dirección a la farmacia de Wigmore Street. A medio camino, me detuve en la acera y saqué el móvil, obligando a un hombre que venía hacia mí en patinete a hacer un viraje brusco. Dijo: «¡Hostias-joder-ten-cuidado!». Me hice a un lado en la entrada de un restaurante cerrado y busqué «__» en Google. Pinché en una web médica estadounidense que presenta toda su información en formato test o en artículos con titulares que, si te los imaginas con signos de exclamación, parecen sacados de una revista femenina de supermercado. Ingrid la utilizaba antes de que Hamish se la bloqueara en el buscador porque, según ella, pongas los síntomas que pongas siempre sale que tienes cáncer, literalmente.

Me senté en el peldaño y fui bajando la página.

__: ¡Síntomas, tratamientos y más!

__: ¡Mitos y realidades!

¿Viviendo con __? ¡Nueve alimentos a evitar!

Me dije que ojalá estuviera conmigo mi hermana para quitarme el teléfono y fingir que seguía leyendo: *¡Recetas sencillas para gente con __! ¡Vientre plano en cinco semanas para pacientes de __! ¿Cree que tiene __? ¡Seguro que no es más que cáncer!*

Me salté «*__ y embarazo*» porque ya sabía lo que pondría y pinché en «*Síntomas de__: ¿Cuántos conoces?*» Los conocía todos. De haber sido un concurso televisivo, habría tenido muchas papeletas para llevarme el coche.

Salí de la farmacia y, cuando estaba a punto de llegar a la estación, me di cuenta de que no quería irme a casa. Decidí dar un paseo hasta Notting Hill. No tenía ningún motivo para ir allí, aparte de que tardaría un buen rato. Empezaba a oscurecer cuando llegué al límite del parque. Me metí por el sendero de bicis, esperando a ver cuándo me echaba a llorar. El frasco de las pastillas traqueteaba dentro del bolso con cada paso que daba. No lloré. Simplemente, me quedé mirando las copas de los árboles, la lluvia chorreando por las negras ramas, mientras agarraba el pañuelo seco de Robert dentro del bolsillo.

Al final del Broad Walk, pensé en Patrick, en la vez que golpeó sin querer a Ingrid en el pecho cuando éramos adolescentes; y ahora, en el hogar exclusivo, recogiendo el desbarajuste que había dejado yo, esperando a que volviera a saber de dónde.

Saqué el móvil mientras caminaba. Contactos, favoritos y, en MARIDO, Patrick. No sabía qué iba a decirme ni qué deseaba yo que me dijera. Me imaginé que me abrazaba, que me preguntaba si me encontraba bien. Impresionado, refutando el diagnóstico de Robert, diciendo: «Es evidente que necesitamos una segunda opinión». O bien: «Ahora que lo pienso, tiene sentido». Guardé el móvil y salí del parque en la siguiente puerta.

Ya había anochecido, y subí por Pembridge Road hasta

Ladbroke Grove, y de ahí a Westbourne Terrace. El supermercado de comida orgánica en el que habíamos trabajado Nicholas y yo se había convertido en una clínica que ofrecía depilación láser y tratamientos cosméticos inyectables. Las tiendas y el bar que la flanqueaban seguían abiertas, pero estaba demasiado empapada para meterme en ningún sitio. Me quedé allí plantada unos instantes, oyendo a mi primo decir: «Lo ideal, Martha, sería que averiguaras la razón por la que no paras de tropezarte siempre con la misma piedra». Di media vuelta y bajé por Pembridge Road hasta la estación, incorporándome al atasco provocado por los lentos andares de los turistas porque aún no quería volver a casa.

En el tren de regreso a Oxford, llamé a Goldhawk Road esperando oír la voz de mi padre. En Paddington ya había intentado llamar a Ingrid para contarle lo de la cita, pero tenía activada la respuesta automática de «Ahora no puedo hablar». En estos momentos, agotada, lo único que quería era oír a mi padre hablar de cualquier bobada, consciente de que se enrollaría un rato siempre y cuando le dijese «¿Ah, sí?» a intervalos regulares.

Lo cogió mi madre y dijo inmediatamente:

—Se ha ido a la biblioteca. Llámale más tarde.

Como fuente de consuelo, siempre había considerado a mi madre el ultimísimo recurso. Al recordarlo ahora, me parece curioso que justo en ese instante me viniese a la cabeza el refrán de «Barco con tormenta, en cualquier puerto entra».

—Podríamos charlar tú y yo.

Mi madre exageró el *shock*.

—¿Podríamos? De acuerdo. ¿Qué has estado haciendo? Así es como se supone que empiezan estas conversaciones, ¿no?

—Estoy volviendo de Londres. Acabo de ver a un psiquiatra.

—¿Por qué?

Le dije que no estaba segura.

Si me parece curioso ahora es porque ella fue la tormenta. Estaba a punto de estallar sobre mi cabeza.

—Pues espero que no te hayas creído ni una sola palabra de lo que te haya podido decir. No he conocido a un solo psiquiatra que no sea un mentiroso de mierda. Quieren que estemos todos locos. Les conviene, claro.

De repente comprendí que mi madre lo sabía. El puño se me cerró con tanta fuerza sobre el móvil que sentí que me subía un pequeño calambre en el brazo.

—¿Sigues ahí? —dijo mi madre.

—¿Te acuerdas de aquella vez, cuando tenía dieciocho años —la boca se me estaba llenando de saliva como cuando se está a punto de vomitar—, que me llevaste a un médico que dijo que tenía __?

El muslo derecho me empezó a temblar. Intenté detenerlo con la mano.

—No.

—Un médico escocés. Al salir volcaste el perchero a propósito y te negaste a pagar. La recepcionista nos persiguió hasta el coche.

—Bueno, ¿y qué si resulta que sí que me acuerdo?

—¿Por qué te enfadaste tanto?

Se hizo un silencio y comprobé la pantalla por si había colgado. Pero los segundos seguían marcándose y me pegué otra vez el móvil a la oreja.

Por fin, dijo:

—Porque intentó ponerte una etiqueta terrible.

—Pero tenía razón. ¿No?

—Y tú qué sabes.

No era una pregunta. Lo dijo como una chiquilla en una discusión entre hermanas. Y tú qué sabes.

Le dije que eso no tenía importancia.

—Lo que importa es que tú sabías que tenía razón. Lo has sabido siempre y no dijiste ni mu. ¿Cómo has podido hacerme esto?

Para entonces me temblaban las dos piernas.

—Yo no te hice nada. Ya te lo he dicho, no quería que tuvieras que ir por la vida cargando con esa etiqueta tan terrible. En todo caso, lo hice por tu bien.

—Pero lo que tienen las etiquetas es que cuando aciertan son muy útiles, porque... —continué sin dejar que me interrumpiera—, porque así no te adjudicas etiquetas equivocadas, como difícil, o loca, o psicótica, o mala esposa.

Fue entonces cuando me eché a llorar por primera vez desde que salí de la consulta de Robert. Bajé la cabeza para ocultarme la cara con el pelo, pero la voz cada vez me salía más fuerte.

—Llevo toda mi vida adulta intentando entender qué es lo que me pasa. ¿Por qué no me lo dijiste? No me creo eso de las etiquetas. No te creo. —Al otro lado del pasillo, un hombre se levantó y se llevó a su hijo y a su hija a unos asientos más adelante—. No tenías ningún problema con el resto de los diagnósticos. Me dejaste creer que era depresión y todas las demás cosas que me decían los médicos. ¿Por qué no esto? ¿Por...?

Me interrumpió.

—No quería que fuera cierto. Es una enfermedad terrible. Ha causado estragos en nuestra familia. En mi familia y en la de tu padre. He podido ver sus efectos, te lo aseguro, y no soportaba la idea de que tú también la tuvieras. Si esto hace de mí una mala madre...

—¿Quién?

—¿A qué te refieres?

—¿Quién de nuestra familia?

Mi madre soltó un suspiro y empezó a hablar con el tono de cansancio de quien inicia una lista que sabe que es larga.

—La madre de tu padre..., su hermana, a la que no llegaste a conocer..., una o puede que dos de mis tías. Y mi madre, que, total, más vale que sepas ya que no murió de cáncer. Se adentró en el mar un mes de febrero, a mediados... —Hizo un alto y a continuación, con voz exhausta, dijo—: Y probablemente...

—... tú.

—Sí, yo.

—Aunque tampoco es que sea probable.

—No. Probable, no.

Al otro lado de la ventanilla, las afueras de Londres habían ido cediendo paso al campo. El tren aminoró la marcha y se detuvo en un tramo de vía alumbrado por focos. Una densa bandada de pájaros alzó el vuelo desde un árbol desnudo. Me quedé mirándolos hasta que por fin dijo mi madre:

—¿Qué quieres que haga?

La bandada se dividió en dos, trazó un círculo ascendente y volvió a reunirse.

—Puedes dejar de beber.

Colgué, dando por hecho que mi madre también habría colgado ya.

Estaba hecha polvo. Durante el resto del trayecto, mi cabeza fue recorriendo distintos momentos de mi enfermedad. Los recuerdos acudían en desorden. Intenté localizar a mi madre entre ellos, pero no estaba nunca en ninguna parte. Al entrar en la estación, le envié un SMS pidiéndole que no contase nada a Ingrid ni a mi padre. No respondió.

Abrí la puerta del hogar exclusivo y me fui derecha a la cocina. Patrick y unos colegas estaban sentados en torno a la mesa. Había botellas de cerveza. Alguien había abierto una bolsa de patatas rasgándola de arriba abajo. Ahora era un grasiento cuadrado plateado en el que solo quedaban migajas.

Patrick dijo, «Hola, Martha» y vino hacia mí, indicándome con un gesto invisible para los demás que estaba seguro de que me había avisado de la reunión pero que era evidente que se me había olvidado. Ladeé la cabeza para esquivar su beso y volvió a su sitio mirándome con expresión interrogante.

Uno de los médicos, mientras abría otra cerveza, me dijo que si quería podía sentarme con ellos. Otro dijo que era buena idea, que me animase, que solo se estaban relajando un rato. El resto asintió con gestos, el resto de los jodidos médicos inútiles, con su confianza médica y su médica manera de adueñarse de una habitación y del aire que contiene, diciéndome lo que podía hacer y decidiendo por mí lo que era una buena idea. Dije «No, gracias» y subí corriendo las escaleras, dejándolos a solas para que hablasen entre ellos, con su convicción de siempre, de todo lo que sabían, aunque ninguno de los médicos que había conocido en mi vida tenía ni puta idea de nada..., salvo uno. Ni siquiera Patrick. Mi propio marido, un médico, no se había dado cuenta de lo que me pasaba. En todo este tiempo.

Me duché, y al terminar me quedé plantada en medio del cuarto de baño, chorreando y sin toalla, con la mirada fija en las plantas y la vela de 60 libras, en los frascos llenos de cosas. Nada era mío. Todo aquello había sido elegido por una mujer que no sabía que tenía __, una mujer que simplemente pensaba que no se le daba bien ser una persona.

Cuando subió Patrick más tarde, fingí que estaba dormida. A la mañana siguiente, una vez que se hubo marchado, saqué una de las pastillas nuevas del frasquito que seguía en mi bolso. Era minúscula y de color rosa claro. En la cocina me eché agua del grifo en el cuenco de la mano, tragué —«yo galleta, yo galleta»— y salí a dar un paseo.

Estuve todo el rato pensando en el diagnóstico. En el hecho de que, al recibirlo, el misterio de mi existencia hubiera sido resuelto. La enfermedad había condicionado el curso de mi vida. Había sido buscada sin que nadie la hubiese encontrado nunca, la habían supuesto, pero nunca acertadamente, la habían sospechado y descartado. Pero siempre había existido. Había estado detrás de todas y cada una de las decisiones que había tomado en mi vida. A ella debía mi conducta. Era la causa de mi llanto. Cuando chillaba a Patrick, era la que me ponía las palabras en la boca; cuando arrojaba cosas, era la que levantaba mi brazo. No había tenido alternativa. Y desde hacía dos décadas, cada vez que me había observado a mí misma y había visto a una desconocida, había estado en lo cierto: nunca era yo.

No entendía, ahora, cómo se les había podido escapar. Y cada vez lo entendía menos a medida que seguía caminando. Al fin y al cabo, no es infrecuente. Los síntomas no están ocultos. La persona aquejada no puede disimularlos cuando se desencadenan. Patrick, tan observador, debería haberse dado cuenta desde el principio.

Aquella noche, al volver, Patrick se disculpó por la reunión de la víspera. Yo estaba delante de la pila, llenando un vaso de agua. Miré por encima del hombro y le vi vacilar en la entrada con una bolsa de plástico en la que había algo metido. Me preguntó qué tal había pasado el día. Le dije que bien y cerré el grifo. En aquel momento, al verle allí plantado con su bolsa de plástico, me pareció poco inteligente. Una persona insegura que no se cuestionaba nada. Le pedí paso y se hizo a un lado. Al pasar le di sin querer con el codo y fue él quien dijo «perdona», y me invadió un profundo desdén por aquel hombre que era tan bueno, y tan obediente, y tan desatento a todo.

Mi padre me llamó y me preguntó si podía acercarme a casa a comer con él. Supuse que querría hablar de lo que le habría contado mi madre y de nuestra discusión, porque se apresuró a informarme de que mi madre no iba a estar en casa, como si supiera que diría que no en caso de estar ella.

Mi madre no se me había ido de la cabeza en toda la semana transcurrida desde la cita con el psiquiatra. Me imaginaba conversaciones con ella, llamadas telefónicas, redactaba y tachaba cartas con listas de todos y cada uno de los crímenes de los que la acusaba, de todas las maneras en que nos había hecho daño a mi hermana, a mí y a mi padre hasta donde me alcanzaba la memoria. Páginas y más páginas sobre el incumplimiento de su deber de madre..., sobre el hecho de que hubiese preferido hacer estatuas feísimas con basura a cuidarnos. Sobre las veces que bebía y se caía al suelo, sobre su estúpida crueldad hacia Winsome, sobre el hecho de que fuera gorda, insignificante y la vergüenza de mi vida. Y no quería volver a verla jamás.

Patrick no paraba de preguntarme si estaba bien. Me repetía que parecía un poco ensimismada. Un poco estresada. ¿Había sucedido algo? Pero mi madre no dejaba sitio para Patrick..., que él no se hubiese dado cuenta de que me pasaba algo palidecía en comparación con el esfuerzo de mi madre por fingir que no me pasaba nada, con su empeño de años y años en hacer la vista gorda.

Le dije que no me hiciera más preguntas y se calló, dejándome a mi aire para pensar en mi madre con exclusión de todo lo demás, tanto despierta como en sueños. Patrick me era indiferente, y también contárselo a Patrick y cómo pudiera reaccionar Patrick a mi __. Lo único que quería era odiar a mi madre, y castigarla y poner en evidencia lo que había hecho. Dije que sí a comer.

Cuando llegué, mi padre estaba en la cocina untando sándwiches con mantequilla. Los subimos a su estudio y nos sentamos en el sofá al pie de la ventana, con los platos sobre el regazo. Me preguntó qué había estado leyendo. No había estado leyendo nada y respondí que *Jane Eyre*. Me dijo que él también debería volver a leerlo, y luego, titubeando, dijo:

—¿Sabes? Tu madre lleva toda la semana sin probar ni una gota de alcohol. Casi seis días.

Me puse tensa.

—Vaya. Bueno, ¿y tú sabías que mi madre ha...? —Me interrumpí al ver la expresión tan franca de su rostro, lo convencido que parecía de que me alegraría de la noticia. Que incluso lo considerase algo digno de comunicarse—. ¿Sabías que mamá...?

Esperó unos instantes, y después, sin esperar a que acabase la frase, cogió su sándwich. Se le cayó un cachito de pepino y dijo «¡Vaya!». No pude soportarlo. No quería hacerle daño, solo quería hacerle daño a ella. Directamente, no a través de él. Me limité a decir:

—Seis días ni siquiera es su récord.

Mi padre abrió el sándwich por una esquina y volvió a meter el pepino.

—Ya, supongo que no.

—¿Quieres que hablemos de mi __?

—¿De tu qué?

—Mi diagnóstico. El médico nuevo.

Se disculpó. Dijo que estaba en blanco.

Mi madre no se lo había contado. Supuse, por un momento, que por respeto a lo que le había pedido en mi mensaje, pero acto seguido pensé: «Pues claro, cómo no». Me sentía muy cansada.

—Vas a tener que darme alguna pista.

Empecé a contarle lo que había dicho Robert.

El interés de su rostro se transformó en inquietud y después en desolación a medida que seguía hablando. Dijo «por Dios, por Dios» una y otra vez. Noté que quería creerme cuando le dije, más o menos a modo de conclusión, que mejor así porque significaba que no estaba loca.

—Sí, vale. Lo entiendo, y además se supone que se ceba sobre todo con las personas brillantes. Y ya que estamos… —apartó su plato y se levantó para acercarse a su ordenador, que era un trasto enorme y viejo que habíamos comprado con el dinero obtenido a cambio del anillo de compromiso de Jonathan— vamos a echar un vistazo.

Se puso a teclear con los dos índices, diciendo lentamente en voz alta: «Gente… famosa… con… __». Dio a otra tecla y se quedó mirando con los ojos entrecerrados el Power Point que había aparecido en la pantalla, esforzándose por guiar el ratón hacia la pestaña que le interesaba. Y de repente, inexplicablemente, me sentí feliz…, aunque no era tan inexplicable, porque estaba con él, en aquella habitación en la que tanto tiempo habíamos pasado juntos y en la que siempre me había sentido bien, si estábamos los dos solos. Pinchó y dijo:

—Mira, ya estamos. A la primera —y leyó el nombre del artista famoso que encabezaba la lista. Vi la foto en blanco y negro y dije que me parecía curioso que la hubieran elegido…, el artista estaba sentado al borde de la cama con un rifle en las manos.

—¿Este no fue el que se pegó un tiro en la cabeza?

Mi padre cogió el ratón. Apareció otro pintor muerto, después un compositor muerto y dos escritores muertos, y siguió pinchando, cada vez más deprisa, en busca de mejores ejemplos. Un político muerto y un presentador de televisión muerto. Mientras veía las fotos, era consciente de que una lista *online* de suicidas debería afectarme, pero el caso es que no me afectaba. Porque todos los males que me había causado la enfermedad, los había superado sin apenas intentarlo, mientras que otras personas más brillantes, algunas famosas y otras desconocidas, no habían sido capaces a pesar de todos sus esfuerzos. No merecía estar viva en su lugar. Habían sufrido, y habían perdido. Un médico me había dicho que lo había gestionado todo muy bien. No merecía tener tanta suerte.

Después de una serie de actores muertos, mi padre se volvió para mirarme y dijo con tono de desesperación:

—¿Y ese quién es?

—Un humorista que era adicto a los analgésicos. Pero sigue vivo, así que bien.

—Sí.

Mi padre sonrió débilmente antes de volverse de nuevo hacia la pantalla y saltarse la foto de una estrella del pop que tampoco reconoció, y por fin, con cara de agobio, se reclinó en la silla. Leyó en voz alta el nombre de un poeta estadounidense, que había muerto pero de causa natural, y, agotado pero al fin satisfecho, exclamó:

—¡Vaya, eso no lo sabía yo!

Me reí.

—¡Increíble!

—Sí que es increíble, sí. ¡Mi hija y el artífice del posmodernismo!

Le pregunté si le parecía bien que hiciéramos un café, y, levantándose de un salto, encabezó la marcha hacia la cocina.

A última hora de la tarde, en la puerta de la calle y a punto de irme, abracé a mi padre y, apretando la mejilla contra su pecho y sintiendo el familiar tacto y el olor a lana de su cárdigan, dije:

—Por favor, no se lo digas a nadie. Ni a Ingrid ni a nadie. Aún no se lo he contado a Patrick.

Dio un paso atrás.

—¿Por qué no?

Bajé la vista y alisé un pliegue de la alfombrilla con el pie.

—¿Martha?

—Porque no. He estado muy liada.

—Aun así, por muy liada que hayas estado... —Mi padre se interrumpió, intentando dar con una manera más amable de decir «No mientas, tú nunca estás liada»—. En fin, sea por lo que sea, esto es lo más importante. No hay nada más importante. Me sorprende, si quieres que te sea sincero.

En mi papel de hija había perpetrado mil y una canalladas y nunca, ni una sola vez, se había enfadado mi padre conmigo. Ahora sí, y encima por una canallada de otra persona.

—Bueno —dije—, pues si quieres que yo te sea sincera —mi padre se estremeció al oír mi tono—, no he tenido tiempo de hablar con Patrick porque he estado intentando procesar el hecho de que tu mujer tenía esta información desde el principio y decidió, simplemente, no decir ni una palabra a nadie. En plan, mi hija lleva casi toda la vida sintiéndose mal a temporadas y a veces puede que tenga un puntito suicida, pero para qué vamos a agobiarla con la causa. Total, seguro que al final todo se arregla.

No supe si la expresión de mi padre seguía obedeciendo a la impresión por mi tono, a que no daba crédito a mis palabras o a que estaba disgustado porque sabía que era cierto. Se limitó a decir «Martha, Martha» mientras le apartaba de un empujón y me marchaba, cerrando la puerta con demasiada fuerza. Hasta entonces no me había parecido mal no habérselo contado a Patrick. No me había sentido culpable por ello. Pero ahora me fui caminando a la estación cargada de razón, odiando a mi madre también por este motivo.

En el metro, al salir de un túnel a un tramo de vía terrestre, me sonó el teléfono dentro del bolso. Lo cogí y la recepcionista de

Robert me dijo que el doctor quería hablar conmigo, si era tan amable de esperar un momento.

Me quedé escuchando un inquietante fragmento de *El Mesías* de Haendel, hasta que oí un clic y, a continuación, a Robert diciendo: «Hola, Martha». Y después, que esperaba no haberme pillado en mal momento, pero que esa mañana, al repasar mis notas, se había dado cuenta de que no me había hecho una de las preguntas estándar requeridas para recetar un medicamento..., lamentaba mucho el descuido, aunque no era peligroso.

El metro estaba entrando en la siguiente estación y apenas le oí con el anuncio grabado. Me disculpé y le pregunté si podía repetírmelo.

Dijo que por supuesto.

—No estás embarazada o intentando quedarte, ¿no? Se me pasó preguntártelo en la consulta.

Dije que no.

Robert dijo que estupendo y que no hacía falta cambiar nada en cuanto a la medicación, que simplemente tenía que asegurarse para dejar constancia en el historial, y que solo me llamaba para eso.

Haciéndome oír sobre los pitidos de las puertas, dije:

—Perdón, solo una pregunta rápida: ¿importaría si lo estuviera?

Un grupo de adolescentes estaba intentando entrar en el vagón en el último momento. Uno de ellos forzó las puertas y las mantuvo abiertas mientras los otros pasaban agachando la cabeza por debajo de sus brazos. Me levanté mecánicamente, sin ser consciente de mis movimientos, pero oí que me llamaba cabrona cuando le aparté de un empujón y me bajé.

En el andén, volví a preguntar a Robert si habría algún problema en que me quedase embarazada mientras tomaba la medicación.

—No, en absoluto.

El metro arrancó y en el silencio absoluto que se hizo a continuación le oí decir:

—Cualquier medicación de esta categoría y, desde luego, las

versiones que te han recetado en otras ocasiones son completamente seguras.

Le pregunté si le importaba esperar unos segundos mientras buscaba un sitio donde sentarme. Pero lo que hice fue inclinarme sobre una papelera y escupir, alejando el teléfono todo lo posible. No salió nada, a pesar de que tenía un regusto pastoso a vómito en la parte de atrás de la boca.

Robert me preguntó si me pasaba algo. Junto a la papelera había una fila de asientos. Fui a sentarme, pero calculé mal y me caí sobre la rabadilla. El andén se había quedado vacío. Sin levantarme del sucísimo suelo, respondí: «No. Perdón. Estoy bien».

Dijo que perfecto.

—Pero por si acaso llegara a preocuparte más adelante, quiero que sepas que es completamente seguro, tanto para la madre como para el bebé. Tanto antes del parto como después. De manera que si la medicación funciona y decides quedarte embarazada en algún momento, no sería necesario que la interrumpieras.

Era como un sueño en el que intentas levantarte, pero no puedes; tienes que huir de algo, pero tus piernas se niegan a moverse. Intenté responderle, pero no me salían las palabras. Al cabo de un rato, Robert me preguntó si seguía allí.

—No quiero bebés. Sería mala madre.

No recuerdo cómo empezaba su respuesta, solo que terminaba diciendo:

—Si lo crees porque sospechas que puedas ser una persona inestable o poner en peligro a un niño, permíteme decirte que padecer __ no incapacita para tener hijos. Tengo muchas pacientes que son madres y lo hacen muy bien. No tengo la menor duda de que serías una madre estupenda, si quisieras serlo. No es motivo para renunciar a la maternidad.

Le dije que no se me ocurría nada que me apeteciera menos y solté una alegre risotada a la vez que mi mano se cerraba en un puño. Me golpeé la cabeza. No me dolió lo suficiente. Volví a hacerlo. Por detrás del ojo izquierdo destelló un chispazo blanco.

—Claro, claro —dijo Robert—. Si alguna vez cambias de opinión, ya sabes dónde estoy.

Estaba entrando otro tren. Vi cómo avanzaba hacia mí. Instantes después, estaba de pie en medio de un vagón abarrotado, mirando a la nada, dejándome zarandear mientras traqueteaba sobre las vías y se embalaba por la oscuridad total del túnel.

Había un coche de aeropuerto aparcado enfrente del hogar exclusivo. Patrick estaba al lado del maletero abierto, intentando ayudar al chófer a meter la maleta.

Me vio y dejó que la cogiera el chófer, y después se acercó a paso rápido con aspecto extrañamente irritado.

—Pensaba que no iba a verte antes de irme. ¿Has visto mis llamadas?

Dije que no y me inventé no sé qué excusa, pero Patrick se estaba fijando en algo que acababa de ver a un lado de mi cabeza.

—¿Qué te ha pasado en la cara?

—No sé.

Alargó el brazo para tocarlo. Se lo aparté de un manotazo y me eché a reír.

—Martha, ¿qué está pasando?

Molesto, dijo, «Por el amor de Dios», lo cual me hizo reír aún más.

—Para. Martha, en serio, para. Estoy harto.

—¿De qué? ¿De mí?

—No. Maldita sea.

También eso me hizo mucha gracia.

Entonces se enfadó y dijo:

—Me voy y no te voy a ver hasta dentro de dos semanas. ¿Por qué no puedes estar normal?

Me entró un ataque de risa.

—No sé, Patrick. ¡No lo sé! ¿Lo sabes tú? Yo no lo sé. Es un misterio. ¡Un completo misterio!

Y me metí en casa, lo suficientemente cargada de razón por el intercambio de palabras como para poder odiar a la vez a mi madre y a mi marido de ahí en adelante. Queriendo y sin querer, los dos me habían arruinado la vida.

Aquella noche, me tomé la pastilla rosa, a pesar de que en realidad ya no me importaba si mejoraba o no.

Patrick estuvo ausente diez días. Me enviaba mensajes de texto. Yo no le respondí, menos para comunicarle que iba a pasar la semana con Ingrid, a lo cual respondió: «Genial, diviértete».

Le dije a Ingrid que iba para unos días. Para ayudarte, dije. Y aunque eso no se lo creía nadie, mi hermana tenía demasiada necesidad de ayuda como para ponerlo en cuestión. Y estaba perpetuamente cansada, a menudo llorando por los niños y, si no, chillando a Hamish. La casa parecía una leonera y siempre había ruido: aplicaciones, televisión, las amigas de Ingrid y sus hijos entrando y saliendo todo el santo día, los llantos y los portazos nocturnos, y yo era absolutamente invisible. Incluso cuando no conseguía evitar que mi tristeza desbordase los límites de mi cuarto, nadie se daba cuenta. No volví a casa al cabo de unos días. Seguía allí cuando volvió Patrick. Me envió un SMS. Le dije que Ingrid quería que me quedase otra semana más.

Solo una vez, en las dos semanas que acabaron siendo tres, me preguntó mi hermana qué tal estaba, y tampoco lo cuestionó cuando le respondí que genial ni me pidió más detalles. No conté nada de Robert ni de Patrick. Le dije que no me hablaba con nuestra madre y no mostró ningún interés por los pormenores, porque también ellas habían dejado de hablarse un montón de veces por un montón de razones.

El día que vino Patrick a casa de Ingrid, hacía ya un mes desde la última vez que nos habíamos visto. Entró por la puerta de la calle que estaba abierta, y pasó a la cocina. Ingrid y yo estábamos en la mesa, ayudando a los niños con la merienda.

—Martha, ya es hora de volver a casa.

No pensaba irme con él, pero Ingrid se levantó de un salto y mientras decía: «Sí, desde luego, claro que sí» se lanzó a recorrer la cocina recogiendo cualquier cachivache que pudiera ser mío. Solté el tenedor con la rodajita de salchicha que llevaba un rato intentando meter en la boca de su hijo mediano con todo tipo de artimañas. ¡Y yo que pensaba que mi presencia había sido una gran ayuda! El alivio de mi hermana era tan evidente, insistía tanto en que podía marcharme en ese mismo instante y en que ya me llevaría Hamish todas mis cosas más tarde, que me levanté y seguí a Patrick hasta el coche, cargados los dos con los trastos que nos había encasquetado Ingrid.

Mi rabia hacia Patrick no disminuyó durante las siguientes semanas. Cuando estaba con él, era intensa y se alimentaba de su manera de beber de una taza, de cepillarse los dientes, de su bolsa del trabajo, del tono de su móvil, de su colada —que siempre estaba al fondo de la cesta—, del pelo de su nuca, de sus esfuerzos por ser normal, de que comprase pilas y enjuague bucal, de que dijera: «Pareces triste, Martha». Me volvía mala e hiriente cuando conversábamos, desdeñosa, despreciativa. Después me arrepentía, pero en el momento era incapaz de resistirme a los arrebatos de ira. Incluso cuando me proponía portarme mejor, hablar con él, una frase que empezaba bien terminaba de pena. Y era por eso por lo que, en general, evitaba estar en la misma habitación o incluso en casa cuando estaba él.

Sola, sentía una tristeza enorme. Era una pena intensa pero no constante, y entremedias sentía una serenidad contra natura que me era nueva. Llegué a la conclusión de que era la serenidad del paciente de cáncer que lleva tanto tiempo luchando que siente alivio cuando descubre que es un cáncer terminal, porque así puede parar y hacer lo que le dé la gana hasta el final.

El único comentario que hizo Patrick en referencia al nuevo orden de cosas era que días atrás había caído en la cuenta de que hacía mucho que no me veía llorar. Dijo: «Supongo que habrás desgastado el mecanismo», seguido de «ja, ja»..., las palabras, no el sonido.

Era su manera de preguntarme qué había pasado. Y mi respuesta fue:

—¿Te importa empezar a dormir en otra habitación?

Mi editor me envió un correo sobre una columna que había escrito. Era un lunes por la tarde. Más tarde, en mi agenda, vi que habían pasado seis semanas desde la charla con Robert.

El asunto del correo era *Reacción*. No se me encogió el estómago al leerlo, ni tampoco al leer la primera frase del montón de párrafos llenos de erratas mecanográficas. *Oye, mil disculpas por tardar tanto en responderte*. Últimamente, decía, todo había sido una locura. Bnueo, *te cuento* —seguía—. *Esta última columna tocaba temas bastante desagradables, creo que has errado el tiro, en* gnereal *es demasiado duro/criticón*. Me pedía que lo reescribiera. *Algo más gracioso y más en primera persona. Tómate el* teipmo *que necesites*.

Me volví hacia la ventana y me quedé mirando las hojas del plátano, enormes y tornasoladas a la luz del sol. Al volver a la pantalla, mis ojos se detuvieron en unas profundas marcas triangulares que había en la pared, justo encima del ordenador. Me sorprendió que el anterior correo que me había escrito mi editor en este mismo tono me hubiese humillado y asustado tanto, que el sofocón y las náuseas me hubiesen impulsado a levantarme de la silla para coger una plancha del armario y, alzándola todo lo posible, embestir una y otra vez con la punta la pared. Esta vez, en cambio, estaba de lo más tranquila. Dije: «Anda», en voz alta. Fue entonces cuando comprendí que estaba mejor, que las pastillas que me había dado Robert habían hecho efecto.

De nuevo me volví hacia la ventana. Me quedé un rato más mirando el árbol y después reescribí la columna..., esta vez, sobre el día que perdí mi taza eco y, como le había hecho tantos comentarios críticos al camarero sobre la gente que sigue utilizando vasos desechables, tuve que beberme el café en una coctelera, la única alternativa que pude encontrar.

Que fuera capaz siquiera de volver a escribirla, de olvidarme del correo hasta que hube terminado, me pareció increíble. No la envié justo entonces porque el editor vería que solo había tardado cuarenta minutos en escribir seiscientas palabras de algo «más gracioso y más en primera persona». Lo archivé y me puse a escribirle un correo a Robert.

Quería contarle lo que acababa de pasar. Quería decirle que por primera vez había sido capaz de decidir cómo reaccionar a algo malo, aunque fuera una nimiedad como aquella, en lugar de volver en mí en plena reacción. Que hasta entonces no había sabido que era posible elegir cómo sentirse en lugar de dejarse arrollar por una emoción procedente de fuera. Le dije que no sabía explicarlo bien. No me sentía como una persona distinta, me sentía yo misma. Como si me hubiese encontrado.

Lo borré todo y envié una sola línea para decir que me sentía mejor y agradecida y que perdón por enviarle un correo. Después busqué su nombre en Google.

Por muy jugosa que hubiera sido la información personal que se le hubiera podido escapar a Julie Female durante las innumerables horas que pasamos juntas, jamás se me habría ocurrido aparcar a la puerta de su casa con la esperanza de obtener otro valioso dato más sobre su vida. Me traía sin cuidado quién era ella más allá de aquel cuarto de huéspedes reconvertido en consulta. Pero después de aquel correo estuve muchos días pensando constantemente en

Robert. Hice búsquedas de imágenes en Google y pinché en fotografías sacadas en congresos. Leí artículos suyos y vi en YouTube una larga conferencia que había dado a un público formado por psiquiatras.

Me imaginé a mí misma volviendo a Londres y apostándome en Harley Street a alguna hora en la que fuera posible que saliese. Sabía que si le veía detenerse en la acera a ver qué tiempo hacía mientras se subía la cremallera del chubasquero, daría un paso atrás y me quedaría mirándole, preguntándome adónde iría y quién le estaría esperando y si repasaría la jornada en el tren con el periódico doblado sobre el regazo, reconsiderando a cada paciente.

Me moría de ganas de saber qué pensaba Robert de mí; si, después de la consulta, le habría hablado a aquella mujer que tan bien me había caído sobre una nueva paciente a la que le había diagnosticado __. Empezó a importarme mucho haberle parecido inteligente, divertida, original, y que fuera esa la imagen que se le hubiese quedado de mí, a pesar de que no había sido ninguna de estas cosas durante la hora que había pasado con él.

El viernes por la mañana, cuando estaba enviando la columna, me respondió. El corazón me dio un vuelco al ver su nombre. Después de una semana de pensar en él en términos imaginarios, saber a ciencia cierta lo que había estado haciendo tan solo unos segundos antes era tan maravilloso que hice una captura de pantalla de la bandeja de entrada y, una vez leído, del correo. Decía: «Genial, me alegro mucho. Enviado desde mi iPhone». Después borré las dos capturas, limpié el historial y me fui al piso de abajo. No debía asignar tanto valor al nombre de Robert y a su lacónica respuesta como para necesitar conservarlos. Lo que había estado haciendo durante tantos días era una ocupación propia de locos, y yo no estaba loca; Robert era una persona como las demás.

Pero si hubiera sido descubierta, habría dicho que era porque me había salvado la vida, y que lo único que realmente sabía de él era que una vez se había cortado la mano partiendo un tomate.

Cancelé la consulta de seguimiento porque no tenía nada más que decir.

Al parecer, esta vez mi columna había dado en el clavo.

Después de aquello, todo fue normal. Yo era normal y vivía siendo hiperconsciente de ello. Rompía algo, sin querer, y reaccionaba como lo haría cualquiera persona normal, con una exasperación que solo duraba lo que tardaba en recoger. Me quemaba la mano y sentía un nivel normal de dolor, y si no encontraba la pomada que necesitaba para que se me calmase, me fastidiaba, pero no me enfurecía. La casa y los objetos que contenía eran eso, objetos, no estaban imbuidos de amenazas ni de intenciones. Cuando salía a la calle, me sentía tan normal que me preguntaba si les saltaría a la vista a los demás. Mantenía conversaciones en las tiendas. Le pregunté a un hombre si me dejaba acariciar a su perro. Le dije a una mujer embarazada: «Está al caer, ¿eh?», y se rio y dijo: «Solo estoy de cinco meses».

Y sentía una tristeza normal, proporcional a los descubrimientos que había hecho y a las consecuencias de haberme enterado en ese momento y no en otro. Y, sobre esta base, mi actitud hacia Patrick también era normal. Cualquiera que nos viera tendría que admitir que dadas las circunstancias —una mujer que se portaba como si odiase a su marido—, todo era muy normal.

Un día de noviembre, Patrick vino al trastero mientras yo estaba anotando en mi agenda la fecha de entrega que me había dado mi editor. Estaba sentada a mi escritorio, de espaldas a él. Noté que se acercaba y se quedaba detrás de mí, mirando por encima de mi hombro.

—¿Te importaría dejar de mirar?

Observó que la fecha de entrega era un día antes de mi cumpleaños. Le sorprendía que no lo hubiera anotado.

—¿Tú crees que los adultos suelen escribir «mi cumpleaños» en la agenda? ¿Por qué has entrado?

Dijo que por nada en especial y pensé que se iría, pero se dirigió hacia una silla de mimbre que había en un rincón. Crujió bajo su peso. Sin volverme, le dije que en realidad no era una silla para sentarse.

—¿Quieres celebrarlo con una fiesta?

Dije que no.

—¿Por qué no?

—No estoy en mi mejor momento para celebrar nada.

—Pero cumples cuarenta. Hay que atacar el día.

—No me digas.

—Vale. Pues no lo celebres. —La silla volvió a crujir cuando se levantó—. Pero yo voy a organizar algo porque si no llegaremos al día señalado sin ningún plan y me castigarás por ello.

—Vale. Entonces —me giré y le miré por primera vez desde que había entrado— la fiesta es más un parapeto para que no me lleve un disgusto que un deseo por tu parte de homenajear a tu encantadora esposa a la que tanto quieres.

Patrick se llevó las manos a la cabeza.

—No hay manera de que gane. En serio, no la hay. Te quiero, por eso estoy intentando organizar esto. Para hacerte feliz.

—No me hará feliz. Pero tú haz lo que tengas que hacer.

Le di la espalda otra vez y se fue, diciendo mientras salía:

—A veces me pregunto si no será que te gusta estar así.

Me envió una invitación por correo electrónico, la misma que envió a todos los demás.

La siguiente conversación larga que tuvimos Patrick y yo fue mientras volvíamos de la fiesta en coche. Le dije que cuando hacía eso de señalar a la gente, lo de poner los dedos en forma de pistola para ofrecer una bebida, me entraban ganas de estrangularle. Dijo: «Se me ocurre una cosa, Martha, ¿qué tal si no hablamos hasta que lleguemos a casa?».

—¿Y qué tal si tampoco hablamos cuando estemos en casa? —contesté, y encendí la calefacción al máximo.

Siempre que veo al hijo mayor de Ingrid, me pide:

—¿Me puedes contar lo de que nací en el suelo?

Me dice que su madre está demasiado cansada y que su padre solo vio el final. Dice que sus hermanos no se creen que puedan nacer bebés en el suelo... Con eso quiere decir que van a tener que volver a oírlo, pero por separado, después de él. Sentado en mis rodillas, me pone una mano a cada lado de la cara y me dice que tengo que contarle la versión graciosa.

La última frase es suya. La última frase es:

—Pero a mi mamá no le gustaba el nombre y por eso a veces todo el mundo me llama Patrick No.

Antes de bajarse de mis rodillas, me pide que le explique una vez más por qué Patrick no era su tío por aquel entonces y, un poquito más tarde, sí. Le parece asombroso. Es como si confirmase su convicción de que la naturaleza misma de las cosas gira en torno a su existencia, pero no es capaz de disfrutarlo del todo hasta que le aseguro que no se puede dar marcha atrás. Que Patrick siempre será su tío.

La mañana siguiente a la fiesta, Ingrid me llamó para hacer la autopsia de la velada, «como tengo por costumbre», dijo. Yo seguía en el sofá en el que me había dejado Patrick para irse a comprar el periódico, creyendo que, en efecto, era eso lo que había ido a hacer y que no tardaría en volver. Me dijo que estaba en el cuarto de baño escondiéndose de sus hijos, y que tendría que colgar si la encontraban. Con el ruido de fondo del chapoteo del agua, clasificó los modelitos que habían lucido las mujeres en orden ascendente de peor a pasable, y después estuvo un rato hablando de la nueva novia de Oliver, que se había cogido una cogorza impresionante y había flirteado con Rowland. Al final de la noche, parecía una dragaminas, buscando por todas partes vasos abandonados, y más tarde, en el aparcamiento, había visto a Oliver rompiendo con ella. Qué raro se le hacía, dijo Ingrid, que esta vez no hubiera sido nuestra madre la dragaminas, que no hubiera estado presente para repetir mil veces, cuando ya no se tenía en pie, que alguien le había echado algo en la copa…, un algo que, añadió, siempre eran diez copas más. En la fiesta, mi hermana no me había preguntado por qué no estaba mi madre, y tampoco lo hizo entonces. Que no hiciese acto de presencia en una celebración en honor de otra persona no era lo suficientemente sorprendente.

—¿Te lo pasaste bien?

Pensé que me lo preguntaba de verdad y respondí que no.

—Ya. Era más que evidente.

Me sentí acusada y le dije que lo había intentado.

—¿Ah, sí? ¿De veras? ¿Te refieres a cuando te encerraste en los lavabos, o a cuando te pusiste a mirar el móvil mientras yo soltaba esa patochada de discurso?

—Haz el favor de recordar que yo ni siquiera quería una fiesta. Fue todo idea de Patrick. Pero da igual. Lo siento.

Oí el agua saliendo por el desagüe, a mi hermana saliendo de la bañera. Me dijo que esperase un segundo, y después soltó un fuerte suspiro antes de arrancar a hablar de nuevo.

—Sé que Patrick y tú habéis pasado una temporada de mierda por razones que se me escapan, pero me gustaría ser capaz de entender por qué no puedes dejar el mal rollo en segundo plano durante una sola noche y comportarte en plan: joder, es mi cumple, mi marido ha organizado todo esto, están aquí todos, me tomo una copita de champán y una puta aceituna y ya retomaré mañana mis problemas matrimoniales.

No podía explicarle a Ingrid por qué me portaba como si odiase a Patrick sin revelar por qué, a esas alturas, le odiaba de verdad. Y de repente estaba tan agotada, tan tan agotada, de ser otra vez la mala, la decepcionante, la aguafiestas, que cuando contesté casi estaba gritando.

—Porque todo es falso, Ingrid. Todos esos discursos y esas risas y esos «Ay, Martha, estás preciosa, felicidades, ¡cuarenta tacos!». No son mis amigos. Ninguno sabe lo más mínimo sobre mí, por qué soy como soy. Y la culpa la tengo yo porque soy un desastre y una mentirosa. Ni siquiera tú me conoces.

—¿Se puede saber qué estás diciendo?

Me cambié el móvil de mano.

—Tengo __.

—¿Quién lo ha dicho?

—Un médico nuevo.

Como si me hubiera quejado de que estaba gorda, Ingrid dijo:

—Pues vaya estupidez. Es obvio que se equivoca.

—No, no se equivoca.

—¿Cómo? ¿En serio?

Dije que sí.

—¿De veras tienes __? Joder. —Guardó silencio unos segundos—. Cuánto lo siento.

—No lo sientas. No pasa nada. Me dio una cosa que ha funcionado. Desde hace seis meses me siento como nueva.

—¿Por qué no me lo dijiste?

—No se lo he contado a nadie más que a mamá y papá.

—¿Por qué no? Si no pasa nada, ¿qué te impide contárselo a todo el mundo?

—Porque aun así me resulta muy violento, joder.

—Yo no te habría juzgado. Nadie te habría juzgado. O no deberían. —Y después, con palabras que sonaban tan impropias de mi hermana que temí no ser capaz de contener la risa, dijo—: Como sociedad, tenemos que poner fin al estigma asociado a las enfermedades mentales.

—Madre mía, Ingrid. Preferiría que cambiásemos de tema..., como sociedad, o si quieres como hermanas...

—No tiene gracia.

—Vale.

—¿Qué piensa Patrick?

—Ingrid, te lo acabo de decir.

—¿Qué?

—No sabe nada.

—¿Cómo? Ay, Dios, Martha. ¿Por qué coño has decidido contárselo a nuestros padres en vez de a tu propio marido?

—No lo decidí. Se lo dije a papá sin querer. Y resulta que a nuestra madre no hacía falta decirle nada.

—¿Qué? ¿Por qué no?

Le dije que, si no le importaba, mejor hablábamos de ella en otro momento.

—De acuerdo. Pero... —alguien gritó «mamá» y se puso a aporrear la puerta del cuarto de baño; Ingrid no hizo ni caso— sigo sin entender por qué no quieres que lo sepa Patrick. Lo estás pasando fatal, y aparte de que no estaría mal que tuviese esta información fundamental sobre su mujer, el secretismo es una actitud de mierda entre personas casadas.

—Patrick debería haberlo sabido.

—¿Por qué? Tú no lo sabías.

—Pero yo no soy médico.

—Y Patrick no es psiquiatra. Y el caso es que ahora lo sabes, así que ¿sigue teniendo importancia?

—Sí.

—¿Por qué?

Se oyó otro estrépito al fondo, la puerta que se abría con demasiada fuerza y se estampaba contra la pared, las voces de sus hijos. Ingrid me pidió que esperase. Le oí decir: «Venga, fuera, fuera», pero no se iban y el rifirrafe duró unos minutos. Para cuando volvió, se le había olvidado la pregunta.

—Martha, se lo tienes que contar. No puedes seguir así indefinidamente, pensando que algún día podréis ser felices, si no le cuentas algo tan importante.

—Yo no pienso que podamos ser felices. Nunca.

Era la primera vez que me oía a mí misma decirlo, alto y claro.

—Martha, en serio. —Ingrid estaba molida—. ¿Dónde está ahora?

Le dije que había salido a por el periódico. Desde donde estaba yo sentada, veía la cocina, el reloj del horno. Llevábamos dos horas hablando. No tenía ni idea de dónde estaba Patrick en realidad.

—Por favor, prométeme que se lo contarás en cuanto vuelva. O si no, no sé, escríbele una carta. Eso se te da bien.

Dije que lo haría y que tenía que colgar porque me quedaba un cuatro por ciento de batería. No sabía si era verdad, ni lo uno ni lo otro.

Me quedé allí sentada un ratito más, hasta que el sentimiento de culpa se transformó en enfado, o viceversa. En cualquier caso, era un sentimiento lo bastante potente como para impulsarme a abandonar el sofá y subir al piso de arriba. Me duché y sequé el suelo con el vestido que había dejado allí tirado la noche anterior. Bajé a la cocina, vacié la taza de café de Patrick, pelé un plátano y no me lo comí, y para cuando hube hecho todas estas bobadas me daba todo igual. Saqué un boli de un cajón y escribí la carta, de pie, apretando el papel contra la pared hasta que me quedé sin tinta. Decidí irme a Londres.

Al arrancar el coche se encendió el piloto del depósito. Tuve que ir andando a la estación. En el andén, recibí un mensaje de Ingrid. Lo leí y no me entraron ganas de estampar el móvil contra algo ni de aplastarlo con el talón, y después me subí al tren, sin saber a qué parte de Londres me llevaba.

Cuando abrí los ojos, el tren estaba entrando en Paddington. El mensaje de mi hermana decía: *Quería decírtelo antes. Estoy embarazada otra vez. Perdona x 100000000.*

Fui en metro a Hoxton, a un lugar al que había ido un año antes, cuando Ingrid había decidido tatuarse los nombres de sus hijos en la muñeca con un hombre que había encontrado en Instagram. Me dijo que tenía cien mil seguidores.

La chica del mostrador me dijo que el estudio no recibía a nadie sin cita previa, toqueteándose el *piercing* del tabique nasal mientras hablaba.

—Pero tiene un hueco dentro de cinco minutos y podría hacerte algo pequeño... Vamos, que algo como esto, no —en alusión a su clavícula, que llevaba al descubierto y lucía un tatuaje de hojas de vid. Le dije que era impresionante—. Sí, ya lo sé. Puedes esperar ahí si quieres.

Fingí que estudiaba el menú de aterradoras opciones de *body art* que había en la pared hasta que el hombre de los cien mil seguidores vino y me llevó a la trastienda, donde me indicó que me sentase en una silla reclinable para luego acercarse a mí arrastrándose sobre su taburete. Le enseñé una foto del móvil.

—Sin colorear. Solo el contorno. Y lo más pequeño posible.

Cogió el teléfono y amplió la imagen.

—¿Qué es?

Le dije que era un mapa barométrico de las Hébridas. Lo quería en la mano, no me importaba en qué parte.

Dijo «Genial», me cogió la mano y frotó el pulgar sobre mi fina piel rayada de cuarentañera.

—Sí, creo que aquí te puede quedar bien, justo debajo de la uña. —Me soltó, tiró de un carrito y se puso a sacar cosas de los minicajones—. ¿Eres de ahí, o qué?

Dije que no y me quedé callada por unos instantes, dudando si contarle o no el motivo. Por un lado quería, pero por otro me preocupaba que fuera tan incomprensible, y después tan aburrido, como cuando alguien explica un sueño, cuenta una revelación a la que ha llegado gracias a la terapia o describe cómo va a ser su traje de novia.

Después me acordé de que ya no me importaba nada.

Me había cogido la mano otra vez y me estaba pasando alcohol por la palma con un algodón.

—Es por el clima. Suele haber ciclones, tormentas torrenciales y huracanes impredecibles y devastadores, lo cual, supongo, hace que sea difícil vivir una vida normal. Así es como me siento yo. Tengo __.

Se giró sobre el taburete, tiró el algodón a la papelera y dijo:

—¿Y quién no, cariño?

La frase no tenía ningún sentido, y me pareció de una bondad suprema que aquel hombre con un crucifijo, una serpiente, una rosa seca y un cuchillo sanguinolento tatuados en el cuello, además del nombre de Lorna —que, por la fecha de nacimiento tatuada debajo, debía de ser su madre—, recibiese mi revelación sin inmutarse. Ni alzó la mirada ni me preguntó nada más hasta que terminó de dibujar en mi pulgar con el boli.

—Pero ahora estás bien, ¿no? No tienes pinta de pirada.

—Sí, ahora estoy bien.

—Entonces, ¿por qué sigues queriendo cargar con tu clima?

—Creo que... en memoria de las cosas que he perdido, quizá.

Había estado a punto de empezar. La punta de la aguja estaba sobre mi piel, pero la retiró y esta vez me miró a los ojos mientras me decía:

—¿Como qué? ¿Amistades?

Abrí la boca y dije: «No, me refería a...».

Cuando era adolescente, un médico me dio unas pastillas y me advirtió que no me quedase embarazada. El siguiente médico me dio otra cosa distinta, pero dijo lo mismo. Otro médico y luego otro y otro más, diagnosticando y recetando e insistiendo en que el anterior se había equivocado…, pero siempre la misma advertencia.

Me tomaba todo lo que me decían, imaginándome que las pastillas se disolvían en mi estómago y que sus contenidos se extendían como un tinte negro o como un veneno por todo mi cuerpo, volviéndolo tóxico para el feto que no paraban de repetirme machaconamente que no concibiera.

Tenía diecisiete años, y diecinueve, y veintidós, y seguía siendo una chiquilla que no pensaba que los médicos pudieran equivocarse, y tampoco que quizá me desaconsejaban el embarazo no porque la medicación fuera peligrosa sino porque en su opinión lo era yo. Peligrosa para mí misma, para un bebé, para mis padres, y también para sus excelentes e inmaculadas trayectorias profesionales. ¿Un bebé sin planear nacido de una paciente con una enfermedad mental? ¡Ni hablar!

De modo que hice lo que me decían y me aseguré de que no me quedaba embarazada. Pero nunca dejé de tener miedo, hasta que conocí a Jonathan. Con él, durante una breve temporada, pude pensar que era una persona diferente. Si dejaba la medicación, podría tener un hijo.

Pero no podía dejarla. Mi cuerpo no podía vivir sin el tinte negro que fluía por él. Y luego Jonathan vio quién era yo, una persona con «tendencias», y dijo: «Gracias a Dios». Y yo dije: «Sí, gracias a Dios que no conseguí quedarme embarazada».

Porque incluso si un bebé sobreviviera dentro de mí, e incluso si naciera y yo pudiera cuidar de su cuerpo, algún día estallaría una pequeña bomba en su cabeza y todo el dolor y la tristeza que sentiría en la vida a partir de ese momento vendrían de mí, y mi culpa por lo que le habría legado me llevaría a odiarle de la misma manera que mi madre me odiaba a mí. Lo acepté. Una genealogía bíblica.

Madre costera deprimida engendró a Celia.

Celia engendró a Martha.

Martha no debería engendrar a nadie.

Y de repente, un médico me dijo que estaba equivocada, que «Tener __ no es una razón para privarse de la maternidad». Robert tiene muchas pacientes que son madres. Les va muy bien. No tiene ninguna duda de que yo sería una madre estupenda. Si es que quiero serlo.

Sentada en el sucio andén, escuchándole, fue cuando comprendí que lo que siempre había tenido por cierto no era sino la interpretación de una niña enferma. En lugar de ponerlo en duda cuando me hice adulta, fui añadiendo leña al fuego. Cada vez había mas abalorios colgando de la larguísima sarta. Me imaginaba más cosas que las que me habían contado, y cada vez que me imaginaba a mi bebé herido, a mi niño herido por el tipo de madre que le había tocado, sentía miedo y, peor aún, vergüenza, y ese era el motivo de que hubiese estado mintiendo.

Todo el tiempo. A todo el mundo. A desconocidos, a la gente que me encontraba en las fiestas, a mis padres. A mi hermana mientras contemplábamos en la suave oscuridad a su bebé, bien arropadito. A mí misma mientras miraba por la ventana del autobús 94. Mentí a Robert. Me dijo: «... si decides quedarte embarazada», y yo le dije que no se me ocurría nada que pudiese apetecerme menos. Y mentí a Patrick, antes de casarnos y, después, cada día.

Mi marido no sabe que un niño es lo único que he querido en toda mi vida. No sabe que ver a mi hermana ser madre, una madre maravillosa, era como si me abrieran en carne viva, y que el hecho de que concibiera con tanta facilidad y tuviera más hijos de los que quería tener ensanchaba tanto la herida que jamás iba a poder cerrarse. Y la he odiado —sol-luna-estrellas-amor-de-mi-vida— por haberse quejado de todo: de su cuerpo destrozado, de los recién nacidos que la agotan con su llanto, de los niños que empiezan a andar y todo lo tocan y la necesitan a todas horas, de los gastos, de lavar lavar lavar siempre lavar, y de los zapatos llenos de barro, el final del sexo, huellecitas por todas las ventanas, ¡piojos otra vez!, terrores nocturnos, fiebres repentinas y peleas, el ruido incesante, y al final no puede ni con su alma, Dios, estos niños tan perfectos perfectos perfectos preciosos. Lo mejor que ha hecho en su vida. Pero tú qué suerte tienes..., seguro que te basta con una cesta para hacer la compra..., ¡seguro que ni siquiera sabías que venden papel higiénico en paquetes de cuarenta y ocho rollos!

Dentro de mí no hay nada más que el deseo de tener un hijo. Cada vez que cojo aire, cada vez que lo suelto. La bebé que perdí aquel día en la orilla del río, la quería tantísimo que pensé que dejaría de existir al mismo tiempo que ella. Desde entonces, no hay día que no haya llorado por ella.

Y sigo mintiendo, porque esta mañana te escribí una nota, Patrick, y no te la dejé. Está aquí, en mi bolso. Estoy viendo sus páginas dobladas. Estoy inclinándome y sacándola, y el hombre del cuello tatuado está diciendo: «Claro, dámela» y tirándola por mí, hecha un gurruño, a la papelera.

No te la di porque no mereces saber estas cosas sobre mí, sobre mi deseo de tener un bebé, ni siquiera sobre mi diagnóstico. Estas cosas son mías. Las he estado acarreando a solas y es como tener oro en mi interior. He andado por ahí con la certeza de que soy mejor que tú. Por eso te sonrío como la Mona Lisa, Patrick, mientras tú me miras con lupa, pero sigues sin darte cuenta de nada. No lo viste. No ibas buscándolo. Y de todos modos, nada de esto tiene ninguna importancia. Que te lo cuente o que no te lo cuente. Es demasiado tarde.

—No, me refería a..., bueno, supongo que a las oportunidades perdidas. Cosas que quería hacer y no hice.

El tatuador dijo:

—Ya, claro. La vida. Vaya mierda. Venga, vamos con esto.

Pensé que me dolería, pero no. Volví a meter la mano libre en el bolso y saqué el móvil. Alzando la voz para hacerse oír sobre el ruido de la aguja, dijo que hasta ahora no había tenido un solo cliente que se pusiera a mirar Instagram a la vez que le entintaba.

Terminó a los pocos minutos y, mientras me envolvía el pulgar con papel film, le pregunté si se acordaba de mi hermana, la mujer que le pidió que parase antes de que acabara la primera letra del nombre de su hijo mayor porque iba a desmayarse, y por tanto, en vez de tres nombres, tiene tatuada una minúscula rayita.

—Si es la que me dijo que debería estar en la cárcel por no ofrecer la epidural a los clientes y después echó la pota por todo el suelo, sí.

Nos levantamos a la vez, y mientras me iba me dijo que solía sugerir a los clientes que se tomasen un par de ibuprofenos o algo, pero que era evidente que yo tenía un aguante del carajo.

Era tarde, pasadas ya las diez, cuando volví al hogar exclusivo. Me había pillado la lluvia y tenía el pelo chorreándome por la espalda. Me sequé por debajo de los ojos y el rímel me tiñó las puntas de los dedos de negro. Patrick estaba en el salón. Había encargado comida a domicilio, para uno solo, y estaba viendo las noticias.

No me preguntó donde había estado. Yo no pensaba decírselo, ni tampoco, hasta ese momento, dirigirle siquiera la palabra al llegar, pero fue tal la rabia que me entró al encontrármelo ocupado con sus actividades normales que la sentí en forma de calor blanco en las cuencas de los ojos. A partir de ese momento, Patrick no tenía ningún derecho a disfrutar de la velada normal y corriente que había organizado ni a ninguna satisfacción de la vida doméstica, a sus rituales básicos y sus pequeños placeres cotidianos. Por su culpa, yo me había privado de todo ello, y jamás, en lo que me quedase por vivir en este valle de lágrimas, iba a conseguirlo.

Me acerqué y me planté entre la televisión y él. Levanté el pulgar, que seguía envuelto en papel film, y le dije que había estado en Londres haciéndome un tatuaje. Sin decir ni mu, hurgó con el tenedor en el envase de plástico, en busca de algún pedazo de algo que pinchar entre el arroz. Cuando le pregunté si quería saber qué era, dijo: «Tú misma», y siguió moviendo el tenedor.

—Es un mapa de las Hébridas. ¿Quieres saber por qué me lo he hecho? Vale, pues te lo cuento. Es una referencia al noticiario de transporte marítimo, Patrick. Ciclónico, estable a ratos, etcétera. Aquel chiste tan raro que hice una vez, ¿te acuerdas? Lo de que era una metáfora de mi estado mental. Te preguntarás, ¿y a qué viene esto ahora? Pues a que he ido a un médico nuevo que me ha dado una explicación de ese estado. A mediados de mayo, antes de que me lo preguntes. Conque sí, siete meses.

—Ya lo sé.

—Sabes ¿qué?

—Que fuiste a ver a un psiquiatra.

—¿Qué? ¿Cómo?

—Pagaste con mi tarjeta. En el extracto vi el nombre de Robert.

El siguiente arrebato de furia tuvo tantos orígenes distintos que solo pude captar uno: no soportaba que Patrick se refiriese a él por su nombre de pila.

—Si no querías que me enterase, deberías haber pagado a Robert en metálico.

—No le llames por su nombre. No es amigo tuyo. Ni siquiera le conoces.

—Vale. Pero tienes ___. ¿No es eso lo que vas a decirme?

—Dios mío. ¿Y cómo lo sabes? ¿Le has llamado?

Le dije a Patrick —le chillé— que no tenía permiso para llamarle, a pesar de que, en la parte de mi cabeza que no estaba desbordada, me decía a mí misma que no lo había hecho y que, en cualquier caso, Robert no habría podido compartir mi diagnóstico con él.

Y Patrick, que nunca era sarcástico, dijo:

—¿De veras? Vaya, primera noticia. ¿Así que hay algo así como un rollo de confidencialidad entre médico y paciente?

Como una chiquilla, di un taconazo y le dije que se callase.

—Dime cómo lo sabes.

—Conozco el medicamento.

—¿Qué medicamento?

—El que estás tomando.

Soltó el tenedor en el envase y dejó todo sobre la mesita.

—No te he dicho que esté tomando nada. ¿Has estado fisgoneando entre mis cosas?

Patrick preguntó si estaba hablando en serio.

—Lo dejas por ahí tirado, Martha. Ni siquiera tiras los envases vacíos a la basura. Los metes de cualquier manera en un cajón o los dejas por ahí por el suelo para que los recoja yo. O sea, supongo que es para que los recoja yo, porque es así como nos lo hemos montado, ¿no? Tú lo dejas todo hecho un asco y luego voy yo y limpio, como si fuera mi trabajo.

Estaba apretando los puños tan fuerte que me parecía que me palpitaban.

—Si estabas enterado de todo, ¿por qué no me lo dijiste?

—Estaba esperando a que me lo dijeras tú, pero nada. Y luego, pasado un tiempo, sospeché que no pensabas hacerlo, y no tenía ni idea de por qué. Está claro que el diagnóstico es correcto. Está claro que tienes __.

Al contestarle, sentí que los músculos de alrededor de la boca se me contraían y que me ponía muy fea.

—¿Ah, sí, Patrick? ¿Está claro? Si tan claro está, joder, ¿por qué no lo descubriste antes? ¿Está fuera de tu competencia? O sea, ¿tiene alguien que sangrar físicamente para que comprendas que algo le pasa? ¿O es que no te interesa el bienestar de tu mujer? ¿O simplemente se trata de tu absoluta pasividad de siempre? De tu aceptación rotunda, incondicional, de cómo son las cosas.

—Bueno. Esta conversación no va a ningún lado.

—¡No! No te marches.

Me moví como para cerrarle el paso.

En lugar de levantarse, Patrick se recostó en el sofá.

—No puedo hablar contigo cuando te pones así.

—Si me pongo así es por tu culpa. Estoy bien. Llevo bien desde hace meses. Pero tú consigues que me sienta como una loca. ¿Y no estaba eso claro también? ¿No te preguntabas por qué, en vez de mejorar, mi actitud hacia ti iba a peor?

—Sí. No. No sé. Tu comportamiento siempre ha sido... —hizo una pausa— errático.

—Que te den, Patrick. ¿No sabes por qué? No, claro, no lo sabes. Es porque siempre he querido tener un hijo. Todo este tiempo, toda mi vida, he querido tener un hijo, pero todo el mundo me decía que sería peligroso.

Muy despacio, Patrick dijo:

—¿De veras te crees que no me daba cuenta de eso tampoco? No soy tonto, Martha. Aunque siempre sea la misma cantinela, que no hacen más que dar la tabarra, que no hay quien los aguante, que la maternidad es una pesadez, no hablas de otra cosa más que de bebés. En los restaurantes, te niegas a que nos sentemos cerca de nadie que tenga un bebé, pero luego te pasas la cena entera mirándolos. Si nos cruzamos con una embarazada o con alguien que pasea con un niño, te quedas completamente muda, y cuando salimos con gente te pones de lo más grosera con cualquiera que ose mencionar a sus hijos. ¡Cuántas veces nos hemos tenido que ir temprano de un sitio solo porque alguien te ha preguntado si tienes hijos! —Patrick se levantó—. Y estás obsesionada con los de Ingrid. Obsesionada, sí, y aunque finges que no estás celosa de ella es evidente que lo estás, sobre todo cada vez que ha estado embarazada. No se te da bien mentir, Martha. Eres una mentirosa crónica, pero nada hábil.

Rodeé la mesita, le agarré la pechera de la camisa con las dos manos y se la retorcí mientras le decía:

—¿Sabes qué, Patrick, sabes qué? Robert dijo que no pasaría nada. —Intenté empujarle—. Que no habría pasado nada. —Intenté pegarle en la cara—. No había ningún peligro..., ¡y eso también lo sabías, también lo sabías!

Patrick me agarró de las muñecas y no me soltó hasta que dejé de revolverme. Entonces, aunque me ordenó que me sentase, volví a la mesita, apoyé el talón en el borde y la empujé. El envase del arroz se volcó y el líquido que quedaba se derramó por la moqueta. Patrick dijo: «Por el amor de Dios, Martha», y se fue a la cocina.

No le seguí. Era como si todas y cada una de las células de mi cuerpo se hubieran paralizado menos las de mi corazón, que latía con fuerza y demasiado deprisa. A los pocos segundos volvió con papel de cocina, lo echó sobre el líquido que había empapado la moqueta y lo pisoteó. Yo no podía hacer nada más que mirar, hasta que dejé de notar el retumbo del corazón. Y entonces le dije que parase.

—Déjalo ya. Escúchame.

—Te estoy escuchando.

—Pues entonces deja de limpiar —dijo «Vale» y paró—. ¿Por qué no dijiste nada? ¿Por qué me dejaste mentir? Si hubieras dicho algo en todo este tiempo desde que fui a la consulta, a estas alturas podría estar embarazada. Tú siempre quisiste tener hijos, Patrick..., ¡podría estar embarazada! ¿Por qué no dijiste nada?

—Porque..., acabas de decirlo tú..., tendrías que haber cambiado de actitud. Por fin tenías el diagnóstico, por fin sabías qué medicación te iba bien y, sin embargo, tu actitud hacia mí no mejoraba. No tenía ni pies ni cabeza, pero de repente lo entendí. —Movió el rollo de papel con el pie. El líquido había empapado la moqueta, una mancha oscura que jamás iba a poder limpiarse—. Tú eres así y ya está. No tiene nada que ver con __. Y creo que no deberías ser madre.

Abrí la boca. Lo que salió no fueron ni palabras ni gritos. Fue un sonido primigenio que no sé de dónde venía..., de mi estómago, de lo más hondo de mi garganta. Patrick salió y me dejó allí. Me caí de rodillas, me desplomé sobre el suelo, me agarré el pelo con los puños.

(Después hay un vacío, se produce un apagón en mi memoria hasta que me veo, varias horas más tarde, plantada ante una esquina de la cama, tirando de las sábanas mientras Patrick mete cosas en una maleta que está abierta en el suelo. Entra sol por la ventana. Salgo disparada al cuarto de baño a vomitar).

Cuando volví, Patrick había cerrado la maleta y la estaba sacando del dormitorio. Le dije algo a voces, pero no me oyó. Instantes después, oí que el coche arrancaba y me acerqué a la ventana. Estaba saliendo marcha atrás. Intenté bajar la persiana, tiré bruscamente y se rompió. Me quedé un buen rato allí quieta con la cuerda lacia en la mano, mirando —sin verla— la casa de enfrente, en la que otra mujer había vivido mi vida en espejo.

Y de repente vi volver a Patrick por la entrada de coches. Observé que aparcaba y se bajaba. Llevaba una botella en la mano y después de subir el capó la vació en el motor, volvió a cerrar el capó y se alejó por el camino de la estación.

Patrick es un hombre cuyo último acto antes de abandonar a su mujer es rellenar el aceite del coche. Me llevé la mano al pecho, pero no sentí nada.

El primer día y la primera noche sin él los pasé sobre el colchón desnudo; ahora que Patrick no estaba no veía ninguna razón para volver a hacer la cama. La vida, una vida en la que había sábanas, platos y cartas del banco, ya no existía.

Entre dormir, despertarme y volver a dormirme, buscaba a Robert en Google. Después busqué a Jonathan. Su mujer es *influencer* en redes sociales. Su Instagram es una mezcla de fotos vacacionales, *posts* patrocinados por una marca de bebida con colágeno y fotos de la ropa que lleva puesta tomadas en el espejo del ascensor en el que solía bajar yo a la calle a respirar. Cuando más *likes* obtiene es cuando sube fotos de su pequeña tribu, #chicasfuertes, todas ellas con el pelo rubio y nombres de pila que son también nombres comunes (objetos y fruta). Retrocedí hasta llegar a su boda con Jonathan en una azotea de Ibiza. Me pregunté cuánto le habrá contado de mí, cuánto sabrá @madre_de_chicas_fuertes sobre los cuarenta y tres días que duró el matrimonio-aperitivo de su marido.

Ingrid me envió un mensaje por la mañana. Decía que había hablado con Patrick. Y añadía: «¿Estás bien?».

Le envié los emoticonos de la bañera, el enchufe y el ataúd.

Me preguntó si quería que viniese a recogerme. Le dije que no lo sabía.

Seguía en la cama —sobre la cama—, más bien medio desnuda,

con la ropa interior y las medias que había llevado a Londres y rodeada de tazas que o bien estaban vacías o se habían convertido en receptáculos para clínex y cáscaras de naranja resecas, cuando oí entrar a Ingrid en el hogar exclusivo. Se fue directa al salón seguida por pisadas más leves y rápidas, encendió la tele y puso no sé qué dibujos animados antes de subir.

Pensé que vendría y se echaría conmigo en la cama y me acariciaría el pelo o los brazos como hacía en tiempos. Pensé que diría: «No pasa nada, vas a estar bien», y «¿Qué tal si intentas levantarte, te apañas para llegar hasta la ducha?». En cambio, abrió la puerta de golpe, miró en derredor y dijo:

—Menudo cóctel para la vista y para el olfato. Uf, Martha.

En mi fiesta, no me había fijado en su barriga. Ahora, vi lo redonda que la tenía ya. Se cruzó el cárdigan por encima mientras entraba y se acercaba a la ventana. Después de abrirla de un tirón, se dio la vuelta y señaló las sábanas.

—¿Cuánto tiempo llevan en el suelo?

Dije que tenía intención de ocuparme de ellas, pero que me había parecido excesivo poner fin a mi matrimonio y tratar de encajar sin ayuda de nadie una sábana bajera de una tacada. Se quedó al pie de la cama, impertérrita, y se presionó con las puntas de los dedos en el punto de unión entre las costillas y la parte alta de la barriga, como si le doliera.

—Si vas a venir, ven ya. Los niños están abajo y no pienso meterme por la A420 después de las cuatro.

Tardé demasiado en levantarme. Tardé demasiado en encontrar algo que ponerme, una bolsa en la que meter mis cosas. La creciente impaciencia de mi hermana me hacía ir aún más despacio. Desistí y volví a tumbarme en la cama, dándole la espalda.

—¿Sabes qué? Que vale. Que yo tampoco puedo seguir con esto, Martha. Es aburridísimo. —Salió del dormitorio y gritó desde las escaleras—: ¡Llama a tu marido!

Oí que llamaba a sus hijos desde la puerta de la calle y, segundos después, un portazo. La televisión se quedó encendida.

Era la primera vez que se negaba a cumplir con su deber. Quería que me compadeciera y ella se negaba. Quería que me hiciese sentir buena persona, y que había hecho bien en forzar a Patrick a marcharse. Estaba enfadada con ella, y de repente, al oír que arrancaba el coche, me sentí más sola que antes de que viniera.

No llamé a mi marido. No podía llamar a mi padre, porque le destrozaría y sería incapaz de disimularlo. Cogí el móvil y marqué el número de mi madre.

No había vuelto a hablar con ella desde el día de la consulta y tampoco quería hablar con ella en este momento. Quería que lo cogiera y dijera: «Qué sorpresa, esto sí que no me lo esperaba», para poder pelearme con ella y que me colgase y así podría sentirme agraviada y contárselo a Ingrid, que estaría de acuerdo conmigo en que era típico de mamá. Literalmente.

No había perdonado a mi madre. No lo había intentado, ni tampoco había tenido que esforzarme por seguir enfadada. Era sencillísimo odiar a una persona que no solo era capaz de ver sufrir a su hija sin decir esta boca es mía sino que encima empeoraba las cosas bebiendo.

Sonó una sola vez y lo cogió.

—Martha, ay, no sabes cuánto estaba esperando esta llamada.

No era su voz habitual. Era de antes, de antes de que me transformase en la adolescente que hizo que aflorasen sus tendencias cabronas, en su Pepito Grillo. La voz que me llamaba Tararí. Me preguntó cómo estaba, y cuando ofrecí un sonido inarticulado a modo de respuesta, dijo: «Me da que fatal».

Continuó así durante diez minutos, haciendo preguntas y contestándolas ella. Correctamente. Como habría contestado yo.

Después de colgar, bajé, encontré dos botellas de vino abiertas y volví con ellas al dormitorio. No habría vuelto a llamarla de no ser porque su última pregunta había sido: «¿Me llamas luego? A cualquier hora. Aunque sea de madrugada». Y ella misma había respondido: «Vale. Hablamos dentro de un rato».

La segunda llamada, antes del amanecer, la hice borracha. Le dije que no sabía qué hacer, le rogué que me lo dijera ella. Empezó a hablar en términos generales.

—No, me refiero a ahora mismo, ¿qué hago? No sé qué hacer.

Me preguntó dónde estaba.

—Pues entonces te vas a levantar, y después vas a bajar y te vas a poner los zapatos y el abrigo. —Esperó mientras yo seguía sus instrucciones—. Ahora, te vas a ir a dar un paseo y yo voy a seguir aquí, al teléfono.

Anduve despacio, y para cuando llegué al final del camino de sirga ya estaba sobria. Dijo:

—Vale. Ahora date la vuelta y ponte a andar deprisa, hasta que oigas cómo te late el corazón.

No sé por qué me dijo eso, pero la obedecí.

Para cuando volví a Port Meadow ya era de día. La niebla se estaba dispersando a lo lejos y poco a poco iba asomando el contorno de los chapiteles. Cuando llegué a casa, dijo:

—Date un baño. —Y luego—: Llámame dentro de veinte minutos. Estaré aquí.

Empecé a llamar a mi madre a diario.

La gente dice: «No puedo levantarme de la cama si no hago tal o cual cosa», pero en general no quieren decir que sean físicamente incapaces. Sin embargo, yo sí: la llamaba por la mañana, nada más despertarme. Era incapaz de moverme, comer o andar por la casa, de abrir ventanas o lavarme el pelo, si mi madre no estaba al otro lado del teléfono diciéndome lo que tenía que hacer.

Por las tardes, me sentaba en la ventana de la fachada del hogar exclusivo y me quedaba mirando la calle. La casa de enfrente estaba en alquiler. Mi madre y yo hablábamos hasta que se me quedaba la mejilla caliente a causa del teléfono o hasta que no podía girar la cabeza de tanto sujetarlo con el hombro, o cuando de repente me daba cuenta de que ya era de noche. Hablábamos solamente de menudencias. Algo que mi madre había oído en la radio, algo que había soñado la una o la otra.

De Patrick no hablábamos, pero me preguntaba si también estaría en contacto con él. ¿Sabría ella dónde estaba? A Ingrid tampoco la mencionábamos; seguro que mi madre estaba al tanto de que no nos hablábamos. Debía de saber que por el momento era mejor mantener a mi padre y su dolor lejos de mí, porque él no me llamaba y yo se lo agradecía.

Una mañana, llamé a mi madre y anuncié, como una chiquilla:

—¡Adivina! ¡Ya me he levantado!

—¡Toma ya! ¡Bravo por ti! —Y acto seguido—: ¿Y ese golpetazo qué ha sido?

Le dije que estaba sacando una taza del armario porque me estaba preparando un té y dijo:

—Eso está muy bien.

Su voz era la única cosa que me llegaba, no se oía ningún ruido de fondo. Si le preguntaba qué hacía, decía: «Nada, aquí sentada». En cierta ocasión que me disculpé y le dije que lo mismo quería colgar ya, que me imaginaba que tendría trabajo que hacer, contestó que su público iba a tener que aguantarse y esperar a que terminase unas instalaciones rompedoras. Era la primera vez que la oía bromear con su trabajo.

Nunca me preguntaba por qué había llamado..., sabía que llamaba porque sentía pánico, aburrimiento, soledad, o cuando el silencio de la casa se me hacía insoportable. Durante mucho tiempo no me fijé en que, fuera la hora que fuera, mi madre nunca parecía borracha.

Entre llamada y llamada, caminaba hasta que sentía el corazón latiéndome. Sobre todo recorría el camino de sirga, cruzaba por Port Meadow o, si era lo suficientemente temprano como para que no hubiese estudiantes ni turistas, por el parque de Magdalen College. Los ciervos pastaban y pasaban de mí.

Y un buen día, aunque no me lo preguntó, empecé a contarle a mi madre todo lo que había sucedido. Le hablé de mi matrimonio, del tema de los hijos, de Patrick. Me dijo que podía contarle lo que quisiera; que no se escandalizaba por nada.

—Tú dime la cosa más horrible que hayas podido soltarle a Patrick, que ya te subiré yo la apuesta con algo mucho peor que le he dicho yo a tu padre.

Le dije que, al principio, estaba enfadada porque no se había dado cuenta de que me pasaba algo. Eso pensaba yo, pero luego me dije que no se le había podido escapar. En algún momento se le tuvo que ocurrir, o tal vez lo supiera desde el primer momento. En cualquier caso, no hizo nada porque le gustaba ese estado de cosas. Eso, ahora, me parecía obvio: yo era el problema, y a Patrick le tocaba ser el héroe. Todo el mundo pensando que era un hombre maravilloso por soportar a una mujer tan complicada. Se pasa el día salvando vidas en el trabajo, llega a casa y sigue dale que te pego. Todo el mundo pensando: «Menudo matrimonio, eso sí que es trabajar a destajo».

Dije que Patrick no debería haber aceptado que le tratase como le trataba, pero que lo hizo porque lo único que quería era tenerme, yo era lo que siempre había querido. Se limitaba a aceptarlo todo y siempre dejaba que se impusiera mi versión de la historia, creyendo que así no me perdería..., pero no era a mí a quien quería, sino a una versión de mí que se había inventado a los catorce años. Dije que debería haberlo superado al hacerse adulto, como hace todo el mundo, en lugar de casarse con su propio invento.

Renunció a su oportunidad de ser padre. No debería haberme permitido que le arrebatase eso. No debería haberme hecho responsable de su renuncia.

Le dije que Patrick tenía la culpa de que yo no fuera madre. Mentí, pero él también lo hizo.

Estuve mucho tiempo hablando de esta guisa. Mi madre sobre todo escuchaba sin decir nada . En ningún momento pareció escandalizarse, ni siquiera por aquellas cosas que me costaba un triunfo formular en voz alta. Se limitaba decir: «Claro, claro. No me sorprende. ¿Quién no se habría sentido así?».

Terminé agotada. Dije que Patrick y yo no deberíamos haber estado juntos nunca. Nos habíamos roto el uno al otro. Nuestro matrimonio no había tenido ningún sentido. Y luego me callé.

Llevábamos casi un mes de charlas telefónicas, horas y horas cada día, y, como si ahora fuera su turno, mi madre dijo:

—Martha, ningún matrimonio tiene sentido. Sobre todo para el mundo exterior. Un matrimonio es su propio mundo.

Le pedí que por favor no se pusiera filosófica.

Su risita me molestó. Dijo:

—Vale, pero Maya Angelou…

La interrumpí.

—Y por favor tampoco me vengas con Maya Angelou. Sé que tengo razón. Éramos una pareja disfuncional. Nos hacíamos disfuncionales el uno al otro. Tuve que ser yo la que puso fin a todo, pero sé que también era lo que él quería. Simplemente, era demasiado pasivo para hacerlo. Pues claro que es triste, eso es evidente. Pero es lo mejor para todos. No solo para nosotros.

—Sí…, bueno. —Mi madre suspiró—. ¿A qué hora vas a ir mañana?

Había parecido que iba a decir otra cosa distinta.

—¿Qué pasa mañana?

—Es Navidad.

Guardé silencio unos instantes, intentando imaginarme a mí misma conduciendo sola a Londres, viendo a mi padre, teniendo que ver a Ingrid, el caos de sus hijos, la insoportable cháchara de Rowland, los roces interminables e inútiles entre Winsome y mi madre. Mi madre bebiendo.

—Creo que no me siento capaz. Demasiada gente.

—Solo vamos a estar Winsome, Rowland, tu padre y yo. Perdona, pensaba que ya te lo había dicho. Tus primos no están. Ingrid y Hamish se han llevado a los niños a Disneylandia. No sé por qué, la verdad. Y para diez días…, en ese tiempo habrían podido ver cada sala del Louvre dos veces.

Esperó a que preguntase dónde estaba Patrick, y luego, después de una breve pausa, dijo:

—Patrick se ha ido a Hong Kong. Va a ser un día complicado. Lo sé. Pero ¿vas a venir?

—Creo que no. Lo siento.

Mi madre volvió a suspirar.

—Bueno, no puedo obligarte. Pero, por favor, piénsate si de veras te conviene deprimirte más de lo que ya estás. Pasar las Navidades sola, Martha..., no sé... Puede ser desolador. Y, si me permites que te lo diga, me gustaría verte.

Nada más colgar, salí a dar un paseo. La mera idea de meterme por el camino de sirga, de recorrerlo otra vez, me agotaba, y enfilé un camino que llevaba a la ciudad.

Broad Street estaba abarrotada. Me sentía aturdida con tanta gente entrando y saliendo de las tiendas con bolsas de plástico, comprando zapatos y móviles y chismes de Accesorize. Había bebés llorando en sus cochecitos, hambrientos o sofocados, y niños a la zaga de sus padres o tirando de los arneses de seguridad a los que iban enganchados.

Había madres comprando con hijas adolescentes que caminaban con la cabeza gacha, enviando mensajes por el móvil. Una chica salió hecha una furia de River Island soltando la puerta sobre su madre, que intentaba no quedarse atrás. ¡Al carajo su madre, ella no le había pedido nacer! Sacó el móvil, y la madre, que para entonces ya la había alcanzado, dijo: «Hasta aquí hemos llegado, Bethany». Estaba harta, y se fueron en sentidos opuestos. Yo le estorbaba el paso a la madre, y al detenerse frente a mí pude ver que llevaba unos pendientes en forma de minúsculos bastoncitos de caramelo. Nos quedamos cara a cara unos segundos, mirándonos a los ojos, pero no creo que me viera. Al ir a apartarme, la mujer giró sobre sus talones y salió corriendo en pos de su hija, levantando el bolso por encima de la cabeza y ondeándolo como si fuera una bandera blanca.

Seguí caminando despacio, mirando los rostros de los viandantes que venían de frente abriéndose paso a empellones, preguntándome si alguno de ellos habría quemado su propia casa y, en caso afirmativo, cuánto tiempo habría transcurrido antes de que pudiera salir a la calle, pasear, querer chismes de Accesorize.

Me metí en un Costa y compré un *muffin*. No tenía hambre, y, al salir, intenté dárselo a un vagabundo que estaba sentado debajo de un cajero automático. Me preguntó de qué era y cuando se lo dije respondió que no le gustaban las pasas.

Seguí andando hasta que llegué al mercado cubierto. Enfrente de una confitería, llamé a mi madre. Dentro, junto al ventanal, había un niño sentado a una mesa alta con su abuela, comiéndose un helado. A pesar de que lo estaba sujetando con manoplas y de que no se había quitado la parka ni el gorro de lana, tenía los labios amoratados.

Mi madre me preguntó si estaba todo bien.

—Si voy mañana, ¿me aseguras que no vas a beber?

Sin hacer una pausa, respondió:

—Martha. Me pediste que lo dejara. El día que me llamaste desde el tren.

—Lo sé.

—Bueno, pues lo dejé. No he bebido absolutamente nada desde entonces. En cuanto colgaste, vacié todo en la pila. Como decimos en el grupo —pronunció la palabra como si llevase una g mayúscula—, hace doscientos dieciocho días desde que bebí mi último trago.

Ninguno de nosotros —ni Ingrid, ni mi padre, ni Winsome, ni Hamish ni Patrick ni yo— le había pedido, jamás, que lo dejase. Por lealtad, o porque intuíamos que sería inútil, ni siquiera habíamos hablado entre nosotros de la posibilidad de pedírselo.

De repente vi que le estaba sonriendo al niño de los labios amoratados. Me sacó la lengua.

—¿Te estás riendo? —dijo mi madre.

—No. O sea, sí. Pero no de ti. Es algo que acabo de ver. Qué bien, reírme.

—Me alegro.

Estaba ya anocheciendo cuando llegué a Belgravia. Me había despertado sin intención de ir y había pasado la mañana en el sofá viendo la tele con las luces apagadas, intentando convencerme a mí misma de que no me sentía culpable por haber decepcionado a mi madre, de que la sensación de náusea y la tensión en la frente eran los primeros síntomas de una migraña, y de que no estaba tan hundida en la miseria a pesar de que a mediodía, cuando empezaron los Éxitos Navideños de Mary Berry, temí que iba a quedarme sin respiración.

Winsome abrió la puerta y se puso eufórica al ver a su sobrina, que venía sin duchar, con camiseta y pantalón de chándal debajo del abrigo y con un regalo para la anfitriona que había comprado en un área de servicio. Me quitó el abrigo haciendo todo tipo de alharacas y me agradeció el regalo demasiado efusivamente antes de acompañarme al salón.

No había ido con la expectativa de encontrarme mejor. Había ido porque no pensaba que pudiera sentirme peor, pero nada más entrar en la habitación me invadió una nostalgia perversa por las horas de sufrimiento enclaustrado que había pasado en el hogar exclusivo. Al ver a Rowland y a mis padres sentados en aquel salón de aspecto tan sobrecogedoramente vacío, cada uno abriendo un regalo minúsculo, me sentí mil veces peor. Todo esto era obra mía. Yo era la razón por la que Ingrid y mis primos habían decidido irse a otro sitio. Su ausencia resonaba en toda la habitación. Había un trasfondo de tristeza tan palpable que un desconocido que hubiese entrado en ese momento habría inferido que acababa de fallecer alguien. Era porque Patrick no estaba. También eso había sido cosa mía. Y, al igual que mi tía, mis padres y mi tío estaban absolutamente encantados de verme.

Mi padre se acercó y me abrazó, a la vez que me daba palmaditas en la espalda como si hubiese hecho algo encomiable al aparecer en Belgravia —tarde, sin avisar y vestida de forma irrespetuosa— el día más importante del año para mi tía. Y mi tía había apartado mi comida..., por si acaso, dijo, les daba una sorpresa a todos... ¡la esperanza es lo último que se pierde! Y Rowland, habitualmente tan dispuesto a hacer lo que fuera con tal de no mover un dedo por los demás, me dijo que me sentase y que ya me traía él la comida.

Mi madre se esperó hasta el final y me dio un abrazo tan largo como el de mi padre, pero después, en vez de soltarme del todo, me cogió por los brazos, se separó un poco y dijo que se había olvidado de lo guapa que era. No estaba borracha.

Y yo me la sacudí de encima. Y cuando volvió Rowland, dije que no tenía hambre. Y cuando mi padre me dijo de memoria una frase de la novela que estaba leyendo en ese momento, diciendo que le parecía graciosa y pertinente a la vez, me limité a encogerme de hombros, y cuando Winsome vino y me dio un regalo que había puesto bajo el árbol —la esperanza es lo último que se pierde, etcétera, etcétera—, lo abrí y dije que ya tenía un jarrón y que además no preveía que nadie fuese a regalarme flores en una larga temporada. Y luego dije que me iba, y me negué a llevármelo, y volví a negarme en la puerta de la calle.

La frase del libro que estaba leyendo mi padre era graciosa y pertinente. «La cremación no fue peor que unas Navidades en familia».

A la mañana siguiente, temprano, llamé a mi madre mientras me vestía. Fue oír su voz y lanzarme a hablar de la víspera, de lo horrible que había sido todo sin los demás. No me refería a Patrick, claro; me alegraba de que no hubiese estado. Repetí varias veces:

—Y para él también es lo mejor. Patrick quería...

Me interrumpió.

—No. Para. —Se le había agotado la paciencia; con voz temblorosa, dijo—: No eres tú quien decide lo que es mejor para los demás, Martha. Ni siquiera para tu propio marido..., sobre todo, para él. Porque, dicho sea de paso, no tienes ni idea de lo que quiere Patrick.

Quise decir algo para frenarla, pero se me había secado la boca, y continuó:

—Por lo que deduzco, no has hecho el más mínimo esfuerzo por descubrirlo. A veces me pregunto si pensaste que lo más fácil sería, simplemente, hacer saltar todo por los aires. Chas, chas, queroseno por aquí y por allá, una cerilla por encima del hombro mientras te alejas... Incineración total.

Se calló y esperó.

—¿Por qué lo dices? Se supone que tú estás de mi parte, mamá. Tienes que ser cariñosa conmigo.

—Y estoy de tu parte. Pero ayer me avergoncé de ti. Pasaste un mal rato y se lo hiciste pasar mal también a los demás. Te portaste como una chiquilla. ¡Ni siquiera te llevaste el jarrón...!

Le grité. Le dije que no le consentía que me regañase.

—Pues mira tú por dónde, voy a regañarte. Alguien tiene que hacerlo. Te crees que todo esto te ha pasado a ti y solamente a ti. Eso fue lo que vi ayer. Es tu gran tragedia personal, así que tú eres la única que tiene permiso para sufrir. Pero, hija mía, esto nos ha afectado a todos. ¿Es que no lo ves? ¿Ni siquiera ayer lo viste? Es la tragedia de todos. Y si hubiera estado Patrick, habrías visto que es, sobre todo, la suya. Esta ha sido su vida exactamente en la misma medida que la tuya.

Le dije que se equivocaba.

—Nunca se ha sentido como yo. No tiene ni idea de lo que es.

—Puede ser, pero ha tenido que estar pendiente de ti. Ha tenido que oír decir a su mujer que se quería morir, verla sufrir sin saber cómo ayudarla. Imagínatelo, Martha. ¡Y tú pensando que le gustaba que las cosas fueran así! Estuvo a tu lado en todo momento, sin pensar en sí mismo, y al final se le odia por eso y se le dice que se vaya.

—Yo no le odio.

—¿Cómo dices?

—Jamás he dicho que le odie.

—Aunque fuera cierto, permíteme que te diga que, con todo lo que has dicho de él, cualquier persona que no fuera Patrick te habría abandonado hace muchísimo tiempo, sin necesidad de que tú se lo pidieras. Tú mentiste primero, Martha. Él no te obligó. Nadie te obligó.

Sentí náuseas. Mi madre exhaló un fuerte suspiro y siguió hablando.

—No digo que no hayas sufrido, Martha. Pero lo que sí te digo es que dejes ya de ser una niña. Tú no eres la única que sufre.

Calló y esperó, hasta que dije:

—¿Y cómo lo hago?

—¿Qué? No te oigo cuando susurras.

Lentamente, repetí:

—¿Cómo lo hago? Mamá, no sé qué hacer.

—Yo le pediría a tu marido que te perdonase, y —añadió— considérate muy afortunada si lo hace.

No volví a llamar a mi madre. A finales de semana recibí una carta suya.

Martha, sabes tan bien como yo que la conversación que hemos estado sosteniendo desde hace unas semanas ha llegado a su fin. Lo que pase ahora será decisión tuya, pero espero que tengas en cuenta lo que te voy a decir.

Toda la vida he creído que las cosas me pasaban a *mí. Las cosas horribles: mi infancia, mi madre loca/muerta, mi padre desaparecido. Que Winsome dejase de ser mi hermana porque tuvo que convertirse en mi cuidadora. Que tu padre no tuviera éxito, esta casa, vivir en un sitio que no soporto, beber, acabar siendo alcohólica... y así hasta el infinito: todo me pasaba* a *mí.*

Y de repente..., tú. Mi preciosa hija, rompiéndose cuando todavía era una chiquilla. Aunque eras tú la que sufría, aunque elegí no ayudarte, en mi fuero interno era lo peor que me había ocurrido nunca... a mí.

Yo era la víctima, y claro, a las víctimas se les permite portarse como les dé la gana. No se le puede pedir cuentas a nadie que esté sufriendo, y te convertí en mi excusa irrebatible para no madurar.

Pero acabé madurando —¡a los 68 años!—, y fue porque tú me lo pediste.

Sé que no hace demasiado tiempo de esto, pero si hay algo que he podido ver desde entonces es que, en efecto, pasan cosas. Cosas terribles. Lo único que nos es dado decidir es si nos pasan a *nosotros o si, al menos en parte, pasan para nosotros, por nuestro bien.*

Yo siempre había pensado que tu enfermedad me pasaba a mí. Ahora prefiero pensar que ocurrió para mí, porque fue gracias a ella por lo que al fin dejé de beber. Ni tú ni tu enfermedad fuisteis lo que me llevó a beber, como seguro que te hice creer, pero tú eres la razón por la que lo dejé.

Quizá esté mal que piense así. Quizá no tenga derecho a pensar en estos términos de tu dolor, pero no se me ocurre ninguna otra manera de darle un propósito a todo esto. Y me pregunto: ¿habrá alguna manera de que tú llegues a ver que lo que has sufrido es para algo?

¿Será por eso por lo que sientes y amas con más intensidad y por lo que luchas más encarnizadamente que nadie? ¿Será por eso por lo que tu hermana te quiere más que a nadie en el mundo? ¿Por lo que algún día llegarás a escribir algo mucho más importante que una columnita de revista de supermercado? Me pasma que puedas ser mi crítica más puñetera a la vez que una persona tan compasiva, que eres capaz de comprarte unas gafas que no necesitas porque el oculista se ha caído del taburete. Martha, si estás tú en una habitación, la gente solo quiere hablar contigo. ¿Y a qué se debe, sino a la vida que has llevado, la vida de una persona pulida por el fuego?

Y has sido amada durante toda tu vida adulta por un mismo hombre. Ese es un regalo que a pocas personas se les concede, y su amor tozudo, persistente, no es a pesar de ti y de tu dolor. Es por quién eres tú, lo cual, en parte, es fruto de tu dolor.

No me creas si no quieres, pero sé —te aseguro que lo sé, Martha— que tu dolor te ha dado la valentía necesaria para seguir adelante. Si quieres, puedes arreglar todo esto. Empieza por tu hermana.

Guardé la carta en un cajón y cogí mi móvil. Había un mensaje de Ingrid. Hacía varios días que habían vuelto, pero no habíamos hablado desde que vino a Oxford. Le había mandado un montón de mensajes, pero nunca respondía. Ahora, me decía: *Cuando vengas pilla de paso un desatascador de cañerías, la bañera no se vacía. Perdona por mandarte mensajes sexuales mientras trabajas.* Emoticonos de la berenjena y de los labios pintados.

Cuando todavía lo estaba mirando, los puntos grises aparecieron y desaparecieron y volvieron a aparecer.

Este mensaje no era para ti, evidentemente.

Le mandé un rosario, un cigarrillo y el corazón negro. Empecé otro, la carretera y la niña que corre, pero no se lo envié porque si sabía que iba para allá, seguro que para cuando llegase ya se habría marchado.

Estaba en el jardín de la entrada, sentada sobre una mesa en mal estado con las piernas colgando, viendo cómo sus hijos jugaban a chocarse con las bicicletas. A pesar del frío, los tres llevaban pantalón corto, y camisetas de Disneylandia. Martha volvió la cabeza cuando gritaron mi nombre, pero se quedó mirándome sin reaccionar mientras me acercaba agitando los brazos como una boba. Cuando llegué a su altura, dijo:

—Hola, Martha. —Fue como un puñetazo. Mi hermana me saludaba como si fuera una amiga cualquiera, o nadie—. ¿Qué haces por aquí?

—Vengo a traerte esto. —Le di una bolsa de plástico con el desatascador—. Y también a decirte que lo siento.

Ingrid echó un vistazo al contenido de la bolsa y no dijo nada. Y luego, diciendo «perdona», se ladeó para que no le tapase la vista de sus hijos —que habían empezado a derrapar con las bicis a sabiendas de que lo tenían prohibido porque se cargaban el césped— y empezó a gritarles.

En realidad no había césped, llevaba destrozado desde la tarde que se mudaron, y, aunque los niños no le hacían caso, repitió la orden al mismo volumen cada vez que, creyendo que había terminado, yo intentaba decirle algo.

La lluvia que llevaba cayendo toda la mañana paró cuando me estaba bajando del coche, pero el cielo seguía oscuro y cada racha de viento, por pequeña que fuera, sacudía el agua de los árboles. Esperé.

Ingrid se rindió.

—Venga, dispara.

—Quería decirte…

—Espera un segundo.

Mi hermana se bajó de la mesa y rescató un coche de Matchbox de un charco, sacó el móvil y envió varios mensajes; después volvió y se puso a secar otra sección de la mesa con un clínex que tardó un buen rato en localizar en su bolsillo.

—¿Ingrid?

—¿Qué? Dispara. Ya te lo he dicho antes.

En vez de volver a sentarse en la mesa, se limitó a apoyarse en el borde.

Me disculpé. Le di una versión de lo que había venido escribiendo para mis adentros en el coche, solo que enrevesada y vacilante, con infinitas repeticiones y falsos comienzos, cada vez más penosa a medida que me esforzaba por seguir hablando. Me sentía como una niña en clase de piano, atascándome con una pieza que había tocado perfectamente en casa.

Cuanto más hablaba yo, más se iba enfadando mi hermana. Se limitó a decir «Todo esto ya lo sé» cuando volví al tema de mi deseo de tener hijos, poco antes de mis decepcionantes palabras finales:

—Bueno, pues eso es todo, supongo.

Dijo «Vale» y se apretó los dedos contra una costilla lateral. Lo que pasaba, dijo mirando al frente, era que yo la había agotado. Había agotado a todo el mundo. La situación se había vuelto insoportable; ya no podía seguir cuidándome a mí además de a sus hijos. Me acabaría perdonando, pero aún no había llegado el momento.

Dije que de acuerdo y pensé en marcharme, pero se hizo a un lado y me preguntó si no tenía intención de sentarme. Por unos instantes nos quedamos mirando a sus hijos, que se habían puesto a construir una rampa con tablas y un ladrillo. Entonces dije:

—Son alucinantes. —Ingrid se encogió de hombros—. No, en serio, son alucinantes.

—¿Por qué lo dices?

—Porque hace dos días eran bebés y mira ahora lo que están haciendo.

—Ya ves. Montar en bici.

Dije que no me refería a eso.

—Me refiero a que reciclan objetos encontrados y hacen virguerías con ellos.

Ingrid hundió la cara entre las manos y movió la cabeza como si estuviera llorando.

Esperé. Al cabo de un minuto, dijo: «Vale, ya está» y bajó las manos.

—Te he perdonado. —Tenía los ojos enrojecidos y lacrimosos, pero se estaba riendo—. Pero eres lo peor. Eres, literalmente, la peor persona que hay en el mundo.

Le dije que ya lo sabía.

—¿Por qué... —me preguntó con una súbita tristeza en la voz—, por qué me mentiste y me dijiste que no querías tener hijos? ¿Por qué no pudiste confiar en mí?

—En ti podía confiar. En quien no podía confiar era en mí misma.

—¿Por?

—Porque podrías haberme convencido para que cambiase de idea. Como Jonathan. Si me hubieras dicho que sería buena madre, me habría permitido creerte.

Ingrid se apoyó contra mí y nuestros brazos se tocaron.

—Jamás habría dicho eso.

—En realidad, lo dijiste. No parabas de decirme que tenía que tener un bebé.

—Pero nunca te habría dicho que serías buena madre. Serías un desastre.

Me dio una patadita en el pie.

—Dios mío, Martha. Te quiero tanto que hasta me duele el cuerpo. ¿Me coges eso? —Señaló la bolsa de plástico que se había quedado en el suelo; la cogí y dijo, echando un vistazo en su interior—: Este es de los caros. Gracias.

Y por unos instantes tuve la sensación de que estábamos las dos juntas dentro de nuestro campo de fuerza.

Y de repente, gritos. Había estallado una pelea por culpa del ladrillo.

—Bueno, se acabó lo que se daba —dijo Ingrid, añadiendo que si quería podía ir a poner orden, que ella tenía que meterse en casa a prepararles la cena.

Nos levantamos y yo me fui con los niños, que tenían un palo en la mano cada uno.

Ingrid casi había llegado a la casa cuando me llamó. Me volví y la vi caminando hacia atrás por el último tramo de césped; recuerdo que, al subir los brazos para apretarse la coleta, una nube pasó rápidamente por delante del sol y la luz parpadeó sobre su cara y su pelo mientras nos gritaba a todos, eufórica:

—¡Mi famosa pasta-sin-nada-encima!

Más tarde, mientras los niños estaban en la bañera, nos sentamos a la puerta de casa, apoyadas contra la pared. Estábamos hablando de otra cosa cuando dijo de repente:

—Si te encuentras mejor desde junio o cuando sea, ¿por qué sigues portándote como antes? Quiero decir, con Patrick. No te estoy juzgando. Es solo que, en fin, si te sientes más racional, ¿por qué no se manifiesta necesariamente por fuera?

—Porque no sé estar con él de otra manera.

Admití que ya sabía que no era una excusa válida.

—Ya, si te entiendo. Son no sé cuántísimos años contra siete meses. Pero tienes que descubrirlo.

Le dije que no me sentía preparada para hacerlo, ni para verle, y que sabía que, en cualquier caso, no iba a ser capaz de perdonarle.

—¿Sabes dónde está?

—En Londres.

—Pero ¿sabes dónde?

—No. Habrá recuperado el piso, digo yo.

—Lo va a recuperar, pero por el momento está viviendo en casa de Winsome y Rowland —me informó con expresión seria.

Le pregunté qué importancia tenía eso.

—Total, Winsome y Rowland no están.

—Pero Jessamine sí.

Me reí y dije que si había una cosa que nunca me había preocupado, era que Patrick estuviese con una mujer que no era la suya.

A pesar de que había provocado que se marchara, y de que le había castigado sin tregua durante meses para que lo hiciera, y de que le había dicho que ya no le amaba —a gritos, mientras le veía salir de nuestro dormitorio por última vez—, sentí como si me zarandeasen cuando Ingrid dijo:

—Pero, Martha, por lo que respecta a Patrick, tú ya no eres su mujer.

Ingrid me hizo esperar mientras buscaba en un cajón la llave de Belgravia.

—Solo por si acaso.

Para entonces ya me había dado una barrita de muesli, una botella de agua y un audiolibro de autoayuda de tres discos que había encontrado primero. En veintiún días, sería capaz de dominar el arte de perdonarme a mí misma.

Le dije que no necesitaba la llave.

—Si no está allí, me iré a casa y ya está. No hay ningún otro motivo para entrar.

—Sí que lo hay. Lo mismo tienes que ir al baño o algo.

La encontró y me la ofreció. Al ver que no la cogía, me agarró y trató de cerrarme los dedos en torno a la llave.

—¿Qué coño es esto?

Me había cogido el pulgar.

—Las Hébridas.

—Ya. Claro, las Hébridas. Por favor, ¿te importa meterte esto en el bolso?

Cogí la llave para que dejase de hablar del tema.

Patrick no estaba. Llamé a la puerta y esperé en los peldaños de la entrada de casa de mi tía hasta que me dolió la cara de frío y se me durmieron las manos en los bolsillos. Volví al coche y me quedé allí sentada, con el abrigo puesto, durante una hora. La plaza estaba desierta. No pasaba ni un alma.

Solo habían transcurrido seis semanas desde que Patrick se fue, pero, en pocos días, el tiempo había adquirido un tono irreal y mi soledad se había vuelto tan absoluta que en este momento, sentada en el coche, parecía poner en duda la existencia misma de las cosas.

Transcurrió otra hora. Seguía sin venir nadie. Empecé a sentir que desvariaba. Lo único que había era frío. Busqué «hipotermia en coche» en Google, pero mientras mis dedos buscaban las teclas, el móvil se quedó sin batería..., y por eso, me dije, tenía que meterme en casa. Pero en realidad era un impulso irresistible de ver, si no a Patrick, al menos algo suyo. Después de tantas semanas a solas, que culminaban con aquellas dos horas en el coche en las que no había visto nada por la ventanilla más que oscuridad y una ausencia de seres humanos, ni siquiera él parecía ya real.

Al entrar, noté algo raro. Me quedé en el vestíbulo con la llave de Ingrid en la mano, desconcertada.

Winsome tenía prohibidos los efectos personales en las zonas comunes, pero los chismes de Jessamine estaban por todas partes, sus zapatos arrumbados en todos los rincones del vestíbulo, la ropa tirada en montones por el pasillo. Me quité el abrigo y entré en el salón formal. Había una botella de vino y dos vasos, vacíos salvo por el poso marrón del fondo, plantados sobre una rinconera de madera de nogal.

Unas Navidades, borracha, mi madre le dijo a todo el mundo que cuando Winsome se muriera su fantasma regresaría para aparecerse en el salón formal, aterrorizándonos a todos con gritos de «¡Madera mojada! ¡Madera mojada!», y cambiando invisiblemente de sitio los posavasos. Fui a coger los vasos para bajarlos a la cocina, y de paso fui recogiendo más cosas. Lo último fue un cargador de móvil y un frasquito de plástico rosa de quitaesmaltes. Que mi prima pudiera dejar un disolvente cosmético sobre la tapa lacada del piano de su madre resumía la totalidad de su naturaleza. Quería marcharme. Pero nada de lo que había recogido allí ni en el trayecto hacia las escaleras de la cocina pertenecía a Patrick. Lo dejé todo amontonado en la entrada y volví a la escalera principal.

Su maleta y los trastos que debía de haber comprado desde que se fue estaban en unas cajas apiladas a la puerta del cuarto de Oliver, cerradas con cinta y numeradas, como bien sabía, para que se correspondieran con una hoja de cálculo que describiría los contenidos de cada una. No las abrí. Los números estaban escritos a mano. Con esto me bastaba.

Al volver a la escalera, pasé por el dormitorio de Jessamine para ir a su cuarto de baño. El reloj de Patrick estaba en la mesilla al lado de un vaso de agua y de una goma de pelo morada con pelos rubios enganchados en la parte metálica. Me acerqué y lo cogí. Sentí náuseas, pero no porque el reloj estuviese allí sino por su intrínseca familiaridad, por el peso que sentía al darle vueltas en mi mano y por el recuerdo que me traía de su particular manera de ponérselo la primera vez que le vi hacerlo. Sentí que no tenía derecho a aquel recuerdo. Patrick no era mío. Dejé el reloj y pasé al cuarto de baño.

Enfrente del espejo, me sequé la cara con un clínex; a mis espaldas se reflejaba el suelo en el que Patrick había traído al mundo al bebé de mi hermana. Al lado del váter había una papelera a rebosar con los restos de los cosméticos de Jessamine. Fui y tiré los clínex. Cayeron sobre un blíster de papel de aluminio, de un solo comprimido. Esa era la otra cosa que nunca me preocupaba: que Patrick tuviera que salir a comprar la píldora del día después para una mujer que no fuera la suya.

No sé en qué momento, mientras salía de Londres, vi que, con las prisas por marcharme, me había dejado el abrigo, y a medida que me alejaba, cada vez estaba menos segura de haber cerrado la puerta de la calle.

* * *

Durante la semana siguiente, empaqueté todos los contenidos del hogar exclusivo, llenando cajas que, de haberlas etiquetado, habrían llevado escritas cosas como: *Cubiertos sueltos vaciados directamente desde el cajón. Lata de sardinas en aceite/certificados de nacimiento. Cojín, secador de pelo, salsera envuelta en funda nórdica.*

Me alimentaba de Gatorade azul y galletitas saladas de la menguante despensa, y dormía en el sofá con la ropa puesta.

Empaqueté su armario y su cómoda y después abrí el cajón de la mesilla de noche. Encima de otras cosas había un libro que le había regalado mi padre hacía un año por Navidad, y que Patrick se había empeñado en leer a pesar de que ni siquiera era de poesía, sino sobre poesía. Lo cogí y lo abrí por una parte señalada por unas tarjetitas con los bordes resobados.

Patrick había tenido intención de decir: *Sin duda, mi esposa me corregirá más tarde y me insistirá en que en realidad solo hemos venido por la barra libre, pero quiero decir que si estamos aquí es por amor a esta mujer singular, hermosa y exasperante... que, en mi opinión, no aparenta ni un día más de los treinta y nueve años y doce meses que tiene.* Y también: *Ojalá no fuera el caso, pero todo el mundo sabe que Martha es lo único que he querido en toda mi vida...*

No pude seguir leyendo. Las metí en el libro y volví a dejarlo en el cajón; en vez de guardar en una caja todo su contenido, rodeé el mueble entero con cinta de embalar. Los de la mudanza se presentaron en la puerta y les dije que había terminado, que ya podían llevárselo todo.

Se marcharon y, con la dirección de un guardamuebles de Londres que me habían dado en la mano, me paseé por la casa. Conocía todas las abolladuras de los rodapiés, todas las muescas de las puertas, todos los puntos de las paredes del salón en los que habíamos intentado tapar con pintura las marcas dejadas por un inquilino anterior. Patrick se equivocó al elegir el acabado de la pintura y todavía ahora destacaban como un sistema solar de parches brillantísimos en un vasto universo mate. La moqueta marrón topo tenía las huellas de nuestros muebles, el polvo se asentaba en tiras como de fieltro gris sobre cada uno de los enchufes no convencionales, cuyos usos nunca habían quedado claros. Durante siete años, el hogar exclusivo había desprendido una suerte de hostilidad paranormal que solo yo percibía. No sé por qué, en la última hora que pasé allí, me dio sensación de hogar. Volví al piso de arriba a ver el trastero.

Por el ventanuco vi que la nieve se estaba posando en las ramas desnudas del plátano. Lo dejé abierto y volví a la puerta, en cuyo umbral me quedé quieta unos instantes. Una pequeña ráfaga de copos de nieve entró volando, cayó en el suelo y se derritió en la moqueta.

El agente inmobiliario había venido y estaba abajo, en la cocina, con una pareja, más jóvenes que Patrick y yo. Estaba diciéndoles no sé qué de los electrodomésticos de calidad. De camino a la puerta de la calle, eché un vistazo sin que me vieran y vi que la mujer abría el horno, arrugaba la nariz y decía: «Cariño, mira». Salí, dejé la llave en el buzón y arranqué el coche.

Pasada la verja de la urbanización exclusiva, me hice a un lado y aparqué en un claro del seto vivo. Al otro lado estaba la amplia extensión de campo parcelado. Estaba desatendido; la tierra estaba desértica, fea, empapada. No sabía por qué quería pasarme por allí; era la primera vez que iba sola. Sin Patrick, no podía encontrar la parcela que nos pertenecía más que recorriendo los senderos que separaban unas de otras. Los ojos me lloraban cuando avanzaba contra el viento, y cuando lo tenía detrás el pelo se me enredaba a los lados de la cara.

Por fin, vi nuestro cobertizo, y crucé corriendo varias parcelas para llegar a la nuestra: un cuadrado de barro negro, y hojas anaranjadas sumergidas en el agua acumulada en los surcos que había excavado Patrick. Aparte de los surcos, y de los zarcillos de viejas plantas de patata abatidas por la lluvia, no había ningún testimonio de su trabajo. El invierno había borrado las horas que había pasado allí, a solas o conmigo sentada mirándole mientras hincaba la pala en la tierra o arrancaba malas hierbas y plantas granadas.

La puerta del cobertizo tenía el pestillo abierto y no paraba de dar portazos con el viento. Alguien se había llevado sus herramientas, y también la silla que me había comprado. Lo único que habían dejado, porque era imposible cogerlo, era el árbol caído.

Fui a sentarme sobre él pero los recuerdos me hicieron arrodillarme en la tierra, delante del tronco. Y después, abrazarlo, acercar la cabeza y aspirar la madera mojada mientras oía a Patrick decir: «¿De cuánto estás? ¿Te importaría darme unos días?». Y yo: «No voy a esperar cuando no hay ningún motivo, Patrick. Nos vemos en casa».

No tardé en tener tanto frío que tuve que levantarme. Me partía el alma irme de allí. Había estado embarazada una vez. Había estado embarazada, en ese mismo sitio, y eso concedía un carácter sagrado a aquel cuadrado de barro negro que estaba a punto de abandonar a los elementos. Iba a dejar algo que nos pertenecía desprotegido frente a cualquiera que lo quisiera y pensara que, total, como no tenía dueño... No había nada allí salvo un viejo tronco. Cogí una ramita y la hinqué en el suelo, y, con el viento de cara, me obligué a volver al coche.

En el silencio que se produjo inmediatamente después de cerrar la puerta del coche, recordé que Patrick me había dicho, mientras nos dirigíamos por primera vez al hogar exclusivo, que no tardaríamos en ser autosuficientes en el apartado lechuga. Sin dejar de llorar, me reí. Durante un corto lapso de tiempo, aquel primer verano en Oxford, había sido verdad.

Dos kilómetros después, puse la dirección en Google Maps, a pesar de que había vivido en Goldhawk Road desde los diez años con excepción de dos breves matrimonios. Al incorporarme a la autopista, la señora del mapa dijo que me saliese a la izquierda dentro de ochenta y seis kilómetros, y, cuando se me pasó, me dijo que cambiara de sentido lo antes posible.

La puerta de la calle de casa de mis padres estaba entreabierta. Al entrar me encontré a Ingrid en el sofá del estudio de mi padre, sentada y con los pies en el suelo, y no tumbada más ancha que pancha con los pies en el reposabrazos o en alto contra la pared. Y tenía los ojos clavados en mi padre, que estaba en medio de la habitación, preparándose para leer algo de un libro que tenía abierto entre las manos, como si fuera un himnario. Y mi madre estaba con ellos, sujetando un pequeño plumero —toda una primicia doméstica— sobre algún objeto de los que había en la repisa de la chimenea.

La impresión que daban era de ser actores en una obra de teatro, que han estado a la espera de que se abra el telón y cuando por fin se abre llevan un poco de retraso, de manera que por un segundo, antes de ponerse en movimiento, el público los ve así, congelados en posturas de apariencia natural.

La madre empieza a sacudir el plumero, el padre empieza a leer en voz alta en mitad de una frase, el personaje de la hermana se inclina hacia delante como si estuviese escuchando. Que lo que está haciendo es sacar su móvil es evidente para el público que está al otro lado de la cuarta pared. El padre alza la vista y deja de leer porque entra otra actriz —claramente, el personaje complicado—, acarreando un montón de bolsas. La invita a sentarse y la madre sale diciendo no sé qué del café, y, después de preguntarle por el viaje, el padre dice: «Bueno, ¿por dónde iba? Ah, sí, continúo», y empieza de nuevo. Una de las hermanas renuncia a fingir que está prestando atención y se pone a mirar el móvil descaradamente.

La otra no se mueve del sitio, escucha sin soltar las bolsas, dando tiempo al público para que se pregunte por su historia, por qué ha venido, qué quiere, qué obstáculos la aguardan y cómo se resolverán en los noventa minutos restantes. ¿Habrá intermedio? ¿Aceptará la máquina del aparcamiento tarjetas de crédito?

—«Quizá la gran revelación no llegara nunca. Había, en cambio, pequeños milagros cotidianos, iluminaciones, cerillas que se encendían de manera inesperada en la oscuridad; aquí había uno». Qué, chicas, ¿a que es genial? Es de…

—Virginia Woolf.

Ingrid lo dijo sin apartar los ojos del teléfono, y a continuación, anticipándose a la pregunta, levantó la cabeza y dijo:

—Es que lo vi en Instagram.

—¿Qué es eso del Instagram?

—Mira. —Lo buscó en el móvil y se lo pasó a mi padre, que hizo un burdo remedo de pasar la pantalla utilizando todos los dedos de la mano derecha haciendo un movimiento rápido, como de paralítico, con la muñeca—. Puedes subir cualquier chorrada, incluso poesía, que siempre habrá alguien a quien le guste. Un dedo, papá. De abajo arriba.

Acabó dominándolo, y al cabo de un rato mi padre declaró que @citas_escritores_diarias era un repositorio de genialidad y preguntó cuánto costaba apuntarse. Ingrid le dijo que su único desembolso sería la compra de un móvil que no tuviese antena, y, al ver la expresión titubeante que le asomaba a la cara al oír que se mencionaba una transacción comercial, añadió que con eso le bastaría para sus necesidades *online*.

Dije que tenía que descargar las cosas. Ingrid se ofreció a ayudarme y se levantó.

Desde el otro lado de la puerta, le dije que no necesitaba ayuda.

—Ayudarte significa sentarme y ver cómo lo haces tú.

Me siguió hasta las escaleras.

—¿Dónde están los niños?

—Se los ha llevado Hamish a que les corten el pelo. Pensé que podría hacerlo yo, pero resulta que no es tan fácil. —Aún no habíamos subido el primer tramo y ya estaba resoplando, y en el segundo tuvo que hacer varias paradas—. Pensaba abrir una pelu, la iba a llamar Mamicortes..., pero..., evidentemente..., eso tiene dos lecturas, dependiendo... de..., espera que me siente un segundo..., tu estado psicológico.

Al llegar a mi dormitorio, Ingrid me dijo que me apartase para que pudiese abrirme la puerta. Nada más asomarse, retrocedió.

—¿Por qué no te metes mejor en mi cuarto?

El mío había sido requisado para almacén de esculturas que, según nos explicó mi madre más tarde, «aún no estaban en su punto, en términos conceptuales».

Pasamos al cuarto contiguo y metí las bolsas al fondo del armario vacío de Ingrid, y después fui a sentarme con ella en el futón que había venido con la mesa de madera de abedul y el sofá marrón, y que había aguantado lo más duro de su época de fumadora adolescente. Estuvo un rato hablando de las ocasiones que habían dado pie a cada quemadura, de su dormitorio, de las cosas que había escrito y dibujado en la pared, muchas de las cuales seguían allí, incluidas —me las enseñó, detrás de la cortina— las palabras *ODIO A MAMÁ*. Recordó también las veces que yo había entrado a buscarla cuando acababa de producirse «un abandono». Mientras hablaba, me había cogido la mano distraídamente y, al fijarse en el tatuaje, me lo frotó con el pulgar, como si se pudiese borrar.

—¿Alguna vez te arrepientes de habértelo hecho?

—Sí.

—¿Cuándo?

—Cada vez que lo veo.

—Te criticaría, pero... —Giró la muñeca y me enseñó la minúscula rayita—. Bueno. ¿Y ahora qué vas a hacer? ¿Tienes algún plan? Porque podrías... —Por el tono de voz, parecía que iba a recitar una lista, pero después de la inhalación preparatoria no salió nada, salvo más aire. Parecía apenada.

—Tú tranquila, ya lo sé —dije.

—Ya se me ocurrirá algo.

Le dije que no se preocupase.

—No es tu obligación. Además, ya tengo un plan, o no..., en realidad tampoco es que sea un plan plan. Es más bien —hice una pausa— ... que quiero averiguar qué tipo de vida está al alcance de una mujer de...

—No digas «de mi edad».

—... de una mujer nacida poco más o menos cuando yo, que está soltera y no tiene hijos ni ninguna ambición concreta, y cuyo CV... —quería decir «es una mierda», pero había tanta preocupación en la cara de mi hermana que dije—: carece de un hilo conductor claro.

—Pero no tiene por qué ser una vida deprimente. En plan, no des automáticamente por sentado que tiene que ser...

—No lo doy por sentado. Quiero que no sea deprimente. Simplemente, no sé qué alternativas no-deprimentes hay si no te gustan los animales ni ayudar a los demás. Si has querido las cosas que se supone que tienen que querer las mujeres, como bebés, un marido, amigos, una casa...

—... un próspero negocio en Etsy...

—... un próspero negocio en Etsy, despertar envidias, realización personal, lo que sea..., y no las has conseguido, ¿qué se supone que tienes que querer entonces? No sé cómo querer algo que no sea un bebé. No puedo ponerme a pensar en otra cosa y decidir que, hala, ahora quiero eso en su lugar.

Ingrid dijo: «Pues claro que puedes».

—Incluso las mujeres que consiguen todo eso lo vuelven a perder. Los maridos se mueren y los hijos crecen y se casan con alguien que no soportas y utilizan el título de abogado que les financiaste para montar un negocio en Etsy. Al final todo desaparece, y como las mujeres siempre somos las últimas que seguimos en pie, vamos y nos inventamos otra cosa apetecible.

—No quiero que sea una cosa inventada.

—Todo es un invento. La vida es un invento. Cualquier cosa que veas hacer a alguien es algo que se ha inventado ese alguien. Joder, si yo misma, sin ir más lejos, me inventé mi vida en Swindon, y me obligué a que me gustase y lo he conseguido.

—¿De veras lo dices?

—Bueno, al menos no me disgusta.

—¿Cómo lo hiciste?

—No sé. Simplemente, concentrándome en..., haciendo cosas prácticas y fingiendo que las disfruto hasta que, no sé, acabo disfrutándolas, o al menos no me acuerdo de lo que me hacía disfrutar antes.

Me mordí el labio y continuó.

—Por ejemplo, ponte a ordenar tu ropa o a darle al muermo del yoga, y seguro que te vendrá o que se te ocurrirá. ¡Con lo lista que eres, Martha! Eres la persona más creativa que conozco. —Me dio un guantazo al ver que ponía cara de exasperación—. Lo eres, y ahora me tengo que ir a casa, así que si no te importa ayúdame a levantarme.

Tiré de mi hermana, que, plantada en medio de su dormitorio y reteniéndome las manos unos segundos más, dijo:

—Pequeños milagros cotidianos, iluminaciones, no sé qué no sé cuántas, cerillas Woolf. Haz eso. Haz lo que dice Virginia.

Bajé con ella y le prometí, porque me obligó, que haría algo práctico, pero no —me advirtió— un diario de gratitud, porque se pondría de los nervios.

—Ni tampoco una de esas tablas de sueños. A no ser que solo pongas fotos de una Kate Moss cuarentona en un superyate.

—Con el biquini torcido.

—Eso, que no falte.

—Te quiero, Ingrid.

Dijo: «Ya lo sé», y se fue a casa.

* * *

Mi padre había dejado encendida la luz del estudio y el libro abierto boca abajo sobre la mesa. Entré y lo cogí, pero no pude localizar el fragmento que había leído en voz alta. Mientras intentaba encajarlo en un hueco inexistente de la estantería, me acordé de la vez, aquel verano que pasé en su estudio, que me dijo: «La vida entera en una pared, Martha. Todos los tipos de vida, tanto las verdaderas como las inventadas».

Me quedé allí y estuve un buen rato leyendo los lomos, y luego, uno por uno, empecé a sacar libros, amontonándolos en mi brazo izquierdo. Tenía un triple criterio de selección: libros de mujeres —y también de hombres convenientemente sensibles/depresivos— que se habían inventado sus vidas; cualquier libro sobre el que hubiese mentido diciendo que lo había leído, menos Proust, porque ni siquiera por todas mis malas acciones me merecía un sufrimiento tan grande; y libros con títulos prometedores que estuvieran accesibles sin necesidad de subirme a una silla.

Todos eran libros viejos. Al tocar las tapas tenía la sensación de que los dedos se me llenaban de tiza, y las páginas olían al aburrimiento de esperar a que mi padre terminase de husmear en las librerías de viejo cuando era niña. Pero me iban a decir cómo tenía que ser o qué tenía que querer, y me salvarían de tener que hacer un diario de gratitud, y eran lo único que se me ocurría.

Empecé con Woolf, con el catálogo entero de obras completas. Me pasaba el día leyendo en una habitación propia —de mis padres—, y a veces, cuando empezaba a preocuparme que pudiera estar enloqueciendo por pasar tanto tiempo sin hacer prácticamente nada más y expresaba mi temor en lenguaje woolfiano, salía y seguía leyendo en otro lugar. De noche leía hasta que me vencía el sueño, y, estuviera donde estuviera, cada vez que un personaje de un libro quería algo, anotaba de qué se trataba. Una vez que hube terminado de leerlos todos, tenía miles de cachitos de papel en un frasco que estaba encima de la cómoda de Ingrid. Pero en todos ponía: una persona, una familia, un hogar, dinero, no estar solo. Eso es lo único que queremos todos.

Intenté salir a correr. Es tan horrible como parece. En el centro comercial de Westfield, a poco más de un kilómetro de la casa de mis padres, me rendí y entré a comprar agua. Como era un lunes por la mañana, poco después de las nueve, y yo era una mujer de más de cuarenta con ropa deportiva, no llamé la atención mientras hacía circuitos por la planta baja buscando un sitio donde comprarla.

Había un Smiths. La única ruta desde la entrada hasta el armario nevera era un pasillo con un letrero encima que decía *Regalos/*

Motivación/Agendas, pero, curiosamente, había montones de diarios de gratitud. Me detuve y me puse a mirarlos en busca del más feo para comprarlo y enviárselo a mi hermana. A pesar de que había una infinidad de órdenes concretas en las tapas color verde menta, lila brillante y amarillo mantequilla —vive, ama, ríe, brilla, crece, respira—, tomadas en conjunto se desprendía que el imperativo más importante de la humanidad es perseguir sus sueños.

Elegí uno que era inexplicablemente grueso, con el doble de páginas que sus compañeros de estante, porque la portada decía *A Por Ello*. La intención era que sonase desenfadado y motivador, pero la ausencia de signos de exclamación le daba un tono cansado y resignado. A Por Ello. Todos Están Hartos de Oírte Hablar Siempre de lo Mismo. Persigue Tus Sueños. El Riesgo es Mínimo.

Era mi día, me dijo la cajera. «Bolígrafo gratis con cada diario». Era demasiado mayor para trabajar allí, y al agacharse a coger la caja de debajo del mostrador le costó respirar. «Elige», dijo. Los bolígrafos también eran motivadores. Me decidí por uno con una frase mal sacada del feminismo de tercera ola, le di las gracias y me fui a un puesto de café situado en medio del centro comercial del que emanaba un aroma a pan sintético.

Pedí una tostada. Tardó mucho en estar lista y llegué al final de las publicaciones de Instagram mientras seguía esperando. El último *post* era una foto de F. Scott Fitzgerald, @autores_citas_diarias. El pie de foto decía: «En aquello de lo que se avergüenza la gente suele haber una buena historia».

Mi tostada aún no había hecho acto de presencia. Saqué el diario de Ingrid y escribí la cita del pie de foto en la primera página; acto seguido, eché un vistazo por encima del hombro por si alguien me había visto. Pero yo era la única persona que querría juzgar a una mujer que estaba sentada a solas en un puesto de un centro comercial una mañana de un día laborable; al fin y al cabo, su atuendo deportivo y su diario de gratitud daban fe de sus esfuerzos por mejorar en dos frentes. Me removí en la silla, incómoda.

Seguramente con espíritu de arrepentimiento, abrí el diario por otra página, más o menos por la mitad porque no sabía por dónde empezar. Pero el caso es que empecé. A Por Ello. En Serio, A Nadie le Importa.

Era la primera semana de marzo. Estaba sentada en la puerta de atrás de la casa de mis padres, descalza, arrancando malas hierbas de las grietas del cemento, fijándome en el intenso color ámbar de mi té a la fría luz del sol, hablando por teléfono con el hijo mayor de Ingrid. Mis sobrinos habían vuelto a llamarme por teléfono.

Me estaba explicando el libro de una serie de libros infantiles que estaba leyendo, sin escatimar en detalles y, de manera intermitente, con la boca llena.

Le pregunté qué estaba comiendo.

—Uvas y un bollo muy sarnoso.

Oí que Ingrid le pedía el móvil.

—Quiere decir sabroso. Dios mío, perdona, debe de haber siete millones de libros de esos. Apuesto lo que sea a que tienen talleres clandestinos llenos de niños que los escriben, porque si no, no me cabe en la cabeza. ¿Qué tal estás?

Le conté lo del trabajo que me había salido. Orientadora profesional en un colegio de chicas. No le pareció irónico, como a mí, que me hubieran ofrecido el puesto.

—¡Si has pasado, literalmente, por todos los trabajos que existen! —Dijo que mierda, que tenía que irse—. Estos están haciendo el tonto con las puertas.

Fui a colgar y vi un mensaje de Patrick. No habíamos hablado desde que se fue.

Decía: *Hola, Martha, mañana vuelvo a mudarme al piso y necesito algunos muebles, etc. ¿Dónde están las cosas?*

Vacilé unos instantes, intentando asimilar el dolor, nuevo e inmenso, de recibir un mensaje que se abre con un «hola» seguido de tu nombre cuando viene de alguien con quien has estado casada. Me froté el ojo y por debajo de la nariz antes de responderle que si le importaba que lo dejásemos para mañana.

Dijo que no podía. Que trabajaba.

Respondí con la dirección del guardamuebles, preguntándome mientras escribía si Patrick habría caído en la cuenta de que era nuestro aniversario de boda. Y a continuación, mientras lo enviaba, pensé que si has renunciado a estar casada, quizá ya no puedas hablar del aniversario de bodas.

Patrick respondió preguntándome si podíamos vernos allí en dos horas. Mi deseo de no ir era tan intenso que me costó tirar de mí para ponerme en pie y entrar en casa después de haber dicho que sí.

Se iba a retrasar. Cuando me llegó el mensaje yo ya estaba allí, esperando a la entrada de la taquilla, al fondo de un pasillo tan oscuro y desolado que parecía postapocalíptico.

Calculaba que aún estaba a una hora de viaje; se disculpaba, había pasado no sé qué con un camión y la circunvalación norte. Que si tenía que irme, que me fuera. Le dije que no me importaba esperar y saqué el diario de la bolsa. Estaba sucio y medio descuajeringado, y de tanto mojarse y secarse sobre el radiador había adquirido un grosor ridículo.

Me senté en el suelo y estuve mucho rato escribiendo hasta que al volver la página vi que era la última. No sabía cómo terminarlo. En vista de que, al cabo de unos minutos, no se había presentado ningún final adecuado, volví al inicio y me puse a leer. Hasta entonces no lo había hecho, convencida de que cualquier cosa que pudiese encontrarme en lo que llevaba escrito —fascinación conmigo misma, banalidad, descripciones de cosas— , me haría salir a la calle a quemarlo.

No fue eso lo que me encontré, o, al menos, también vi vergüenza y esperanza y sufrimiento, culpa y amor, tristeza y dicha, cocinas, hermanas y madres, alegría, temor, lluvia, Navidad, jardines, sexo y sueño y presencia y ausencia, las fiestas. La bondad de Patrick. Mi naturaleza llamativamente desagradable y mi uso exhibicionista de los signos de exclamación.

Ahora veía lo que había tenido. Todo lo que quiere la gente en los libros: un hogar, dinero, no estar solos..., todo estaba ahí, a la sombra de la única cosa que no tenía. Incluso tenía a la persona: un hombre que escribía discursos sobre mí y que renunciaba a cosas por mí, que se pasaba horas sentado junto a la cama mientras yo lloraba o estaba ida, que decía que jamás cambiaría de idea sobre mí y que se quedó conmigo incluso después de saber que le estaba mintiendo, que solo me hizo el daño que me merecía, que había rellenado el aceite del coche y que jamás me habría abandonado de no habérselo dicho yo.

Y no era la revelación definitiva. Que quería recuperarle con todas mis fuerzas no era ninguna revelación cuando llegué a la última página. En cambio, la razón pequeña y terrible por la que le había perdido sí lo era. No era por mi enfermedad; no era por nada concreto que hubiese dicho o hecho yo. Escribí lo que había comprendido y cerré el diario, poniéndole punto final. La última la página se quedó casi toda en blanco, porque la razón de que nuestro matrimonio se hubiese terminado no ocupaba siquiera un renglón.

Al fondo del pasillo, el ascensor se abrió.

Me levanté del suelo y puse el diario encima de mi bolsa.

Patrick vino hacia mí, tan despacio que cuando aún no había llegado a mitad de camino —o puede que fuera un trecho larguísimo— yo ya ni sabía cómo colocarme ni qué hacer. Cuando la persona a la que conoces mejor que a nadie en este mundo, a la que has amado y odiado y no has visto desde hace meses, avanza hacia ti evitando el contacto visual hasta el último momento, sonriendo después como si no acabase de saber de qué os conocéis o si os conocéis siquiera, ¿qué se supone que haces con las manos?

Nuestra conversación duró dos minutos, una confusión de perdonas y holas y gracias, preguntas innecesarias e instrucciones aún más innecesarias sobre cerrojos y el modo de abrirlos. Parecía un chiste. Un juego para ver quién era capaz de fingir por más tiempo que era otra persona. Ninguno de los dos se rindió y la conversación terminó con un montón de vales y geniales. Patrick cogió la llave y yo me fui.

No fui consciente de que mi bolsa no pesaba lo que debía hasta que faltaban dos paradas para concluir el largo viaje de vuelta. Eché un vistazo a su interior, como si pudiera estar ahí dentro a pesar de que notaba en el hombro que estaba vacía. No estaba en el asiento contiguo. No se había caído al suelo. Monté un numerito: intenté abrir las puertas del vagón antes de que el tren se detuviera por completo en la siguiente estación, después me abrí paso a empujones entre la multitud abarrotada en el andén y entré por la fuerza en el vagón de un tren que estaba a punto de salir del andén de enfrente. Solo con la mitad de gente que llevaba ya habría estado demasiado lleno. Un hombre me miró con cara de desaprobación. Me traía sin cuidado.

Durante el trayecto de vuelta, el tren se paraba continuamente en el túnel..., y yo no me sentaba, como si estar de pie ayudase a acortar el viaje, y me imaginaba el diario tirado en medio de la acera en algún lugar entre la estación y el guardamuebles y a una transeúnte que lo recogía, comprobaba si había un nombre escrito y, al ver que no, se lo llevaba y lo tiraba en el primer cubo de basura que veía. O se lo llevaba a su casa. Esto último era muchísimo peor..., que algo tan mío acabase en su cocina junto a la montaña de publicidad de comida a domicilio y correo sin abrir, que fuera leído en voz alta —«Mira, esto también es tronchante»— a un marido indiferente delante de la televisión, durante los anuncios.

Cuando al fin llegué, un empleado de la estación me dijo que por allí no había pasado nadie a entregar un diario, pero que si quería un paraguas tenía donde escoger. Salí y volví al guardamuebles por el mismo camino de antes, cruzando en los mismos sitios por donde había cruzado hacía una hora y media, y con las manos todavía vacías al llegar.

Nada más entrar, el encargado comentó que parecía que le había cogido cariño al sitio. Seguía sentado a su mesa, recostado y con las manos entrelazadas en la nuca, mirando las pantallas del circuito de vídeo como si hubiese algo más que ver en ellas que pasillos desiertos desde un montón de ángulos distintos. Volví a firmar en el maldito libro de entradas y mientras me metía en el ascensor le oí decir:

—Tu novio sigue ahí arriba. Se va a arrepentir de haberlo sacado todo de golpe.

Todos nuestros muebles estaban en el pasillo. Patrick los había ido sacando uno por uno y al final, sin querer, parecían un simulacro de habitación. Una butaca, una tele, una lámpara de pie. Estaba sentado en nuestro sofá con el codo en el reposabrazos, leyendo.

Alzó la mirada, dijo hola al verme como si acabase de llegar a casa y siguió leyendo. No tenía sentido pedirle que me lo devolviera. Si lo había leído desde el principio, estaría a punto de terminar. Me senté en la otra punta del sofá y esperé.

Patrick pasó una página. De haber sido cualquier otra persona, por ejemplo, Jonathan, leer mi diario en mi presencia habría sido un acto de extraña e ingeniosa crueldad. Jonathan habría fingido que estaba demasiado absorto como para admitir interrupciones... Al menor intento por mi parte de hablar, habría levantado un dedo a la vez que recreaba todo un repertorio de expresiones: triste, risueña, intrigada, ligeramente sorprendida y, por último, desolada, todo ello en el transcurso de una sola página y salpicado de comentarios sobre mi versión de los acontecimientos.

Pero era Patrick. Estaba concentrándose. La expresión era seria y las reacciones, leves: el ceño un poco fruncido, una sonrisa apenas perceptible de vez en cuando. No abrió la boca hasta el final. Y entonces, se limitó a decir:

—No entiendo tu letra. Que yo nunca ¿qué?

—Ah. —Leí del revés lo último que había escrito—. Pone que nunca te pregunté cómo lo vivías tú.

—¿Te refieres a tu __?

—No, a todo. A nuestro matrimonio. A ser mi marido. Nunca te pregunté cómo lo vivías tú.

—Ya.

Cerró el diario.

—Creo que es de lo que más me avergüenzo ahora. —Me puse de pie y alargué la mano para que me lo diera—. Entre un amplio surtido de opciones, claro.

En vez de levantarse, Patrick se quedó sentado rascándose la nuca unos segundos. Esperé. No soltó el libro.

—¿Quieres que te lo diga?

Respondí que no, y me obligué a sentarme de nuevo. No era tan valiente. Y de repente, sin pensarlo, dije:

—¿Cómo lo viviste, Patrick?

Tenía la bolsa colgada del hombro. No me la quité.

—De puta pena.

Ingrid decía «la puta alarma del coche, las putas polillas de harina, una puta uva pasa en mi sujetador», y no tenía nada de chocante. Pero jamás jamás había oído un taco en boca de Patrick, y, pronunciada por él, la fuerza y la violencia de la palabra me hicieron retroceder impresionada.

Se disculpó.

—No. Perdona tú. Sigue. Quiero saberlo.

—Ya lo sabes. Es todo lo que te dijo tu madre. —Dejó el diario a un lado—. Que todo giraba siempre en torno a ti. Ya sé que estabas enferma, pero era yo el que tenía que absorber tu dolor y dejar que canalizaras toda tu rabia contra mí, solo porque yo estaba allí. Lo invadía todo. Es como si tu tristeza hubiese absorbido mi vida entera. Dios mío, Martha, lo intenté, ¡vaya si lo intenté!, pero daba igual lo que hiciera. Buena parte del tiempo daba la impresión de que buscabas activamente estar mal y aun así esperabas un apoyo constante. A veces yo solo quería ir a un restaurante y disfrutar de la comida, sin tener que pensar si el encargado parecía deprimido o si la moqueta te recordaba a algo malo que te había pasado. A veces solo quería que fuéramos normales.

Hizo una pausa, claramente dudando de si debía articular lo que estaba pensando. Lo hizo.

—Me arrojabas cosas.

Bajé la vista. Me vi a mí misma desde el exterior y pensé: «Estoy agachando la cabeza. La vergüenza hace que me encorve».

—No sé describirte cómo me sentía, Martha. En serio, no puedo. Tú esperabas que lo superase sin más. Decías que querías hablar, pero no hablabas. Decidiste que, como no me paso el día comentando mis emociones ni describo cada sentimiento que tengo en tiempo real, no siento nada. Me dijiste que estaba vacío. ¿Te acuerdas? Que no era más que el contorno del lugar que debería ocupar un marido.

Dije que no me acordaba. Pero claro que me acordaba. Fue en unos grandes almacenes. Estábamos comprando un colchón. No paraba de preguntarle por su opinión. Él me decía que le daba lo mismo, hasta que salí hecha una furia y no aparecí por casa ni le dije dónde estaba durante horas, tantas que para cuando volví había llamado a todo el mundo que se le había ocurrido para ver si alguien tenía noticias mías.

—Quiero decir, lo siento. Sí me acuerdo. Lo siento.

—Me acusabas constantemente de ser pasivo y no querer nada, pero es que no me estaba permitido querer nada. Así funcionaban las cosas. Aceptar lo que me tocaba, fuera lo que fuera, era el único modo de mantener la paz. Incluso… —Patrick se tocó la nuca, hundiendo los dedos en un músculo, como si hubiese localizado un punto de dolor— incluso, con la de tiempo que hace que me conoces, has sido capaz de pensar que lo primero que se me ocurriría hacer después de dejarte sería ir y acostarme con tu prima.

—No, yo...

Era cierto, lo pensaba.

—El reloj era de uno de sus Rorys. Tenía el mismo modelo que yo. Pero ni siquiera te preguntaste si podía haber otra explicación ni te planteaste que podías estar equivocada. ¿Para qué, si piensas que soy así?

—¡Cuánto lo siento! Soy la peor persona del mundo.

—No, no lo eres. —La mano de Patrick se cerró en un puño y golpeó el reposabrazos—. Tampoco eres la mejor persona del mundo, que es lo que en el fondo piensas. Eres como todos. Pero a ti eso te cuesta más aceptarlo, ¿no? Preferirías ser lo uno o lo otro. La idea de que puedas ser normal y corriente te resulta insoportable.

No se lo discutí. Solo dije: «Siento que todo fuera de puta pena».

—A veces, no siempre. —Suspiró, volvió a coger el diario y lo dejó caer de cualquier manera—. La mayor parte del tiempo todo era maravilloso. ¡Me hiciste tan feliz, Martha! No te haces idea. No te haces idea de lo increíble que era. Eso es lo que más me está costando superar. Que no te dieras cuenta de todo lo que tenía de bueno nuestro matrimonio. Eras incapaz de verlo.

Le dije a Patrick que ahora sí podía.

—Lo sé.

Le miré mientras se volvía a buscar una página concreta. Le echó una ojeada en silencio y después empezó a leer en voz alta: «En el banquete de una boda celebrada poco después de la nuestra, seguí a Patrick entre la densa multitud de invitados hasta que llegamos a una mujer que estaba sola».

Me puse a toquetearme una oreja. De repente tenía mucho calor.

—«Patrick había dicho que en vez de mirarla cada cinco minutos y sentir pena por ella lo que tenía que hacer era acercarme y elogiar su sombrero». —Alzó la mirada—. ¿Eso hice?

—Sí.

—No lo recuerdo. Solo recuerdo... —sonrió vagamente— que en su momento pensé que eras..., o sea, ¿quién se desvive así por una mujer que no consigue meterse un aperitivo en la boca? Pero tú estabas agobiadísima. Parecía como si tuvieras un dolor físico. Te pusiste a hablar y no paraste hasta que la mujer estuvo bien. Eso es lo que yo..., ese es el tipo de cosa que... —Dejó la frase sin terminar y, hojeando el diario, dijo—: Esto es genial. De veras, Martha.

Le pregunté si sabía que era nuestro aniversario de bodas cuando me puso el mensaje para quedar.

—Sí, perdona. No lo hice adrede. Es que tenía que dejarlo todo resuelto, nada más.

Dije: «Bueno, me voy», y me pasó el diario.

Nos levantamos a la vez.

—Bueno, pues nada...

—Sí, eso...

Dije «adiós», y no fue suficiente. Una sola palabra, demasiado cotidiana para contener el fin del mundo. Pero era lo único que había. Eché a andar hacia el ascensor.

—Martha, espera.

—¿Qué?

—Tenías razón. Sí que sabía que algo andaba mal. Al principio no, pero sí estos últimos años. —De repente, parecía enfermo—. Sabía que no eras tú. Sabía que algo andaba mal, pero simplemente traté de seguir adelante. Me sentía incapaz de enfrentarme a todo lo que suponía. O quizá tenía miedo de que descubriésemos que era algo con lo que no podíamos lidiar y que todo se acabase. Y a veces, tienes razón también en esto, no me importaba que todos me tomasen por un marido maravilloso, porque en general me consideraba un desastre. Pero lo que más... —se interrumpió y, a continuación, con una angustia sin paliativos, dijo—: lo que más me avergüenza es haber dicho que no deberías ser madre. No es verdad. Es que estaba enfadadísimo.

Simplemente, no se le había ocurrido nada peor que decirme.

Le pedí que se callase, pero no me hizo caso.

—No puedo pedirte que me perdones. No hay disculpa que valga. Lo único que quiero es que sepas que comprendo lo que hice, y que, hagamos lo que hagamos finalmente, yo tengo que reconstruir mi vida sin dejar de lado esa realidad: que fui deliberadamente cruel con mi mujer.

Se oyó un ruido en otro pasillo. Algo que caía sobre un suelo metálico, alguien gritando. Cuando dejó de resonar, dije:

—Debería haberte dicho que quería tenerla. En su momento. Debería habértelo dicho entonces.

—¿Cómo sabes que era una niña?

—Simplemente, lo sabía.

—¿Cómo la habrías llamado?

—No lo sé.

Pero su nombre aparecía un sinfín de veces en el libro.

Patrick lo dijo en voz alta.

—Sí. Habría sido un buen nombre.

Miré al techo y me restregué la cara para librarme de las lágrimas que seguían brotando de lo que parecía un pozo especial, y al parecer insondable, reservado para ella.

—Pensarás que soy despreciable.

—No. Creías que era lo correcto. Te parecía lo mejor para ella, a pesar de lo mucho que deseabas tenerla. Por eso sé…, y perdona, lo mismo no debería decir esto, por eso sé que tú tenías que ser madre. La antepusiste a ti. Eso es lo que hacen las madres, ¿no? —Y añadió—: Evidentemente, solo estoy especulando.

No podía mantenerme en pie. Patrick se apartó y retrocedí hacia el sofá. Y se sentó a mi lado, y me dejó tumbarme con la cabeza en su regazo, y sentí el peso de su brazo, y lloré y lloré y lloré desde lo más profundo de mi ser, y cuando por fin me incorporé de nuevo, vi que en sus ojos también había lágrimas… Patrick, que me había dicho una vez que no había vuelto a llorar desde aquel primer día de internado en el que su padre le estrechó la mano, le dijo adiós, se puso al volante y salió por la verja del colegio mientras su hijo de siete años corría detrás del coche. Me estiré la manga sobre la mano y enjugué primero su cara y después la mía. No se me ocurría nada que decir. Solamente, al cabo de un rato:

—Qué lástima, todo esto; qué lástima tan inmensa.

Lo dije en serio. Le pregunté por qué se reía.

Dijo que no se estaba riendo.

—En realidad, no eres como el resto de nosotros. Nada más es eso.

—Tú tampoco, Patrick.

Y se acabó. Nos levantamos y volvimos a despedirnos. Esta vez, fue completamente distinto; el mundo entero estaba contenido en aquel «adiós».

Llevaba recorrido un buen trecho del pasillo cuando le oí gritar:

—¡Es una buena historia, Martha! ¡Exactamente así, como la has escrito!

Volví la cabeza y dije: «Vale».

—Deberían..., deberían hacer una película con ella.

Se oyó otro ruido procedente del pasillo de al lado. Me volví y, caminando hacia atrás, grité:

—¡En una película, no creo que el desenlace..., no creo que la despedida definitiva pueda tener lugar en el guardamuebles EasyStore de Brent Cross!

—Debes de ser la...

Giré sobre mis talones y salí corriendo hacia el ascensor. No quería oír el resto.

El hombre de detrás del mostrador comentó que ya me iba otra vez. Que seguro que volvía más tarde. Abrí las puertas de un empujón y salí sin hacerle caso. La luz de fuera era tan fuerte que caminé hacia ella protegiéndome los ojos con la mano.

* * *

Estaba en el andén esperando al siguiente tren, con la bolsa en las rodillas y el móvil en la mano. De haber creído que el universo se comunicaba con los seres humanos mediante señales, portentos y redes sociales, al abrir Instagram habría pensado que el primer *post*, de hacía un minuto, era un mensaje sobrenatural transmitido por @autores_citas_diarias exclusivamente para mí.

Asomaron unos faros por el túnel. Saqué un pantallazo del *post*; una vez dentro del vagón lo anotaría en el diario, con letras lo bastante grandes como para llenar todo el espacio vacío de la última página. Pero el tren se detuvo, entré y vi que no había asientos libres. No llegué a escribir la frase. No recuerdo de dónde había salido. Pero no se me va de la cabeza, repitiéndose como una frase musical, como el verso recurrente de un poema: «Dejaste de desesperar».

Dejaste, dejaste, dejaste de desesperar.

Anoche vino Patrick mientras estaba viendo una película que me había recomendado Ingrid porque, según ella, era una mierda de versión de una película que, a su vez, ya era una mierda. Le dije que podíamos apagarla.

Se sentó y dijo que, como estaba basada en una historia real, se imaginaba que querría verla entera, solo por leer las palabras que salen al final: «No sé quién murió a los ochenta y tres años. El cuadro jamás fue encontrado».

—Lo que más te gusta es cómo terminan las cosas. Además, estoy demasiado cansado para hablar. —Me puse a hablar yo y dijo—: En serio, Martha. Estoy demasiado cansado para hablar. —Y cerró los ojos.

Así termina esto.

Hace unas semanas llevé a mi padre a una librería de Marylebone para que viera el escaparate. Estuvo mucho tiempo plantado en la acera contemplándolo con la expresión de alguien que no logra comprender lo que está viendo.

Es «el poeta de Instagram», Fergus Russell. Tiene un millón de seguidores.

En el escaparate solo había ejemplares de su libro, que es la antología de sus poemas más admirados. Mi madre, al leer una de las primera reseñas, había dicho:

—Por fin has conseguido tu artículo determinado, Fergus.

Mi padre dijo que debería haber una forma verbal correspondiente a la expresión «de próxima publicación».

—Para aquellas ocasiones en las que una antología que lleva cincuenta y un años siendo «de próxima publicación» por fin se proxi-publica.

Empezó a llover mientras seguíamos parados ante el escaparate, cada vez con más fuerza, pero mi padre no parecía darse cuenta. Cuando vi que el agua rebosaba la alcantarilla y que le caía a chorros por el empeine, le hice entrar conmigo a buscar al encargado.

Se dieron un apretón de manos y mi padre preguntó si podía firmar una pequeña cantidad de ejemplares, añadiendo que no pasaba nada si preferían que no lo hiciera. Se ofreció a mostrar el carné de conducir para demostrar que, en efecto, era Fergus Russell. El encargado se palpó los bolsillos en busca de un boli y dijo que no era necesario; había una foto suya en la contraportada. Le dijo a mi padre que era el libro que más deprisa se había vendido desde el hundimiento del mercado de los libros de colorear para adultos.

Una semana después de la publicación, el editor de mi padre había llamado para decir que, según los primeros datos, en su primer día había vendido 334 ejemplares —algo inaudito en poesía— , y eso solo en librerías del centro de Londres.

Winsome organizó una cena en su honor en Belgravia. Vinieron todos. Era la primera vez que estábamos todos juntos desde que Patrick y yo nos separamos. La familia nos trató como si acabásemos de prometernos. Ingrid dijo que aprovechásemos para poner una lista de bodas en unos grandes almacenes, tipo Peter Jones.

Mientras los demás tomaban asiento, Winsome me pidió que fuese a coger no sé qué del estudio de Rowland. La puerta de un inmenso guardarropa que estaba detrás del escritorio estaba entreabierta. Apilados en su interior había montones de ejemplares del libro de mi padre, algunos sin envolver, otros metidos todavía en las bolsas de plástico y de papel de las librerías del centro de Londres. Abrí otros armarios. También estaban llenos. Los cerré silenciosamente y salí, despreciando a Rowland por haber comprado 334 ejemplares del libro de mi padre a modo de broma privada.

En el comedor, Rowland estaba regañando a Oliver por el derroche de salsa de carne que se había dejado en el plato. Al oírle, comprendí que, para alguien como mi tío, que aborrece tanto gastar dinero que su jabón de ducha es un mero constructo teórico, ponerse al volante de su gilimóvil para recorrer las librerías vaciándolas de *stock* solo podía haber sido un acto de bondad. Mientras pasaba por detrás de su silla, Rowland se volvió hacia mi padre y dijo en voz alta y clara que, para él, la poesía solo era poesía si rimaba, conque ya podía olvidarse de venderle a él un puñetero libro. Le di unas palmaditas en el hombro. No me hizo ni caso.

No le conté a nadie, salvo a Patrick más tarde, lo que había visto. Cuando el libro alcanzó varios miles de copias vendidas, supe que ya no podía deberse únicamente a Rowland.

Mi padre tardó media hora en firmar los ejemplares del escaparate y la pila del mostrador principal. El encargado puso pegatinas de *Primera Edición Firmada* en las cubiertas antes de amontonarlos de nuevo, y después sacó el móvil para hacer una foto. Mientras la encuadraba, mi padre se apartó a un lado. El encargado le hizo una seña para que volviese a su sitio.

—Ah, sí, claro… —dijo mi padre—, que tengo que salir yo… —Y a continuación, tímidamente—: ¿Podría hacernos también una a mi hija y a mí?

Después, enfilamos Marylebone High Street en dirección a Oxford Street, compartiendo su paraguas. Me preguntó si tenía algún plan y, como no tenía, me dijo que le gustaría invitarme a un helado. Como el espectáculo de un adulto comiendo helado en público siempre me ha producido una pena inexplicable, le dije que se lo permitía siempre y cuando el acontecimiento tuviera lugar en el interior de un local.

Un poco más adelante encontramos una cafetería, y nos sentamos junto a la ventana. El camarero nos puso delante unos cuencos metálicos de *gelato* y se marchó.

—Este es uno de los helados que no podía pagar cuando erais pequeñas —dijo mi padre, y a continuación, como no supe qué responder, pasó a hablar de cómo se había sentido al ver su propio libro en una tienda—. Por supuesto, tú serás la siguiente. Tu libro en un escaparate.

El helado se me había derretido y desbordaba la cuchara. Abrí un caminito por el charco con el dedo y dije:

—«Columnas gastronómicas de humor completas de Martha Russell Friel».

Mi padre dijo que era muy graciosa, y que me equivocaba a este respecto.

—¿Por qué seguiste con ella?

No había pensado preguntárselo, pero mientras él firmaba yo me había puesto a releer los poemas. Eran todos sobre mi madre. No entendía cómo su pasión por ella, entretejida en cada verso, había podido sobrevivir a su matrimonio. Su manera de asfixiarle, «los abandonos».

—O dicho de otra manera, ¿por qué siempre volvías?

Mi padre se encogió ligeramente de hombros.

—Porque, por desgracia, la quería.

Al salir, nos despedimos. Mi padre se iba en dirección contraria y me hizo quedarme con el paraguas. Se me rompió al abrirlo, y estaba tirando el revoltijo de varas a una papelera cuando vi salir a Robert de una tienda situada a pocos metros de donde yo estaba. Llevaba un periódico en una mano, y, cubriéndose la cabeza con él, salió disparado a coger un taxi que se había detenido al otro lado del cruce.

Mientras abría la puerta me vio, y se detuvo como si, de un momento a otro, fuese a ser capaz de situar a la mujer de la acera de enfrente que parecía a punto de saludarle con la mano y al final no lo hizo. Sin bajar el periódico, lo blandió con un gesto amistoso antes de agachar la cabeza y subirse al taxi. No sé si me reconoció o si me saludó simplemente por si acaso.

El taxi se alejó y yo seguí andando. *Nostos, algos.* Jamás volví después de la primera consulta. Durante los meses siguientes pedí cita un millón de veces y siempre la cancelaba la víspera. La última vez que llamé, la recepcionista me dijo que el total de tasas de cancelación era tan elevado que esta era una de las rarísimas ocasiones en las que no podía citarme para otro día a no ser que pagase.

A veces todavía tengo ganas de verle, pero sé que no lo haré porque no hay nada más que decir. Y nunca habrá 540,50 libras en los *Imprevistos de Martha*... y aunque las hubiera, me preocupa que, como experto en la mente humana que es, pueda deducir de mi lenguaje corporal que de las 820 visitas acumuladas en YouTube por su discurso de 2017 a la Asociación Mundial de Psiquiatría, 59 eran mías.

Habló sobre __. El congreso había tenido lugar poco tiempo después de que le conociera. La primera vez que vi el vídeo tuve la esperanza de ser yo aquella «elocuente joven con síntomas típicos» a la que «de aquí en adelante llamaré Paciente M». Pero ahora solamente siento curiosidad.

Ingrid tuvo a su hijo. Se retrasó dos semanas, era enorme y salió del revés. Patrick y yo fuimos a verla con mis padres la tarde que nació. El parto precisó de fórceps y, nos dijo Ingrid, del chisme ese que parece un desatascador de váteres, además de una maldita episiotomía realizada tarde y mal por un médico empeñado en deshacer el desaguisado. Mi hermana sospechaba que le había hecho una chapuza con los puntos y, por tanto, había decidido disociarse de toda esa zona, a la que se refirió —y sigue haciéndolo— con el nombre de Vaginasaurio Quebrado.

Winsome ya estaba allí cuando llegamos... Sola, porque

Rowland estaba embarcado en la búsqueda de una zona de aparcamiento sin parquímetros, de la cual, según ella, era poco probable que fuese a volver nunca. Se quedó enjuagando una bolsa de uvas verdes bajo el grifo, haciendo como que no oía nada de lo que decía mi hermana. Después, Hamish le preguntó a Patrick hasta qué punto era habitual, hoy en día, que una ecografía malinterpretase el sexo del bebé. Ingrid le había dicho a todo el mundo que estaba embarazada de un niño. Patrick dijo que no era lo habitual, sobre todo después de haberse hecho muchas ecografías.

—No me he hecho muchas. —Ingrid dejó de intentar ajustarse la tira del sujetador y, alzando la mirada, dijo—: Si tienes a tres niños contigo cargándose el equipo de la sala de ecografías, pierde toda su magia.

Patrick dijo:

—Aun así…

—Y no me dijeron que iba a ser otro niño —aclaró Ingrid—. No lo pregunté. Simplemente, lo di por hecho.

Hamish no reaccionó, salvo para decir, «Ah». Después, retomando el hilo, dijo:

—En cualquier caso, deberíamos decidir un nombre para la niña ahora que estamos todos presentes.

Ingrid miró a Winsome, que para entonces estaba dando tijeretazos al enorme racimo de uvas y colocando los racimitos resultantes en un bol de cristal tallado que se había traído de casa.

—Me gustaría llamarla Winnie. —Y, dirigiéndose a Hamish—: ¿Te parece bien?

Hamish recitó el nombre completo de su hija. Mi madre estaba al lado de la cuna, alisando la manta. Hamish dijo:

—¿A ti qué te parece, Celia?

Dijo que le parecía el nombre perfecto.

—Cuantas más Winnies tengamos en la vida, mejor.

Miré a mi tía y vi que se sacaba un clínex de la manga, y se ponía de espaldas para enjugarse los ojos sin que nadie la viera.

—La verdad —dijo Ingrid— es que Winnie Martha suena muy

raro. Mejor pasamos de ponerle dos nombres. —Y, dirigiéndose a mí—: Pero que sepas que te quiero, ¿eh?

Pedí disculpas a Winsome por lo del jarrón. La llamé por teléfono después de leer la carta de mi madre y hacer un triaje de mis crímenes, y empecé por el menos grave o por uno de los menos graves. Después le pregunté si podía pasarme a verla.

El día convenido, nada más llegar, me hizo pasar al jardín, donde había una mesa puesta para el té. Aunque el día de Navidad me había parecido que estaba al borde de las lágrimas cuando le dije en el vestíbulo que no quería el jarrón, Winsome me aseguró que no se acordaba del episodio. «En absoluto», insistió, dándome una palmadita en el brazo. Le pregunté si de todos modos me perdonaba.

—Olvidar es perdonar, Martha. No recuerdo quién lo dijo o dónde lo leí, pero, si tuviera un lema, sería ese. Olvidar es perdonar.

Le dije que era de Francis Scott Fitzgerald. Para esta no tuve que recurrir a @autores_citas_diarias.

Winsome me ofreció una galleta y me preguntó si tenía algo planeado para las vacaciones. En cambio, sin pensármelo, le espeté:

—¿Cómo pudiste aguantar tanto tiempo a mi madre?

Dijo: «Ah. Esto..., bueno». Y a continuación:

—Supongo que porque siempre he sido capaz de recordar cómo era antes de que muriera nuestra madre, y la quería lo suficiente como para que durase.

—¿Alguna vez tuviste la tentación de pasar de ella?

—Todos los días, supongo. Pero olvidas, Martha, que por aquel entonces yo era ya una mujer y ella todavía era una niña. Yo sabía quién se suponía que tenía que ser tu madre; es decir, quién habría sido si nuestra madre no hubiera fallecido o, quizá, simplemente si hubiésemos tenido otra madre. Creo que lo hice lo mejor que pude, pero no fui una sustituta idónea.

Acepté otra taza de té. Mientras la veía servirlo, le dije que no podía imaginarme lo difícil que debía de haber sido. Winsome dijo:

«Bah, da igual», y decidí que algún día se lo preguntaría; pero todavía no, porque en su manera de pronunciar aquellas tres palabras había más tristeza de la que habríamos sido capaces de digerir en aquel momento, sentadas las dos a la mesa del jardín, tomando el té.

—Olvidar es perdonar.

Por la razón que fuera, Winsome lo repitió.

Y después, yo:

—Olvidar es perdonar.

—Eso es. Difícil pero posible. A no ser que la quieras tú, Martha, me comería esta última galleta...

Incluso con cuatro puñeteros críos menores de nueve, Ingrid sigue siendo Ingrid. Añadido a cada mensaje que ha enviado desde que nació Winnie está el GIF del Triste Will Ferrell. Está sentado en una butaca reclinable que está vibrando a la máxima intensidad, intentando beber vino y llorando cuando se le cae de la copa y le chorrea por la barbilla. Es, en sentido figurado, Ingrid. El GIF no ha dejado de ser gracioso en ningún momento.

Patrick y yo nos fuimos del hospital después de que llegasen Oliver, Jessamine y el Rory con el que va a casarse dentro de poco. Nicholas está en Estados Unidos, trabajando en una granja especial.

Mis padres querían que volviésemos con ellos a Goldhawk Road a cenar. Al llegar, mi madre me pidió que saliese a su estudio porque tenía una cosa que quería enseñarme antes.

—Vaya, ¿me das permiso para entrar? Si no hay nada quemándose...

Hizo un gesto de desdén con la mano, sin entrar al trapo de mi pitorreo, y cuando llegamos al fondo del jardín me abrió la puerta para que pasara. A estas alturas todavía se me hacía raro estar en un sitio al que durante casi toda mi vida se me había disuadido encarecidamente de que no entrara. Me senté en un cajón de embalaje que había en una esquina. Estaba cubierto de grumos de una cosa blanca.

En medio de la habitación, oculto bajo una sábana sucia, había un objeto que en su punto más alto tocaba el techo. Mi madre se puso a su lado, cruzando los brazos y cogiéndose los codos de una manera que la hacía parecer nerviosa.

Tosió y dijo:

—Martha. Sé que tú y tu hermana os burláis de mí por lo del reciclaje, pero lo único que intentaba hacer, todos estos años, era coger basura y convertirla en algo hermoso y mucho más fuerte de lo que era antes. Qué le vamos a hacer si es una maldita metáfora que vale para todo. —Se volvió y tiró de la sábana—. No es obligatorio que te guste.

Me quedé sin aliento. Era una figura hueca, tejida en forma de jaula con alambre y algo que parecían cachitos de un teléfono viejo. Mi madre había derretido y vertido cobre sobre la cabeza y los hombros, y había goteado hasta el torso y se había derramado sobre un corazón que, no sé cómo, estaba suspendido en el espacio vacío y emitía un brillo mortecino bajo las luces. Mi madre me había hecho de dos metros y medio, hermosa, y más fuerte de lo que era antes. Le dije que me parecía bien lo de la metáfora. Y, antes de salir del cobertizo, le dije que tenía razón en todo lo que me había dicho por teléfono y en su carta. He sido amada todos y cada uno de los días de mi vida adulta. He sido insoportable, pero nunca he dejado de ser amada. Me he sentido sola, pero nunca he estado sola, y he sido perdonada por todas las cosas imperdonables que he hecho.

No puedo decir que haya perdonado las cosas que me han hecho a mí… y no porque no las haya perdonado, sino porque, como dice Ingrid con toda la razón del mundo, la gente que va contando por ahí cómo ha perdonado a otras personas no puede sonar más gilipollas.

* * *

La escultura de mi madre es demasiado grande para estar en una casa. Por lo visto, los de la Tate me andan rondando.

Patrick y yo no estamos viviendo juntos.

El mismo día que nos dijimos adiós en un pasillo rodeados de nuestros propios muebles, Patrick se presentó en Goldhawk Road y, plantados los dos en la puerta de casa, dijo que quería que volviese al piso.

Me abalancé sobre él pensando que me iba a abrazar, pero no lo hizo y aparté los brazos.

Se disculpó.

—Me refería a que yo me iré a vivir a otro sitio.

Le pregunté qué me estaba proponiendo, si quería que fuese su inquilina.

—No, Martha. Solo digo que si vamos a intentarlo, creo que deberíamos tener cuidado. Dos personas que se han arruinado la vida la una a la otra no deberían tener la oportunidad de volver a hacerlo. Pero mientras intentamos...

—Por favor no digas «que esto funcione».

—Vale. Sea lo que sea, mientras lo intentamos no quiero que tengas que vivir con tus padres.

Le dije que me parecía una idea rara.

—Pero vale, de acuerdo.

Entré, cogí mis cosas y Patrick me llevó al piso.

Winsome le invitó a quedarse en Belgravia, pero él prefirió alquilar un estudio en Clapham. No es nada deprimente, está a dos calles de distancia y la mayor parte del tiempo está aquí conmigo. Hablamos de todo tipo de cosas: de si es posible o no arreglar la bisagra de la puerta del lavavajillas; de cómo dos personas que se han arruinado la vida la una a la otra pueden volver a estar juntas.

Cuando la gente se entera de que tú y tu marido estuvisteis una temporada separados y después os reconciliasteis, ladea la cabeza y dice: «Está claro que en el fondo nunca dejaste de quererle». Pero no es cierto. Sé que dejé de quererle. Es más cómodo decir: «Sí, cuánta razón tienes», porque da pereza explicar que se puede dejar de amar y empezar otra vez de cero, que puedes amar a la misma persona dos veces.

Patrick se despertó cuando el bodrio de la nueva versión cinematográfica ya se había acabado, y se puso a buscar sus zapatos. No quería que se marchase.

—¿Quieres ver *Bake Off* conmigo?

Vimos el episodio de la tarta Alaska. Él no lo había visto.

Cuando terminó, le conté que Ingrid sigue pensando que la saboteadora lo sacó aposta de la nevera. Patrick dijo que era imposible.

—Simplemente ha cometido un error porque están sometidos a una presión extrema.

Le sonreí. Es un hombre capaz de trabajar todo el día en una UCI y después calificar de extrema la presión sobre una concursante en la Semana del Postre. Me preguntó qué pensaba yo. Le dije que antes no lo había tenido claro, pero que ahora veía que no era culpa de nadie.

Nos dijimos adiós en el vestíbulo, me besó en la coronilla y dijo que volvería al día siguiente. Me fui a la cama. Me sigue pareciendo todo muy raro. Hay días que no soporto la situación, días en los que Patrick me dice que es como si nada hubiera cambiado y días en los que a los dos nos parece que es tanto lo que hemos perdido que no tiene arreglo posible. Pero Patrick dice que estamos los dos juntos en la prórroga…, un tiempo que no nos merecemos, y por el que damos gracias. Ha empezado a referirse al estudio como «el hotel Olympia».

No tengo hijos. No hay una Flora Friel y tengo cuarenta y un años. Puede que nunca la haya, pero no pierdo la esperanza y, en cualquier caso, Patrick siempre estará ahí.

TEXTOS CITADOS

El final está al principio y está muy lejos.
El hombre invisible, Ralph Ellison

A no ser que te diga lo contrario, siempre me estoy fumando otro cigarrillo.
Dinero, Martin Amis

No estaba segura del todo, pero, en general, me parecía que me gustaba tenerlo todo muy ordenado y tranquilo a mi alrededor, y no verme obligada a hacer cosas, y reírme del tipo de chistes que a otras personas no les hacía ninguna gracia, y salir a dar paseos por el campo sin que nadie me pidiera que expresase mis opiniones acerca de cosas, como el amor o las rarezas de fulano o mengano.
La granja Cold Comfort, Stella Gibbons

Quizá la gran revelación no llegara nunca. Había, en cambio, pequeños milagros cotidianos, iluminaciones, cerillas que se encendían de manera inesperada en la oscuridad; aquí había uno.
Al faro, Virginia Woolf

En aquello de lo que se avergüenza la gente suele haber una buena historia.
El amor del último magnate, Francis Scott Fitzgerald

La cremación no fue peor que unas Navidades en familia.
Metrolandia, Julian Barnes

Dejaste de desesperar.
El dolor es esa cosa con plumas, Max Porter

Olvidar es perdonar.
El Crack-Up, Francis Scott Fitzgerald

«Ataca el día».
Arzobispo Justin Welby, *Desert Island Discs*, BBC, 21 de diciembre de 2014

«… una mujer que se pasa las 192 páginas tumbada en un estudio penumbroso pensando en su divorcio».
Referencia a la novela *Buenos días, medianoche*, Jean Rhys

NOTA DE LA AUTORA

Los síntomas médicos referidos en la novela no concuerdan con los de ninguna enfermedad mental auténtica. Las descripciones de los tratamientos, medicaciones y consejos médicos son completamente ficticias.

AGRADECIMIENTOS

Gracias a Catherine. Y a James. A Libby, a Belinda y al equipo y los colaboradores de HarperCollins. A Ceri, Clare y Ben. A Fiona, Angie, Kate, la familia Huebscher, Laurel y Victoria. A Clementine y Beatrix. A Andrew. Gracias.

Y a mi tía Jenny, por todas las Navidades de mi infancia.

CPSIA information can be obtained
at www.ICGtesting.com
Printed in the USA
LVHW111334021122
732197LV00002B/6

9 788491 397038